Nicolas Garma-Berman

Der Hamster mit der Löwenmähne

Roman

Aus dem Französischen
von Claudia Steinitz

ATLANTIK

HOFFMANN
UND CAMPE

PROLOG

Ich bin an der Departementsstraße 91 geboren, irgendwo zwischen Auchan und Ikea.

Natürlich sollte ich im Krankenhaus zur Welt kommen, aber keine Chance. Durch die Koinzidenz verschiedener Umstände, über deren Unwahrscheinlichkeit ich Sie selbst urteilen lasse, bin ich an der Departementsstraße 91 geboren.

Und so ist es abgelaufen – zumindest hat man es mir später dummerweise so erzählt.

Aufgeschreckt von den Kontraktionen des mütterlichen Leibes und erfüllt von Ungeduld bei der Aussicht, ihr erstes Kind zu begrüßen, hatten sich meine Eltern trotz des trüben Oktoberhimmels mit einem Lächeln im Gesicht auf den Weg gemacht. Ihr Auto rollte in Richtung Kreiskrankenhaus, als plötzlich unter dem Wagen ein dumpfes Geräusch ertönte. Dem Geräusch folgte ein metallisches Knacken und dann ein heftiges Stottern des Motors, woraufhin mein Vater das Auto fluchend am Straßenrand zum Stehen brachte. Unter der Motorhaube entdeckte er die blutigen Reste eines Igels. Igel sind in der Region zwar recht verbreitet, doch just an dieser Stelle war die Anwesenheit des Tieres verwunderlich, lag die nächste Grünfläche doch mindestens zwei Kilometer entfernt. Es musste eine ganze Reihe von Autobahnzubringern, Sicherheitszäunen und asphaltierten Flächen überquert haben, um bis zu uns zu gelangen. Welcher Beweggrund hatte es zu dieser Wanderung getrieben? Welches Unheil wütete in seinem Wäldchen? Welchem Ideal folgte es?

Das Auto war hinüber, der Igel auch. Nachdem er von unserem linken Vorderreifen plattgemacht worden war, hatte die Drehbewegung des Rades ihn in den Motorraum geschleudert, und mit der letzten Zuckung seines offenen Mäulchens hatten seine Schneidezähne ein Stromkabel durchtrennt, bevor er seinen Weg unter einem Kolben oder zwischen zwei Kerzen beendete. Anstelle eines Ideals fand er an jenem Tag einen dreifachen Tod: Abplattung, Stromschlag, Zerstückelung.

Meine Eltern warteten ungeduldig, dass ein anderes Auto vorbeikäme. Aber die Landschaft blieb still, das Asphaltband hartnäckig leer. Die Wehen wurden stärker, und die Fruchtblase platzte. Gerade da näherte sich endlich ein Fahrzeug. Zu spät für eine Umbettung meiner Mutter, die sich, auf der Rückbank zusammengekrümmt, ans Gebären machte. Das Auto bremste und blieb vor den beiden Beinen stehen, die in die Straßenmitte ragten. Heraus stieg ein Mann mit Dalí-Schnurrbart. Verzweifelt fragten ihn meine Eltern, ob er etwas von Geburtshilfe verstehe. Der Mann zwirbelte seinen Schnurrbart, den der Sprühregen erschlaffen ließ. Er näherte sich unserem Auto und warf einen Blick unter die Kühlerhaube, dann wandte er sich der Rückbank zu, sah meine Mutter und das, was aus ihr herausdrängte, strich sich erneut über den Schnurrbart, trat ein paar Schritte zurück, schien die Situation abzuwägen. Dann nickte er, ohne dass meine Eltern erkennen konnten, ob er damit ihre Frage beantwortete oder einfach den Auftrag annahm, der ihm übertragen wurde, und sagte mit heilbringender Stimme »Schönes Tier!«, ohne dass man wusste, ob er von dem Baby, meiner Mutter oder dem Igel sprach.

Das Folgende vollzog sich in denkbar größter Unbequemlichkeit, aber ohne nennenswerte Probleme. Der Unbekannte war offenkundig ein Fachmann. Als ich endlich herausgeholt und auf der Brust meiner Mutter abgelegt war, tätschelte er mich zufrieden und wandte sich wieder der Kühlerhaube zu. Er betrachtete die Igelreste und seufzte. Man sah ihm an, dass er litt. Erst jetzt lasen meine Eltern, was auf der Autotür stand. Der Mann war Tierarzt.

Ich bin also an der Departementsstraße 91 auf den Überresten eines Igels in den Händen eines Tierarztes geboren. Und ich blieb dort auch noch eine Weile, denn der Tierarzt hatte in der Eile seine Scheinwerfer angelassen, und die Batterie seines Autos war leer.

Seither habe ich mir oft die Frage gestellt, wie bei so einem Anfang wohl mein Ende aussehen wird.

I

»Ich verstehe Ihren Wunsch, Monsieur, aber ich bin keine Schneiderin. Ich bin Tierpräparatorin.«

Der Mann sieht mich verzweifelt an.

»Mademoiselle, ich bin sicher, dass Sie das können. Man hat mir die Qualität Ihrer Arbeit in den höchsten Tönen gelobt, wissen Sie, auch Ihre Kreativität. Nach allem, was ich hier sehe, hat man nicht gelogen.«

Er steht mit seinem Tier in den Armen in meiner Werkstatt, einer norwegischen Katze, grau bis auf die schlaff herunterhängenden schneeweißen Pfoten.

Der Mann spürt in meinem Schweigen, dass er mit seiner Schleimerei nicht ankommt; ich ahne, dass er jetzt die Liebeskarte ziehen wird.

»Er hat mich so lange begleitet … Nach meiner Scheidung kam er jeden Abend und legte sich auf meinen Bauch. Seine Pfötchen … Er hat mich erwartet, wenn ich von der Arbeit kam, die Augen voller Zärtlichkeit, dann sah er mit mir fern. Er war ein intelligenter Kater, ach, wenn Sie wüssten! Und so liebenswürdig.«

»Liebenswürdig ist hier nicht die Frage, Monsieur. Ich bin sicher, dass Ihr Kater wunderbar war, aber ich kann Ihren Wunsch nicht erfüllen. Wie ich Ihnen schon sagte, übersteigt das meine Kompetenz. Im Übrigen, selbst wenn ich es wollte, halte ich es nicht für machbar.«

Den letzten Satz bereue ich sogleich. Der Mann ist nicht der Erste, der mit einem verrückten Auftrag unter dem Arm an meine Tür klopft; da kann man nur ablehnen, indem man sich auf Unfähigkeit beruft, und darf sich keinesfalls auf technische Fragen der Machbarkeit einlassen.

»Diesbezüglich erlaube ich mir, Ihnen zu widersprechen«, entgegnet er prompt. »Ich habe die Fläche der Pfoten natürlich ausgemessen, man braucht alle vier, mit zweien würde es nicht gehen, aber das ist absolut machbar, zumal ich nur Schuhgröße 37 habe.«

»Es tut mir wirklich leid, ich kann es nur wiederholen: Ich kann Ihnen keine Söckchen aus dem Fell Ihres Katers nähen!«

Er senkt enttäuscht den Kopf.

»So heißt er, wissen Sie?«

»Was meinen Sie?«

»Söckchen. So heißt er.«

Es fällt mir schwer, kein Mitleid mit diesem Mann zu haben, der offenkundig nicht ganz von dieser Welt ist. Es würde mir zwar nie in den Sinn kommen, aus dem Fell meines verstorbenen Haustiers Strümpfe zu nähen, aber ich glaube, auf diesem Planeten wimmelt es von weit absurderen Launen.

Weil ich spüre, dass ich gleich nachgeben werde, hole ich tief Luft, verabschiede ihn in einer letzten Aufwallung von Entschlossenheit und schließe seufzend die Tür hinter ihm.

Dann verlasse auch ich die Werkstatt und gehe nach Hause.

Ich wohne und arbeite in Alfortville, einem Pariser Vorort im Departement Val-de-Marne. Der Ort passt mir. Die Straße führt ein Stück an der Seine entlang, deren Wasser unter dem wohlwollenden Auge des Kraftwerks braun und gemächlich dahinfließt. Außerdem herrscht in dem Viertel ein Klima, das es mit dem meiner Heimatregion aufnehmen kann, weshalb ich mich rückhaltlos meinem liebsten Zeitvertreib hingeben kann: Trübsal blasen.

An diesem Oktobernachmittag funkelt der Fluss leider unter einem azurblauen Himmel, und die Brise aus dem Süden ist so sanft wie ein Ledertuch. Sogar die Gesichter der Passanten zeigen einen positiven Ausdruck. Ich sehe zu, dass ich mein Haus erreiche, bevor ich von der guten Laune ringsum angesteckt werde.

Unterwegs knurrt mir mein Magen ins Ohr, dass es Zeit ist, mich um ihn zu kümmern. Die Vorstellung, mich der Menge im Supermarkt zu stellen, begeistert mich nicht, genauso wenig möchte ich Nathalie in ihrem Tante-Emma-Laden begegnen. Ich beschließe, dass der Zustand meiner Speisekammer keiner unmittelbaren Beachtung bedarf; ein Nothappen vom Bäcker tut es auch.

Nachdem ich zwei Pains au chocolat verschlungen habe, erreiche ich endlich mein Haus und erklimme die drei Stockwerke bis zu meiner Wohnung. Doch kaum im ersten angekommen, muss ich einsehen, dass ich zu schnell gelaufen bin. Da ist jemand direkt über mir.

Sein Aufstieg ist schwer und mühsam, begleitet von Seufzern bei jeder bewältigten Stufe. Das ist Mimile.

Ich kann nicht entkommen. Mimile ist alt und hat körperliche Schwierigkeiten, aber taub ist er nicht. Er hat mich heraufstürmen hören und weiß, dass ich hinter ihm bin.

Als ich ihn einhole, dreht er sich um, lächelt mich freundlich an und setzt seine übliche Beschützermiene auf.

»Hallihallo, Éva! *Long time no see.*«

Er lächelt weiter, aber ich kenne Mimile: Englisch spricht er immer, wenn er verlegen ist.

»Hallo, Mimile. Alles gut?«

»*In perfect shape!* Ich absolviere mein tägliches Training.«

Er schleift – im Wortsinn – einen riesigen Einkaufsbeutel hinter sich her, kommt näher und umarmt mich. Ein bisschen hat er mir auch gefehlt, und trotzdem habe ich keine Lust, ihn zu sehen.

Es vergeht ein Moment, er scheint nach Worten zu suchen und formuliert schließlich etwas mühevoll: »Sag mal … Ich meine, wenn du magst und wenn du irgendwann ein bisschen Zeit hast, könnten wir zum Beispiel einen Kaffee trinken.«

Vor sechs Monaten ist Mimile in die Wohnung über mir gezogen. Jeden Tag trägt er seine neunundsiebzig Jahre vier Stockwerke hinunter und wieder herauf, und wenn er an meiner Wohnung vorbeikommt, weiß ich nicht, wer lauter knarrt, die Treppe oder er. In den ersten Monaten nach seinem Einzug haben wir Distanz gewahrt, aber seit einiger Zeit spüre ich, dass er mehr Kontakt sucht.

»Na klar, sobald ich etwas Luft habe«, sage ich.

Dabei habe ich jede Menge Luft: In Sachen Arbeit ist nichts los, in meinem Sozialleben herrscht die gleiche gähnende Leere wie in meinem Kühlschrank, und es wäre überflüssig, in meinem Kalender nach freien Terminen zu suchen. Zumal ich gar keinen Kalender habe.

Ich renne die verbleibenden Stufen hoch und schließe die Tür auf. Die Luft im Wohnzimmer ist feucht und staubig. Ich ziehe die Vorhänge zurück und öffne das Fenster. Die Taube vom Dienst hat sich an die Balustrade geklammert, sie mustert mich ein paar Sekunden, fliegt dann Richtung Seine und schreit dabei dummes Zeug.

Es ist Donnerstag, und ich bin in der Werkstatt. Ich habe keinen einzigen Auftrag, und ich muss zugeben, dass ich seit meiner Ankunft die meiste Zeit damit verbracht habe, Däumchen zu drehen. Allmählich kriege ich Muskelkater davon.

Meine Werkstatt, die man von einem Innenhof aus betritt, besteht aus einem großen Raum, von dessen Wänden der Putz fällt, und einer Rumpelkammer, in der ich einen Teil meines Materials lagere – Töpfe, Farben, Leim, Garn, Schere, Seife, Grundkörper und andere in diesen Stunden der Quasi-Arbeitslosigkeit ungenutzte Utensilien. Im Werkstattraum stehen entlang der Seitenwände Arbeitstische, darüber hängen alte Apothekerschränke mit Zubehör in den Schubladen, zum Beispiel Glasaugen und verschiedene Gebiss- und Kiefermodelle. Ein kleiner Tisch am Fenster mit einem staubigen Computer drauf ist mein Büro.

Meine ersten Werke sind an der hinteren Wand und auf der Kommode ausgestellt. Ich schreibe »Werke« – nicht, dass ich mich als Künstlerin verstehe, aber diese Versuche gleichen so wenig meinen ursprünglichen Absichten, dass man ihnen schon ein gewisses künstlerisches Etwas zubilligen kann. Eine Form von *Art brut*, aus meiner Unkenntnis der entsprechenden Techniken aufgetaucht wie Hasen aus dem Zylinder.

Nehmen Sie zum Beispiel den Hirsch. Ich hatte das Tier bei einem Jäger in Loir-et-Cher abgeholt, dem ich eine kostenlose Präparation angeboten hatte. Er hatte begeistert angenommen. Als er das Ergebnis abholen kam, wurde sein vorfreudiges Strahlen im Nu von mühsam unterdrücktem Zorn verdrängt. Ich hatte beim Gerben einen Fehler gemacht. Danach war das Fell des Tieres hart und struppig, die Haut hatte sich verzogen, einige Teile zerfielen förmlich. Als ich versuchte, das Leder mit Nachdruck zu fetten, um es zu zwingen, sich der Struktur des Grundkörpers anzupassen, wurde alles noch schlimmer. Bis heute schmerzt es mich, das Ergebnis zu beschreiben: ein Hirsch mit Schlitzaugen, in denen ein dementer Blick wohnt, ein klaffendes, nach links verzogenes Maul, eine völlig asymmetrische Frisur und steife, geradezu schneidende Ohren. Nicht einmal das Geweih hatte ich anständig angebracht. Es neigt sich nach unten und lässt das Gesicht irgendwie enttäuscht aussehen. Trotz allem hat das Ganze etwas Anziehendes. Deshalb ist der Hirsch, den ich Ernesto genannt habe, mein bevorzugter Gesprächspartner.

Verstehen Sie das nicht falsch. Mir ist durchaus bewusst, dass Gespräche mit einem Tier nicht den heutigen Gesellschaftsnormen entsprechen (schon gar nicht, wenn es sich um ein totes Tier handelt). Nicht, dass es mir wichtig wäre, aber ich möchte doch, dass Sie mich verstehen. Meine Tiere und ich erzählen uns Geschichten. Wir plaudern über ihr früheres Leben, das voller Anekdoten ist. Sie erkundigen sich nach meinem und versüßen meine Einsamkeit. Ich glaube, alle Menschen sind damit beschäftigt, sich selbst Geschichten zu erzählen. Die Identität des Gesprächspartners ist nebensächlich.

Irgendwie kommt mir Ernesto griesgrämiger vor als sonst. Er starrt mich mit abwesendem Blick an. Ich versuche den Kontakt herzustellen.

»Bist du wehmütig, Ernesto?«

Keine Antwort.

»Denkst du an die Lichtungen deiner Kindheit? Spürst du wieder das Kitzeln des hohen Grases an dem Bauch, den du nicht mehr hast?«

»Alles Quatsch«, unterbricht mich Ernesto missmutig. »Ich bin nicht wehmütig, ich sorge mich um dich.«

»Um mich?«

»Ja, um dich, Éva. Sieh dich doch an. Du verbringst deine Tage damit, dich hier zu verkriechen, die Welt zu meiden und die wenigen Kunden, die an deine Tür klopfen, zum Teufel zu jagen.«

»Aber ich werde mich doch nicht auf irgendwelche fixen Ideen einlassen, nur um ein bisschen Kohle ranzuschaffen! ›Ich hätte gern Söckchen, Mademoiselle! Könnten Sie mir einen Schal aus dem Fell meines Bibers nähen, Mademoiselle?‹ Ich habe einen schönen Beruf und bin nicht bereit, solchen Schwachsinn mitzumachen!«

»Das ist nicht das Problem, das weißt du genau. Das Problem ist, dass du dich von der Welt isolierst. Von deiner Familie. Den Freunden.«

»Welchen Freunden?«

»Denen, die du haben könntest. An deiner Stelle würde ich alles annehmen, wenn nur irgendein Austausch mit einem menschlichen Wesen damit verbunden ist, ein bisschen Freundlichkeit, auch wenn sie nur oberflächlich bleibt. Wenn dir jemand Ratten bringt, damit du daraus Pantoffeln machst, weise ihn nicht ab. Mach die Pantoffeln.«

Natürlich hat er recht. Er kennt mich besser als ich mich selbst. Meine Tiere sind die Ersten, die unter den Folgen meines Verhaltens leiden, während sie an den Wänden meiner Werkstatt hängen und in Stille und Langeweile darauf warten, dass ein bisschen Leben in die Bude kommt.

»Du weißt genau, dass es nicht so einfach ist, Ernesto. Die Leute ... Die Leute und ich ... Was wir uns antun ...«

Er sagt nichts mehr. Ich sehe die anderen an. Das Wiesel. Das Schuppenwildschwein. Keiner von ihnen sagt einen Mucks.

»Ihr versteht mich, stimmt's? Nach all der Zeit … Ihr versteht, was ich sagen will?«

Die entstellten Gesichter bleiben stumm. Plötzlich ist das Zimmer leer und kalt.

Ich gehe ein bisschen raus und laufe am Ufer entlang, aber das hartnäckig strahlende Wetter überzeugt mich, umzudrehen und ruckzuck wieder in meiner Werkstatt abzutauchen. Beim Reinkommen ignoriere ich Ernestos vorwurfsvollen Blick und fange an, hektisch die Rumpelkammer aufzuräumen. Dann hänge ich im Internet rum und studiere ohne Begeisterung die Ausschreibungen der Naturkundemuseen.

Der Raum bleibt den ganzen Vormittag still. Das ideale Terrain für Trübsal, werden Sie mir sagen. Da täuschen Sie sich gewaltig. Eine zu bedrückende Umgebung macht die Trübsal instabil, sie kann jeden Augenblick in depressive Traurigkeit umschlagen, die überhaupt nicht mehr lustig ist.

Durch das Werkstattfenster sieht man den Innenhof, einen dieser gepflasterten Höfe, wie man sie hier in rauen Mengen findet. Ein beigefarbenes Schild mit meinem Namen (Éva Rosset) und der Angabe »Tierpräparatorin« an der Fassade des Vorderhauses soll jeden zu mir einladen, der die glückliche Idee hatte, mit seinem toten Vieh unter dem Arm durch das Viertel zu spazieren.

Glauben Sie es oder nicht, genau das ist der guten Frau passiert, die nun vor meiner Tür steht.

»Guten Tag«, sagt sie mit spitzer Stimme, »ich bin zufällig vorbeigekommen und habe Ihr Schild gesehen. Der Hamster meines Sohns hat uns verlassen.« Sie bekreuzigt sich. »Wir kommen gerade vom Tierarzt in der Rue Paul-Vaillant-Couturier.«

Die Frau sieht müde aus, hat eine Himmelfahrtsnase und wirkt höchst unsympathisch. Sie hat ihren Sohn an der Hand, ein Kind mit nichtssagendem Gesicht, das den Leichnam eines braunweiß gestreiften Hamsters in den Händen hält, ziemlich *cute*, wie Mimile sagen würde. Der Junge, sechs oder sieben, wirkt niedergeschlagen. Beim Anblick meiner Werkstatt reißt er die Augen auf.

»Mama, die Tiere hier sehen komisch aus.«

Ich kann ihm nicht widersprechen. Die Mutter schaut sich um. Ich spüre, dass sie zu zweifeln beginnt.

»Bist du sicher, dass du Totoro behalten willst, mein Schatz?«, fragt sie.

»Ja!«, schreit der Junge und bricht in Tränen aus.

Ich bitte sie, sich zu setzen, und muss mir einen dritten Stuhl aus der Kammer holen. Zum ersten Mal empfange ich im Doppelpack. Offenbar ist es keine Gruppenaktivität, sein Haustier zum Ausstopfen zu bringen.

Ernesto zwinkert mir wohlwollend zu, als er sieht, wie ich mich um meine Gäste bemühe. Der Bengel plärrt immer noch, er sieht aus, als würde er gleich zusammenklappen. Die Frau kümmert sich nicht darum. Sie kratzt mit dem Nagel des Zeigefingers auf dem des Daumens, ein nervtötendes Geräusch.

Ich versuche die Atmosphäre zu entspannen.

»Wie heißt du? Machen dir die Tiere an der Wand Angst?«

»Sie starren mich an«, stößt er mühevoll hervor.

»Er heißt Raphaël«, sagt die Mutter.

»Klar sehen sie uns an, Raphaël, was sollten sie sonst tun? Die Armen würden sich langweilen. Sie müssen sich doch beschäftigen.«

Die Mutter wirft mir einen konsternierten Blick zu. Das Kind watet immer noch im Elend.

Ich muss die Situation retten.

»Weißt du, die hier sind nicht so gut gelungen, aber wenn du mir Totoro anvertraust, wird er viel schöner. Ich kann ihn im Sitzen präparieren oder im Stehen, dann können seine kleinen Pfoten etwas halten.«

Er hört schlagartig auf zu jammern.

»Präparieren? Wie die Ausländer ihre Pässe?«

Ich wende mich an die Mutter.

»Sie haben einen sehr gebildeten Sohn.«

»Papa sagt, alle Ausländer präparieren ihre Pässe.«

»Keine Angst, mein Schatz, Totoro ist Franzose«, stellt die Mutter klar. »Bei Tieren heißt präparieren ausstopfen.«

»Entschuldigen Sie, aber ich glaube, das ist ein Dsungarischer Hamster.«

Sie durchbohrt mich mit Blicken. Gott, ist das schwierig!

»Deine Mama hat recht. Bei Tieren hat präparieren eine andere Bedeutung. Es bedeutet, toten Tieren ihr natürliches Aussehen wiederzugeben. Wenn du mir Totoro anvertraust und mir sagst, wie du ihn haben willst, in welcher Position und mit welchem Ausdruck, mache ich mich an die Arbeit und lasse ihn genau so aussehen. Soll ich dir Fotos zeigen?«

Der Junge antwortet nicht. Er starrt auf sein Tier, von dessen gallischen Wurzeln er noch nicht ganz überzeugt ist.

»Komm, mein Schatz, wir sehen uns die Fotos an«, sagt die Mutter.

Ich hole meinen Katalog. In Anbetracht seiner Schmächtigkeit sage ich ihnen wohlweislich nicht, dass darin mein Gesamtwerk versammelt ist.

»Hier sind ein paar Beispiele. Dieser Hund ist ein Cockerspaniel. Er ist nett, oder? Und das ist ein Rehkitz, wie Bambi. Ich habe sogar einen Löwen.«

Ich zeige ihnen den Löwen. Er sitzt da und hat das Maul bedrohlich aufgerissen. Die Frau wirkt beruhigt.

»So will ich ihn«, verkündet das Kind munter.

»Im Sitzen?«

»Nein, mit einer Mähne und Löwenzähnen und allem. Ich will, dass du Totoro als Löwen präparierst.«

»Aber ich kann doch deinen Hamster nicht in einen Löwen verwandeln.«

Seine Mutter gibt mir ein dezentes Zeichen mit der Hand.

Sie legt ihrem Sohn dar, dass die Metamorphose Hamster-Löwe technisch unmöglich ist. Er sagt, er will einen Löwen. Sie sagt, dass es dann besser ist, Totoro im Bertholet-Park zu begraben. Er verkündet, dass er Totoro niemals begraben wird. Sie erklärt ihm, dass Totoro sehr glücklich unter der Erde sein wird, wo es schön frisch ist. Er entgegnet, dass Totoro von Würmern zerfressen und von Kindern zertrampelt wird. Sie betont, dass er ins Paradies kommt. Er wiederholt, dass er einen Löwen will. Sie bleibt bewundernswert ruhig. Sie versichert, dass es absolut möglich ist, das Tier an einem Ort zu begraben, wo niemand es zertrampeln wird. Er kommt wieder mit den Würmern. Sie sagt eine Sekunde lang nichts. Er nutzt es aus, um zu wiederholen, dass er einen Löwen will. Sie schlägt ihm einen Kompromiss vor: Wie wäre es damit, Totoro als Hamster zu präparieren, aber mit einer Löwenmähne? Er zögert. Sie wirft sich in die Bresche, malt ihm aus, dass es der einzige Löwenhamster der Welt sein wird, dass er wie ein König auf dem Regal in seinem Kinderzimmer thronen wird, weitere Argumente rattern wie ein Maschinengewehr. Ein paar Augenblicke später ist das Kind verloren, aber überzeugt, und die Mutter erschöpft, aber zufrieden. Sie wendet sich mir zu und verspricht zuckersüß:

»Natürlich zahlen wir für die Mähne einen Aufschlag.«

Ich sage, dass ich meinen Terminkalender konsultieren muss, und tue so, als suchte ich im Computer. Nach einer Minute auf der Website von Météo France – Freitag: frühlingshaft, weitgehend sonnig; Enttäuschung – verkünde ich ihnen den Preis und dass ich einen Monat brauchen werde, um Totoro zu präparieren. Dann begleite ich sie mit einem professionellen Auf Wiedersehen zur Tür.

Ein Hamster mit Mähne ist nicht der Auftrag, mit dem ich in die Unsterblichkeit eingehen werde, aber Sie haben sicher schon verstanden, dass die Unsterblichkeit nicht mein größtes Lebensziel ist. Die Aussicht, für eine Familie zu arbeiten, die es geschafft hat, bereits einen Siebenjährigen zu einem ausländerfeindlichen Neurotiker zu machen, begeistert mich nicht wirklich, aber ich bin auch nicht gerade ein Mensch mit felsenfesten Prinzipien.

Ich hocke auf einem menschenleeren, von wilden Gräsern überwucherten Pontonsteg. Das Seine-Ufer ist ruhig. Ich denke
wieder an den Hamster und überlege mir, welche Lieferanten
imstande sein könnten, Löwenmähne für mich zu organisieren.
Cevesec, keine Chance. Rigaudon auch nicht …

Ich muss echte Mähne auftreiben. Das ist entscheidend, keine
Lappalie. Meine Anfänge in diesem Beruf waren so ein Desaster,
dass ich seit ein paar Jahren auf absoluten Perfektionismus umgeschwenkt bin. Da ich eine natürliche Neigung zu Pi mal Daumen
habe, zwinge ich mich, strenge Regeln einzuhalten, sonst verfalle
ich wieder der Beliebigkeit und stürze ab wie ein Kater vom Ge-
länder. Egal, wie lächerlich die Wünsche meiner Kundschaft sind:
Ich bemühe mich, Qualität zu liefern. Also nachhaltige Produkte
und so wenig Künstliches wie möglich. Echte Löwenmähne allerdings … Natürlich könnte ich synthetisches Fell nehmen, aber
dann sieht das Tierchen aus wie ein Karnevalsscherz. Man kann
das Lächerliche nicht noch lächerlicher machen.

Meine traditionellen Lieferanten verkaufen Gerbprodukte,
Grundkörper, Zubehör wie Augen oder Gebisse. Museen oder
Zoos wären eine Möglichkeit, aber da habe ich keine Beziehungen. Ich hätte die Sockenbestellung annehmen sollen. Je länger
ich darüber nachdenke, desto klarer wird mir, dass auch nur das
kleinste Büschel echter Löwenmähne ein Problem wird, das sich
nicht so leicht lösen lässt.

Für mich hat ein Problem ohne Lösung immer etwas Beruhigendes. Ich weiß, was man damit machen muss: es auf später vertagen. Das ist kindisch, klar, aber ich warte lieber bis zum allerletzten Moment, auch wenn mich die Angst schüttelt. Also kehre ich das Problem vorerst unter den Teppich.

Um mich herum verändert sich der Himmel allmählich. Wolken ziehen auf. Keine regenschweren Kumuluswolken, sondern verstreute, wattige Höhenwolken. Auf dem Quai zerfetzt eine XL-Möwe einen Müllsack und plustert sich auf, um die Tauben in die Flucht zu schlagen. Hinter der Möwe und unter den Wolken reckt ein Lastkahn seine Spitze in die Seine. Als ein Schiff vorbeifährt, plätschert der Fluss, und die Wellen spritzen ein bisschen auf das Deck, wo eine Frau sitzt.

Sie ist in ein weißes Tuch gehüllt, das bis auf ihre nackten Füße fällt. Ihr dichtes schwarzes Haar fließt über die Schultern, und sie starrt durch ihre Brille auf das Wasser, wie einst Penelope aufs Ionische Meer. Manchmal schwappt es ganz an sie heran, dann streckt sie die Beine aus, um mit den Zehen darin zu planschen. Sie scheint sich nicht um den nahenden Untergang ihres Bootes zu sorgen.

Während ich in diesen Anblick versunken bin, höre ich ein Hundejaulen, gefolgt von einer vertrauten Stimme.

»*Calm down, Sam.* Gutes Hundchen.«

Ich brauche eine Weile, um zu reagieren, wie wenn man aus komplexen Gedankengängen gerissen wird. Mimile trägt eine bordeauxrote Wollweste und einen Panamahut, der seine Glatze versteckt, an einer Schnur zieht er einen aschgrauen Hund hinter sich her.

»Mimile, wo kommt dieser Hund her?«

»Ich habe ihn seit letzter Woche.«

»Hat ihn dir jemand zum Hüten gegeben?«

Rhetorische Frage. Ich wüsste nicht, wer Mimile bitten sollte, seinen Hund zu hüten. Soviel ich weiß, ist Mimile wie ich: allein.

»Nein«, antwortet er. »Ich habe ihn adoptiert. Er heißt Sam.«

»Das habe ich gehört.«

»Ich wollte immer ein kleines Tier haben. Er ist sehr nett.«

»Aber nicht mehr ganz jung«, stelle ich fest.

Freundlicher Euphemismus: Dieser Pudel ist in der Abenddämmerung seines Daseins, und ich spreche hier von der Dämmerung an einem Wintertag, wenn die Nacht sehr schnell hereinbricht. Sowieso sehe ich nicht, was man an diesem ächzenden Pflegefall »nett« finden kann.

»Ja, er ist alt«, antwortet Mimile. »Weil ich nicht vor ihm gehen möchte. Man kann nie wissen. In meinem Alter …«

Toll, jetzt will er mich weichklopfen, indem er davon spricht, zu »gehen«, während er mit seinem moribunden Köter und den Augen einer verängstigten Katze vor mir steht. Als wüsste ich nicht, dass uns die Leute beim leisesten Windzug davonwitschen können. Als wüsste ich es nicht ganz genau. Wenn es einen Bereich gibt, für den die Leute keinerlei Vorsorge treffen, ist es genau dieser. Daran musst nicht ausgerechnet du mich erinnern, Mimile.

In diesem Stadium habe ich die Wahl, mich auf sein Spiel einzulassen oder es zu ignorieren und das Thema zu wechseln.

»Sam scheint jedenfalls zufrieden, hier zu sein«, sage ich.

Mimile nimmt die Ironie nicht wahr. Zweideutigkeit ist nicht sein Ding.

»O ja, das glaube ich auch«, pflichtet er mir bei. »Er war in einem Käfig, jemand hat ihn ausgesetzt, und er lief den ganzen Tag im Kreis. Weißt du, der Hund ist ein soziales Wesen, wie der Mensch. Er ist nicht für die Einsamkeit gemacht. Er braucht Gesellschaft.«

»Du scheinst dich ja mit Hunden auszukennen.«

»Ich kenne mich mit Einsamkeit aus.«

»Mimile, bitte hör auf mit dem Theater. Ich habe wirklich viel zu tun gehabt.«

Ausweichen, immer. Ich weiß, dass es keine großen Sachen sind, die Mimile erwartet. Einen Kaffee trinken, über Belanglosigkeiten reden, ihm einen Gefallen tun, wenn er mich braucht. Da sein, einfach anwesend sein. Aber ich schaffe es nicht.

Er lächelt gezwungen und nickt. Dann greift er nach einem Stück Holz und wirft es einen Meter weiter. Sam bleibt sitzen, träge schaut er zu seinem Herrchen auf. Ich möchte mich am liebsten in meine Werkstatt flüchten. Mimile spürt es, er kennt mich. Aber er sagt nichts, sondern fängt wieder an, mit Sam zu reden.

Ich drehe den Kopf zum Lastkahn. Die Möwe, die auf dem Quai saß, ist an Bord gegangen, spaziert herum und hackt mit dem Schnabel nach einem Tau, das auf dem Vordersteven herumliegt. Penelope ist immer noch da, sucht aber nicht mehr auf dem Wasser. Sie sieht mich an, das Tuch bis zu den Schultern hochgezogen, starrer Blick, die Augen hinter ihren Brillengläsern zusammengekniffen. Sie lächelt mir zu, aber ich bin mir nicht sicher, ob es ein freundliches Lächeln ist.

Ich fühle mich unbehaglich und hocke mich hin, um unbeholfen Sams Nacken zu tätscheln. Der Pudel ist mürrisch, sein Fell hart. Aus dem Augenwinkel sehe ich, dass Mimile, zu der Frau gewandt, mit den Schultern zuckt.

»Éva, ich wollte gerade eine alte Freundin besuchen. Kommst du mit?«

Ich hatte also unrecht. Mimile hat ein Sozialleben. Von dieser Frau hat er mir nie erzählt. Ich habe ihm keine Gelegenheit dazu gegeben.

Die Gelegenheit ist da, vor meiner Nase. Aber anstatt sie zu ergreifen, stammle ich eine Ausrede und verdrücke mich.

Ich könnte in die Werkstatt gehen, aber ich habe nicht die geringste Lust, mir von einem postmodernen Geweihträger die Leviten lesen zu lassen. Mit einem Ministopp in der Rue de Pivoines, wo ich eine Packung Sushi kaufe, trabe ich nach Hause. In der Wohnung schlüpfe ich mit einer Spur Unbehagen, denn es ist noch nicht einmal vier, in meinen Pyjama und mit Sushi, Sojasoße und dem Spionageroman von John le Carré, der auf dem Sofa lag, unter meine Decke. Ich habe fest vor, die Dunkelheit abzuwarten, bevor ich einschlafe, damit ich nicht früh um drei wie eine verschreckte Eule aus dem Bett falle. Die Dunkelheit, aber nicht länger.

Nach einer Viertelstunde Lektüre sehe ich ein, dass mich das Buch kein bisschen unterhält. Ich begreife rein gar nichts, die Kerle wechseln die Länder wie Hemden, sprechen zwölf Sprachen und strampeln sich ab, um die Welt am Laufen zu halten, was mir ebenso vergeblich wie illusorisch vorkommt.

Ich habe das Sushi aufgegessen, stehe auf, um mir einen Rum einzugießen, und gehe wieder ins Bett. Ab halb sechs lässt sich Mimiles langsamer Schritt durch die Decke vernehmen (wenn es nicht der von Sam ist). Ein dumpfes Schrittgeräusch, gefolgt von einem Knarren. Alles knarrt in diesem Haus.

Ich versuche weiterzulesen, aber meine Gedanken bleiben an der Decke kleben. Ich überlege mir, dass ich Mimile vorschlagen könnte, mit mir zu essen, dass ich mehr Sushi oder ein Bo Bun holen oder ihm beim Lesen seiner Mails helfen könnte. Einen kurzen Moment lang habe ich sogar Lust dazu. Die Idee blitzt auf, es wäre so einfach, so normal. Natürlich bewege ich mich so wenig wie ein lauernder Löwe. Ich erfinde Vorwände, um mich zu überzeugen, dass er mich gar nicht braucht. Schließlich hat er Sam. Schließlich ist er gar nicht allein. Schließlich ist es schon spät, er ist bestimmt müde. Schließlich bin ich ihm nichts schuldig.

Der Brunnen, aus dem ich meine Argumente schöpfe, ist tief, aber sein Wasser ist trüb.

Ich gieße mir noch einen Rum ein und versuche, mich wieder in meinen Roman zu versenken. Kapitel fünf. Zwei Männer spielen Tennis. Beim Seitenwechsel unterhalten sie sich in einer Geheimsprache. Während der Partie entschlüsselt jeder das Beinspiel des anderen, seine Angriffs- und Verteidigungskünste, um darin die Lücken zu entdecken, die er später beim großen Abschlusskampf nutzen kann. Einer der beiden Spieler ist anscheinend ein durchtriebener Schurke. Ich vermute, wenn ihm der andere an diesem Punkt der Geschichte eine Kugel in den Kopf schießen würde, wäre der Roman zu kurz, aber ich begreife wirklich nicht, was ihn daran hindert.

Es ist noch hell, aber ich beschließe trotzdem zu schlafen. Jetzt wach liegen oder später – was macht das für einen Unterschied?

Und vielleicht träume ich dann.

Ich träume viel. Das ist der Teil meines Lebens, den ich am liebsten mag. Manchmal habe ich das Gefühl, das ist der einzige, den ich unter Kontrolle habe. Meine Träume machen mir nie Angst, sie verletzen mich nicht, ich bin darin nicht verloren und fehl am Platz. Meistens sind sie eher schlicht, leidenschaftliche Romanzen oder Abenteuer in den Tropen, bei denen ich eine angenehme Zeit verbringe. Die anderen sind das Gegenteil: Sie sind maximal metaphorisch, und das gibt mir die Rechtfertigung, sie nicht verstehen zu müssen.

In mein Schlafzimmer verkrochen, die Nase erfüllt von den Ausdünstungen der Sojasoße, warte ich auf meinen Traum.

Er lässt nicht auf sich warten, aber schon bei den ersten Bildern merke ich, dass er mir nicht gefallen wird. Die Kulisse ist weder romantisch noch tropisch. Und in Sachen Metapher begreife ich schnell, dass es eher ein Tiefflug wird als ein Abstecher in die Stratosphäre.

Ich träume von einer Kühlschranktür, die beim Öffnen quietscht wie altes Parkett. Ein klitschnasser Löwenhamster mit Brille springt heraus und schreit mit näselnder Stimme, dass drinnen ein Unwetter gewütet habe und man Psychotiker oder Bauer in der Sahelzone sein müsse, um den Regen zu vergöttern. Er rennt eine Weile durch die Küche, stößt die Wohnungstür auf, rennt die Treppe hoch und auf Mimiles Wohnung zu. Ich folge ihm auf allen vieren. Vor Mimiles Wohnung zieht der Löwenhamster eine Büroklammer aus seiner Mähne, um sich Zugang zu verschaffen, aber als er sie einführen will, stellt er fest, dass es kein Schloss gibt. Es gibt nicht einmal mehr eine Tür. Er dreht den Kopf zu mir, kratzt sich die Mähne und betritt die Diele. Sie ist leer. Ich vernehme ein ganz schwaches Hintergrundgeräusch. Wir kommen ins Wohnzimmer, wo Mimile vor dem Fernseher sitzt, in dem *Casablanca* läuft. Ingrid Bergman schaut in Schwarz-Weiß zum Klavier und sagt mit schmachtender Stimme ihren Kultsatz: »*Play it once, Sam. For old times' sake.*« Am Klavier spielt ein lustloser Zwergpudel eine Melodie, die ich gut kenne, aber seit Ewigkeiten nicht mehr gehört habe. Der Löwenhamster macht mir Zeichen. In der Zimmerecke steht die in Weiß gehüllte Frau vom Lastkahn mit dem Rücken zu uns. Sie dreht sich zu mir um, aber ihr Gesicht bleibt verschwommen. Der Löwenhamster borgt mir seine Brille. Das Bild wird klarer. Die Frau lächelt, aber es ist nicht das Lächeln, das ich auf dem Kahn gesehen habe. Das Gesicht auch nicht: Es ist das Gesicht meiner Mutter. Als sie mich wahrnimmt, gehen ihre Mundwinkel nach unten, und sie sieht mich vorwurfsvoll an.

Am nächsten Morgen kümmere ich mich in der Werkstatt um das Problem mit der Löwenmähne. Nacheinander rufe ich meine Lieferanten an. Den ersten, die mich fragen, warum ich nicht die Mähne des Löwen benutze, den ich ausstopfen muss, erkläre ich, dass es nicht für einen Löwen, sondern für einen Dsungarischen Hamster sei, aber ich merke bald, dass es nicht ratsam ist, diese Wahrheit auszusprechen. Bei den nächsten erfinde ich diverse Geschichten, Beschädigung des Fells, Hautkrankheit, Schnitzer bei der Bearbeitung, frühzeitige Kahlheit, Wettereinflüsse infolge der Klimaerwärmung – sie stoßen auf weniger Sarkasmus, mehr Skepsis und ebenso wenig Mähne. Ich verschiebe das Problem auf immer später und mache mich erst mal an die Ausarbeitung des Grundkörpers.

Unter Ernestos aufmerksamem Blick schnitze ich den Polyurethanschaum in der Größe des Tieres zurecht. Ich stelle es auf allen vieren mit angespannten Beinen, vorgereckter Brust und erhobenem Maul dar. Dass der Körper so klein ist, macht die Arbeit schwierig, aber allmählich nimmt das Tier Gestalt an, und als der Grundkörper fertig ist, bin ich zufrieden. Er ist wirklich stattlich. Für einen Hamster meine ich.

Ich beschließe, eine Pause zu machen, ein bisschen rauszugehen. Aber kaum habe ich die Werkstatt verlassen, fällt mein Blick auf einen Mann, der im Hof auf der Bank sitzt. Es ist das erste Mal, das ich jemanden hier sitzen sehe.

Der Mann sitzt mit den Pobacken ganz vorn auf der Kante, als hätte er Angst, die Bank würde unter seinem Gewicht nachgeben. Er lässt den Kopf hängen und starrt auf den Bio-Coop-Beutel auf seinen Knien. Zwischen seinen Händen lässt sich durch den Stoff eine Tiergestalt wahrnehmen.

Ich kenne diesen Mann. Ich sehe zwar sein Gesicht nicht, aber seine ganze Erscheinung erinnert mich an irgendjemanden. Die Marke auf dem Beutel gibt mir den entscheidenden Tipp: Das ist doch der, der bei mir im ersten Stock wohnt.

Auf den ersten Blick gleicht der Nachbar einem typischen Pariser Mittdreißiger, Kategorie Bobo Standard: angegraute Schläfen, gepflegter Dreitagebart, feste, aber nicht übertrieben große Muskeln, T-Shirt mit V-Ausschnitt oder Hemd mit Mao-Kragen. Ein Mann mit friedfertiger Ausstrahlung. Normalerweise zumindest. Jetzt ist es anders: Er trieft vor Traurigkeit.

Er hat mich nicht kommen hören, ich habe also noch Zeit, festzulegen, wie ich das Gespräch eröffne. Ich zähle in Gedanken die Möglichkeiten auf und finde, dass es viel zu viele gibt. »Schönes Wetter, was?« Nein, es nieselt, das funktioniert nicht. »Ich wusste gar nicht, dass Sie eine Katze haben.« Ich bin nicht sicher, dass es eine Katze ist. »Was bringen Sie mir Schönes?« Irgendwie weiß ich, dass das unangebracht sein könnte. Mein Gehirn ist überhitzt. Panik bläht sich in mir auf. Nach diversen Volten entscheide ich mich für die traditionelle Formel: »Guten Tag«, gefolgt von seinem Vornamen. Aber als ich schon den Mund geöffnet habe und bereit zum Handeln bin, stelle ich fest, dass ich nicht mehr weiß, wie er heißt. Habe ich es überhaupt je gewusst?

Meine Neuronen schicken ein Notsignal an die Lippen, um sie zum Schweigen zu bringen, die aber ignorieren es ungeniert.

»Vincent? … Pardon, Julien? Nein, Laurent?«

Er hebt überrascht den Kopf.

»Rémi? Jordan? Ramsès? Pierre-Henri?«

»Hallo, Éva«, antwortet er.

Die Scham durchflutet meine Adern. Aber ich kann meine Stimmbänder nicht mehr kontrollieren, die weiter beliebige Vornamen produzieren.

»Guten Tag ... Roger? Abdel? Diego?«

»Ich komme wegen meines Katers«, erklärt er.

»Hans? Bruce? Bernard?«

»Nein, er heißt Whymper. Das war ein britischer Bergsteiger.«

»Zusätzlich zum Kater-Sein?«

Er lächelt. Monsieur Mein-Name-ist-Nobody ist empfänglich für meinen unkontrollierten Humor.

»Gute Frage. Er war tatsächlich ein bemerkenswerter Kletterer. Abgesehen von seiner legendären Trägheit.«

Er spricht mit sanfter Stimme, die nicht zu seinem betretenen Verhalten passt.

»Wollen Sie reinkommen?«

Er folgt mir in die Werkstatt, darauf bedacht, seinen Beutel horizontal zu halten. Nachdem er das eher platte Etwas auf den Arbeitstisch gelegt hat, wendet er sich Ernesto zu und schaut ihn an. Ohne Erstaunen oder Abscheu. Auf jeden Fall ist er der Erste, der meinen Hirsch so anschaut. Geradezu komplizenhaft.

Ich habe immer schon gedacht, dass irgendetwas bei dem Mann nicht rundläuft. Irgendwas an ihm passt nicht zu dem Bild, das er abgeben will. Diese umweltbewussten Prinzipien, das Angepasste, das ist nur Fassade. Innerlich ist er so verrückt wie nur irgendwas.

Dem Anschein nach ist mein Nachbar der Inbegriff des modernen Vaters. Beamter, alleinstehender Vater eines Kindes, das er einen Großteil der Zeit betreut, gleichzeitig erledigt er die Hausarbeiten und die Wurmkompostierung. Roller für das Kind, E-Bike für sich, Gemüsekiste, unverpackter Hafer, zweimal wöchentlich Jogging. Aber irgendwas stimmt nicht. Ich glaube, er spielt der Welt etwas vor. Er ist nicht der, der er gern wäre. Oder er ist es und versteckt in seinen Einkaufsbeuteln einen kompostierbaren Umhang, den er in Vollmondnächten hervorholt, um die Straßen des Val-de-Marne von boshaften Seelen zu befreien, die im Schatten der Hochhäuser konspirieren.

Hier ist eine jüngst erlebte Geschichte, um meine These zu untermauern. Es war einer der unzähligen Morgen, an denen mein Kühlschrank vor Hunger schrie und ich mich wohl oder übel durchgerungen hatte, mich bis zu Nathalies Laden zu schleppen. Unterwegs hatte ich in der Bäckerei zwei Pains au chocolat gekauft – guten Tag, schönes Wetter, nicht wahr, ich sage Ihnen, hallo, ihr Schwalben, und so weiter – und mich ans Ufer gesetzt, um sie zu essen. Ich bedauerte gerade, dass ich keine Brioche gekauft hatte, als ich oben genannten Nachbarn sah, der wütend Richtung Charenton-le-Pont stürmte. Eigentlich kann ich nicht sicher sagen, dass er wütend war, weil er ungefähr dreißig Meter entfernt mit dem Rücken zu mir lief. Aber sein Rücken kam mir wütend vor.

Ich folgte ihm. Ich weiß nicht, warum ich das getan habe. Ich habe, besser gesagt, nicht die geringste Absicht, mir die Frage zu stellen. Ich hatte gerade Lust dazu und fertig. Ohnehin verlängert die voyeuristische Neigung, die ich an jenem Tag an mir entdeckt habe, nur die Liste meiner Schwächen, von denen ich andere für entschieden problematischer halte.

Er bog in die Rue Charles-de-Gaulle ein, lief an der Marne entlang und überquerte die riesige Brücke nach Charenton. Dort verirrte er sich ein bisschen und lief durch verschiedene Straßen, bis er vor einem vegetarischen Pub stehen blieb. Nachdem er auf sein Telefon, das Schild des Pubs, sein Telefon, das Schild des Pubs geschaut hatte, ging er nickend hinein.

An diesem Punkt zögerte ich. Es war riskant. Aber am Ende eines mühsamen Dialogs mit mir selbst konnte ich mich überzeugen, dass ich unter allen Umständen einen Sojaburger brauchte, jetzt, auf der Stelle, trotz des halben Pfunds Fett, das ich gerade verzehrt hatte. Ich ging also rein und setzte mich in die Nähe von Nachbar (der Name fällt mir wirklich nicht ein), achtete aber darauf, dass er mich nicht bemerkte. Er saß bei einem Mann, der ihm relativ ähnlich war – Ende dreißig, gut gekleidet –, allerdings war sein Teint ein wenig zu leichenartig für die Jahreszeit. Nachdem ich meinen Feng-Shui-Kräutertee bestellt hatte, spitzte ich die Ohren.

»Ich habe mir etwas gekauft«, sagte der Freund stolz. »Eine Waschmaschine.«

»Das ist sehr nützlich«, lobte Nachbar. »Seid ihr vorher in den Waschsalon gegangen?«

Der Kumpel erkannte Ironie genauso wenig wie Mimile.

»Natürlich nicht«, sagte er. »Meine Maschine war alt. Die neue ist bewusst.«

»Wessen ist sie sich bewusst?«

»Ich meine bewusst, umweltbewusst.«

»Du meinst, sie weigert sich, Unterhosen *Made in Bangladesh* zu waschen?«, fragte Nachbar mit skeptischer Miene.

»Das nicht, aber sie ist *connected*. Mein Telefon programmiert sie, und dann legt sie los, wenn der Wasser- und Stromverbrauch am geringsten ist. Großartig, oder? Das reduziert die Umweltbelastung, und ich spare eine Unmenge Zeit im Haushalt.«

Nachbar nickte, wirkte aber nachdenklich. Schließlich fragte er:

»Hat Clara kein Problem damit?«

»Was hat das mit Clara zu tun?«

»Die Wäsche ist deine Aufgabe, oder? Du sparst also Zeit, Clara aber nicht. Im Hinblick auf die Gleichberechtigung ist das problematisch.«

Der Freund runzelte die Stirn.

»Der Planet ist natürlich superwichtig«, fuhr Nachbar fort. »Aber in unserer zurückgebliebenen Gesellschaft ist die Gleichberechtigung zwischen Mann und Frau ebenso wichtig.«

»Ja, also ...«

»Ganz zu schweigen von den kleinen Kongolesen.«

»Wie bitte?«

»Diese Maschinen sind wie unsere Smartphones: vollgestopft mit Elektronik, die aus einem Haufen Mineralien hergestellt wird, die wiederum Umweltschäden, Gewalt und Kinderarbeit verursachen. Deswegen die kleinen Kongolesen. Ist ihr Leben weniger wert als das unserer Kinder?«

Der Freund dachte intensiv nach. Nachbar wartete einen Moment. Dann, als er spürte, dass der Gegenangriff bevorstand, legte er wieder los:

»Du findest, dass ich zu viel nachdenke, ja? Kann schon sein. Aber ich glaube, manchmal ist es genauso problematisch, gar nichts zu machen wie es halb zu machen. Andererseits kann man die Sachen immer nur halb machen. Das ist ein unlösbares Problem.«

Der Mann versank in Grübeleien. Nachbar fuhr fort:

»Ehrlich gesagt lässt mich das nicht mehr schlafen.« Dabei sah er sehr ausgeruht aus. »Ich könnte mir Beruhigungsmittel verschreiben lassen, aber weiß ich, wie und von wem die Pillen produziert werden?«

Systematisch träufelte Nachbar Zweifel in das Gehirn des armen Kerls, der anfing, an den Nägeln zu knabbern und dann mächtig zu schwitzen. Am Ende des Mittagessens glich er einem Mann, der nach einem Erdbeben durch die Ruinen seiner Stadt torkelt.

Sie trennten sich vor dem Pub. Als sein Freund schlurfend um die Straßenecke verschwunden war, setzte sich Nachbar einen

Moment auf ein Absperrgitter. Er zündete sich die letzte Zigarette aus seiner Schachtel an, nahm einen Zug, seufzte und setzte den Weg nach Alfortville fort.

Nachbar steht immer noch vor Ernesto in der Mitte der Werkstatt. Als er sich endlich zu mir umdreht, verkündet er:

»Ich komme, um Whymper ausstopfen zu lassen, aber ich bitte Sie, nicht so ein Kunstwerk aus ihm zu machen wie Ihr Freund, der Hirsch.«

»Dieser Hirsch ist nicht mein Freund, Nachbar«, sage ich ungnädig.

»Ich heiße Marco, Nachbarin.«

»Das wusste ich doch!«

Der Name sagt mir überhaupt nichts. Vielleicht ist es sein echter Vorname, der, den er benutzt, wenn er seine Tarnung fallen lässt. Im Zweifelsfall nenne ich ihn weiter Nachbar.

Er kommt zu mir und hebt den Beutel von unten an, der weiche Inhalt landet auf dem Arbeitstisch. Whymper ist ein grauer, magerer und zerzauster Kater. Aus dem offenen Maul hängt eine raue Zunge. Die Ohren sind winzig.

»Er ist hässlich, oder?«, fragt Nachbar.

Er streichelt seinen Kater. Whymper ist zwar hässlich, aber Nachbar ist trotzdem traurig.

»Könnten Sie sich darum kümmern?«, fragt er schließlich.

»Natürlich. Wollen Sie, dass ich ihn ein bisschen herrichte?«

»Auf keinen Fall. Ich möchte, dass er kauert wie ein Tier, das auf seine Beute starrt, aber natürlich und so hässlich, wie er immer gewesen ist.«

»Sehr gut. Allerdings muss ich noch einen anderen Auftrag erledigen. Einen Löwenhamster. Ich muss Whymper ein paar Tage einfrieren.«

»Wie Sie wollen«, antwortet Nachbar. »Dann muss ich Sie allerdings darauf hinweisen, dass ich ihn schon eingefroren hatte, bevor ich gekommen bin, deshalb rate ich davon ab, nach dem erneuten Auftauen ein Stück davon zu kosten.«

»Wie schade. Ich habe mir angewöhnt, ein Stück Fleisch von jedem Tier zurückzubehalten, das man mir anvertraut. Als Vorrat für harte Winter.«

»Das habe ich geahnt. Deshalb habe ich ihn eingefroren, bevor ich gekommen bin.«

»Schlau. Heimtückisch, aber schlau.«

Er sieht belustigt aus. Ich auch, glaube ich. Ich hätte früher mit dem Mann reden sollen. Es ist amüsant.

»Was ist Ihr Lieblingstier?«, fragt er. »Also geschmacklich?«

»Ich liebe sie alle. Ich mische gern.«

»Löwenhamster zum Beispiel?«

»Nein, mein Löwenhamster ist ein echter Löwenhamster, keine Mischung.«

»Ich verstehe. In diesem Fall hoffe ich, dass Sie mich im nächsten harten Winter zu einem Hund-Wildschwein-Carpaccio einladen«, kontert er.

»Jeder Winter ist hart.«

Er flirtet, ich flirte, über den schlaffen Leichnam einer zerzausten Katze gebeugt. Diese Welt ist so was von sinnlos.

»Ich dachte eigentlich, Sie wären Vegetarier«, teile ich ihm mit.

»Und ich dachte, Sie mögen den Winter.«

»Wie kommen Sie darauf?«

»Wie kommen Sie darauf, dass ich Vegetarier bin?«

Es folgt ein langes Schweigen, während wir Whymper betrachten. Weder er noch ich sind verlegen. Die Atmosphäre ist freundlich. Nachbar lächelt mich an.

»Ich hätte also gern eine versteifte, nicht versüßte Version meines kleinen Katers in der Position eines Steppenjägers.«

»So sei es.«

»Und lassen Sie sich ruhig Zeit. Er liebt den Winter ebenso wie Sie. Es wird ihm keineswegs unangenehm sein, einige Wochen in Ihrer Tiefkühltruhe zu ruhen.«

»Das wird ihn an seine Glanzzeiten als Bergsteiger erinnern.«

»Danke, Éva.«

Er geht und denkt auch an seinen Bio-Coop-Beutel, den er sicher braucht, um auf dem Rückweg seine Einkäufe zu erledigen.

Es stimmt schon, irgendetwas fehlt ihm. Er steht auf seinen vier Pfoten, die Ohren nach hinten gelegt, die Brust stolz, die Lippen geschlossen. Seine Augäpfel blau und undurchsichtig. Aber er wirkt unvollständig. Eine Mähne wird seinem Charisma gewiss nicht schaden.

Es gibt Probleme, die sich wie durch Zauberkraft lösen, wenn man sie ein paar Nächte ruhen lässt. Der Mähnenhamster gehört zur entgegengesetzten Kategorie: Das Problem scheint unlösbar, und ich ahne schon, dass es eine Sintflut weiterer Schwierigkeiten nach sich ziehen wird. Aber ich kann mich einfach nicht entscheiden, was ich tun soll. Mir weiter den Kopf zerbrechen oder feige aufgeben und mich den Vorhaltungen meiner Kundin stellen? Die Feigheit lockt mich, aber auch mich zu stellen verlangt einen Mut, den ich nicht aufbringen würde.

Vielleicht hilft mir ein Spaziergang. Ich verlasse das Haus und gehe in Richtung Seine-Ufer. Der Himmel ist grau, ja farblos, aber die Luft ist lau und die Straße voller Menschen, die sich an der Temperatur im zweistelligen Bereich ergötzen. Wenn ich versuche, die Gedanken auf mein Problem zu fokussieren, tappen sie im Dunkeln, ohne in irgendwas zu münden.

Anstelle der Mähne fällt mir mein Traum ein, und ich sehe wieder das von dichtem schwarzem Haar umgebene Gesicht meiner Mutter, ihre glänzenden mandelförmigen, ebenfalls schwarzen Augen. Ihre weiße, kindlich zarte Haut, die schmalen Lippen, die oben etwas abstehenden Ohren. So stelle ich mir meine Mutter vor – so habe ich sie anhand der wenigen Fotos rekonstruiert, die ich von ihr gefunden habe. Vielleicht ist das Bild völlig falsch. Vielleicht hatte sie einen bösen Blick und eine hängende Zunge, ein heimtückisches Grinsen und eine extravagante Frisur, die sie verbarg, sobald ein Objektiv in der Nähe war. Was weiß ich schon?

Ich wandere lange durch die Straßen von Alfortville und gebe meinem Gehirn Auslauf. Die Gedanken mischen sich, der Hamster, die Mähne, meine Mutter, die Frau auf dem Lastkahn. Ich verlaufe mich und achte nicht auf den Weg, den meine Füße für mich wählen. Als ich wieder zu mir komme, stelle ich fest, dass ich nicht den üblichen Umweg genommen habe, um Nathalies Supermarkt auszuweichen.

Zu spät. Ein paar Meter weiter steht Nathalie mit ihrem Obst, ihrem Gemüse und ihrer unerschütterlichen Freundlichkeit. Ich senke den Kopf und beschleunige den Schritt, aber ich weiß schon, dass es ein vergebliches Manöver ist.

Eben weil Nathalie eine so sympathische Person ist, neige ich dazu, ihr auszuweichen. Sie ist ständig von einer Aura der guten Laune, einer pastellfarbenen Wolke des Wohlwollens umgeben. Ihre Überzeugungen ändern sich je nach Mode, ihr Körper weitet sich oder schrumpft mit den Jahreszeiten, aber immer ist sie liebenswürdig und aufmerksam. Egal, ob ihre Augen von Traurigkeit verschleiert oder vor Müdigkeit halb geschlossen sind, sie hört zu und stellt Fragen, sie ist bescheiden und überlässt die Bühne den anderen.

Ihr eigenes Leben aber, ihre Vergangenheit, weshalb sie in Alfortville ist, das alles bleibt hinter ihrer Ladentheke verborgen. Wir wissen, woher sie kommt, wegen des Maroilles, den sie jeden Tag in einer Ecke ihres Ladens aufstapelt, als wäre dieser Käse ein Grundnahrungsmittel, und auch wegen der typischen Redewendungen des Nordens, die sich in ihre Sätze mischen, wenn sie begeistert ist, und wegen ihrer Art »Das ist nicht schlimmer als daheim!« zu sagen, wenn es in Strömen schlammiges Wasser auf Alfortville regnet. Wir wissen, woher sie kommt, aber mehr nicht.

Nathalie hockt neben der Auslage vor ihrem Schaufenster und stapelt Pampelmusen zu einer Pyramide, als sie mich erblickt. Sie springt auf und ruft:

»Hallo, Süße! Was macht das Leben? Wart eine Sekunde!«

Lächelnd wirft sie die restlichen Früchte hin und stört damit das Gleichgewicht der Pyramide, die sich auf den Bürgersteig ergießt.

»Pam, Pam, Pam, Pam!«, singt sie auf die Melodie von Beethovens Fünfter.

Anscheinend ist die gesamte Bevölkerung von Alfortville von alberner Freude erfasst. Ich helfe Nathalie, die Früchte aufzusammeln. Gern würde ich die Pyramide wiederaufbauen, aber Nathalie lässt es nicht zu.

»Kümmer dich nicht drum! Hopp, hopp! Wir schmeißen alles übereinander, piepegal. Wenn die Pyramide schön aussieht, kaufen die Leute auch nicht mehr Pampelmusen. Also, was ist mit dem Leben?«

»Das Leben, das Leben ...«

»Die Liebe? Die Tierchen?«

»Es passt schon, dass du sie in einem Atemzug nennst. Im Moment sehen sie sich ziemlich ähnlich.«

»Komm mit!«, ruft sie, als alle Pampelmusen aufgesammelt sind.

Sie nimmt mich am Arm und zieht mich hüpfend in den Laden, unterwegs wirft sie ein Regal mit Süßigkeiten um.

»Piepegal! Süße, hör dir das an!«

Nathalie stellt sich hinter den Ladentisch, greift nach einer CD und steckt sie in den Spieler. Während sie darauf wartet, dass es losgeht, zappelt sie vor Ungeduld. Von der hinteren Ecke bahnt sich der Käsegeruch einen Weg in meine Nase.

Sobald die Musik anfängt – Schlagzeug, Bluesrhythmus, Basslinie –, schließt sie die Augen und beginnt von den Schultern bis zu den Knöcheln zu wippen. Als dann die E-Gitarre loslegt – eine Note so lang wie ein Heulen –, reißt Nathalie die Augen auf, reckt die Arme nach oben und jauchzt:

»Buddy Guy!«

Dann tanzt sie weiter, bewegt den Kopf vor und zurück wie ein Huhn, presst die Lippen aufeinander und schwenkt die geschlossenen Fäuste durch die Luft. Ich warte, dass es vorübergeht, aber die Show ist lang: sieben Minuten endloser Soli, während Nathalie den Kopf zurückwirft und wie in Trance Buddy Guys Gitarrenspiel nachahmt. Als die letzte Note endlich verklingt, trieft sie vor Schweiß und strahlt.

»Hast du schon mal so was Schönes gehört, Süße?«

»Vor ein paar Jahren habe ich ihn bei einem Konzert gesehen.«

»Lebt er noch?«, stößt sie hervor und starrt mich an wie Bernadette Soubirous, als sie die Heilige Jungfrau entdeckt.

»Ja, ich glaube. Nicht mehr ganz jung, aber am Leben.«

Sie umarmt mich. Das ist alles ziemlich verschwitzt. Als das erledigt ist, drückt sie wieder auf Play. Die Musik geht weiter. Und in diesem Moment, während ich Nathalie betrachte, die inmitten der Ausdünstungen fermentierten Schweißes und des Dröhnens der E-Gitarre ihre Offenbarung genießt, packt mich heftige Lust, Nachbar wiederzusehen.

Der Löwenhamster muss sich gedulden.

In der Tiefkühltruhe wartet Whymper auf seine Stunde des Ruhms. Ich behandle ihn vorsichtig – eigentlich unnötig, weil ein tiefgefrorenes Tier ziemlich unempfindlich ist – und bette ihn in eine Schüssel, damit er weich wird. Inzwischen bereite ich das Material vor. Langsam. Ich will mir Zeit lassen und die Arbeit genießen.

Ich lege das Werkzeug auf den Arbeitstisch neben der Schüssel. Als Erstes brauche ich ein Skalpell. Dann Pinzetten, Schere, Messer, Nähnadel und Faden. Außerdem noch Schaum für den Grundkörper und Küchenpapier, um alles trocken zu halten. Ich hole das Zeug aus der Kammer und bringe auch gleich Holzwolle, Desinfektionslösung und die Gerbflüssigkeit mit. Der Raum bräuchte dringend eine Auffrischung: Die Wände sind vergilbt und alt, bröckeln hier und da, das Licht zittert. Die Luft ist voll chemischer Gerüche.

Ich sortiere das Material auf dem Arbeitstisch und schaue nach Whymper. Ab und zu drücke ich ihn leicht, um das Auftauen zu beschleunigen und die Steifheit zu mindern. Ohne Handschuhe. Handschuhe würden alles verfälschen.

Ich frage ihn: Wer warst du, Whymper? Was für ein Leben hast du geführt?

Das sind keine rhetorischen Fragen. Meine Arbeit fängt damit an, das Tier zu verstehen. Das Produkt muss seiner Persönlichkeit, seiner üblichen Haltung entsprechen. Nachbar hat eine Jagdposition bestellt. Von mir aus. Aber irgendwas sagt mir, dass das für diese vermutlich eher weniger kühne Wohnungskatze nichts Natürliches haben wird. Ich schlussfolgere aus einer Leiche, zugegeben. Aber die Ähnlichkeit zwischen dem Verhalten eines lebendigen Tieres und seinem Post-mortem-Ausdruck ist oft erstaunlich. Außerdem kenne ich sein Herrchen, ich habe etwas von seinem Lebensraum mitbekommen, und das alles sagt mir etwas, wenn auch eher diffus. Ich stelle mir die beiden in der Wohnung vor, die ich nicht kenne, ich sehe das Tier, das mit kratzbürstigem Fell herumspaziert oder sich auf dem Sofa niederlässt, um Nachbars Liebkosungen zu empfangen.

Dann mache ich eine Skizze. Beim Hamster habe ich darauf verzichtet, aber eine Skizze ist oft hilfreich. Ich übernehme Whympers Proportionen und lege die geeignete Haltung fest. Kauernd wie ein Jäger, von mir aus, aber wie ein ungeschickter Jäger. Die Vorderpfoten leicht angewinkelt, den Kopf etwas zu weit vorgereckt. Die Haltung einer Wohnungskatze mit entschärftem Instinkt, die von der Jagd nur kennt, was sie mit zerstreutem Blick aufgefangen hat, wenn der Sohn ihres Herrchens Tierfilme im National Geographic Channel gesehen hat.

Nachdem ich die Skizze fertiggestellt habe, kann ich mir die Fotos von Whymper ansehen, die Nachbar inzwischen geschickt hat. Ich habe gewartet, weil ich den Fotos misstraue. Natürlich sind sie nützlich: Man sieht darauf das Tier zu Lebzeiten, seine Haltung, sein Verhalten, den Ausdruck seiner Augen und sein allgemeines Auftreten. Aber sie zeigen oft besondere Augenblicke, eine Situation, in der irgendetwas das Herrchen amüsiert oder berührt hat. Man muss auswählen, erkennen, was das Tier so beschreibt, wie es war, und aussortieren, was nur eine Momentaufnahme ist. Die meisten Kunden bekommen von einem ausgestopften Tier schnell genug, wenn es nicht irgendetwas Wahres an sich hat, etwas, was das Tier vertraut macht, seinen häufigsten, alltäglichsten Ausdruck wiedergibt.

Bei Whymper hat mich noch ein anderer Grund veranlasst, die Skizze nach meiner Intuition zu zeichnen. Ich wollte an Nachbar und seinen Kater denken, das Gefühl übertragen, das er bei mir hinterlassen hatte. Ich wollte mich in ihr Leben einmischen, ohne Nachbar um Erlaubnis zu bitten. Und dann das, was ich sah, dem gegenüberstellen, was Nachbar mir zeigen wollte.

Die Bilder bestätigen mein anfängliches Gefühl. Das Tier hat nichts von einem Jäger. Es hat nichts Stattliches, den Proportionen fehlt es an Harmonie. Aber sein phlegmatischer Blick ist irgendwie schelmisch; man kann sich vorstellen, dass es die Wildheit spielt wie ein Kind, wenn es unbeholfen einen fauchenden Tiger nachahmt. Ich mache ein paar Änderungen an meiner Skizze, um diesen Eindruck zu übertragen. Im Blick und bei der Stellung der Pfoten.

Dann mache ich mich an den Grundkörper. Ich verwende Polyurethanschaum wie alle anderen. Das ist nicht gerade der Arbeitsgang, den ich am liebsten mag. Zu sauber, nicht genug Kontakt mit dem Tier. Aber es ist eine Etappe, bei der sich die Fehler noch ausbügeln lassen. Ich forme die Katze Stück für Stück, gehe immer wieder zu Whymper und berühre ihn, um die Größenverhältnisse zu erfassen. Seine Ohren sind lächerlich klein.

Als er ganz aufgetaut ist, massiere ich ihn, um die Haut richtig zu entspannen. Trotz seines fortgeschrittenen Alters ist das Fell seidig und ohne Anomalien oder größere Narben. Eine alte, mit Bio-Kroketten ernährte Katze am Ende eines ereignislosen Lebens. Ich stecke ihr etwas Watte ins Maul, damit keine Flüssigkeit herausläuft. Dann mache ich die Haut wieder feucht, um sie knetbarer zu machen. Jetzt bin ich bereit zum ersten Schnitt. Ein berühmter Tierpräparator hat mal gesagt, das sei der Moment, in dem die Routine versagt und die Kunst beginnt.

Der erste Schnitt ist der wichtigste. Folgenschwer. Genau den habe ich so oft vermasselt, und dann hatte ich größte Mühe, ihn zu korrigieren. Der Ort, an dem man in die Haut schneidet, bestimmt die Sichtbarkeit der Nähte und das endgültige Aussehen. Einmal habe ich zu hoch geschnitten, da, wo Fell und Haut zu dünn sind, und ich musste beim Zusammennähen unlautere Tricks anwenden, um nicht alles zu zerreißen, und dann das Flickwerk verbergen.

Ich greife nach Whymper und schneide ihn vom Sternum bis zu den Schwanzwirbeln auf. Dann löse ich die Haut vom Muskelkörper. Wie einen Strumpf. Anders, als man vermuten könnte, ist das eine saubere Arbeit. Das bisschen Flüssigkeit, das hervorkommt, wird durch das Küchenpapier aufgesaugt. Ich muss noch mehrmals schneiden, um die diffizilen Körperstellen herauszulösen, aber es gelingt mir ohne Schnitzer.

Geschafft. Ich habe die Haut in der Hand. Gleich muss ich sie reinigen und gerben, aber erst mal genieße ich den Moment. Er ist magisch. Die Haut ist eine wunderbare Sache, weich, leicht, seidig, lebendig. Man spürt darin die Persönlichkeit des Tiers und kann sich vorstellen, was es erlebt hat. Und im vorliegenden Fall sogar noch mehr. Die Hände von Nachbar, die es liebkosen, zum Beispiel … Ich spüre ihn ganz nah; Nachbar ist im Raum, und seine Anwesenheit stört sich nicht am Geruch des gehäuteten Kadavers und dem Bild des Gemetzels, das uns umgibt. Ich bin geradezu verlegen, eine solche Vertrautheit mit ihm zu teilen, ohne ihn um Erlaubnis gefragt zu haben.

Ich besinne mich auf das beruhigende Gefühl, das ich hatte, als er mir Whymper gebracht hat. Obwohl ich nie mehr als einen kurzen Gruß mit ihm gewechselt hatte, habe ich mich in seiner Gesellschaft sehr wohl gefühlt. Ausnahmsweise war da nicht das Gefühl, ich würde unangebrachtes Zeug sagen, mein Gegenüber würde mich seltsam finden, mich misstrauisch mustern und eilig zu anderen, gesellschaftsfähigeren menschlichen Wesen zurückkehren, wie es mir sonst mit den wenigen Personen ergeht, denen ich über den Weg laufe.

Meine ausgestopften Kameraden in der Werkstatt schweigen und wenden taktvoll den Blick ab. Sie ignorieren mich nicht, sondern wahren Abstand, damit die Blase, in der ich schwebe, nicht platzt. Meistens kommen sie näher und versuchen, sie zu durchdringen, aber heute spüren sie, dass ich nicht allein darin bin. Sie wissen, dass ich Whympers Fell in den Händen halte und mit ihm die Wärme seines Zuhauses, die Geheimnisse seines Alltags.

Bald werde ich meine Blase verlassen. Ich werde die Haut in eine Wanne mit Gerbflüssigkeit legen, in der sie ungefähr einen Tag lang ruht. Vorher mit dem Skalpell jeden Fleischrest, jede Unebenheit entfernen. Dann die Haut mit Salz trocknen, ruhen lassen, wieder befeuchten, desinfizieren, trocknen, nachfetten, warten. Noch einen Tag, dann ist es geschafft. Ich werde die Haut um den Grundkörper legen, die üblichen kleinen Schönheitsoperationen vornehmen. Einen Blick auswählen. Das Fell zerzausen, um ihm sein struppiges Aussehen wiederzugeben. Den Gesichtsausdruck mit Nadeln modellieren, die seine Züge während des Trocknens fixieren.

Und schließlich kommt der Moment, da ich wohl oder übel nach dem Telefon greifen, Nachbars Nummer wählen und einen Termin mit ihm in Fleisch und Blut vereinbaren werde. Dann muss ich die mystische Verständigung mit dem dazwischengeschalteten Kadaver unterbrechen und in die reale Welt zurückkehren. Die, in der Menschen miteinander sprechen, sich austauschen. Die Welt der anderen, vor der ich fliehe, aber die gleich dort, hinter den Werkstattfenstern lauert.

Whymper steht in seiner endgültigen Version vor mir. Als ich die Nadeln herausziehe, bewegt sich die Haut ganz leicht, kaum wahrnehmbar, aber das Tier behält den Ausdruck, den ich ihm verliehen habe. Dann rufe ich Nachbar an und teile ihm mit, dass seine Bestellung fertig ist und dass sein Kater ihn erwartet, weniger lebhaft, aber ebenso garstig wie am ersten Tag. »Schon? Und der Löwenhamster?«, fragt er. Ich sage ihm, dass der noch ein wenig meine freundliche Gesellschaft genießen will. Nachbar sagt, das könne er verstehen, und mir werden die Knie weich. Lassen wir das.

Ich stelle Whymper auf die Kommode in der Ecke des Raums zwischen meine Kunstwerke. Die Wiedergabe ist getreu. Ehrlich gesagt ist das Tier so hässlich und sieht so unbehaglich aus, dass es mir fast leidtut, mich von ihm zu trennen. Er hätte gut zu den anderen gepasst. Vielleicht hätte er sich sogar darauf eingelassen, ein paar geheime Informationen über sein Herrchen zu offenbaren. Ich habe zwar versucht, ihm während des Trocknens ein, zwei Anekdoten zu entlocken, aber er ist stumm geblieben. Sicher habe ich es ungeschickt angestellt. Oder ich war zu schnell; es braucht Zeit, bis Vertrauen entsteht.

Als ich Nachbars Schritte auf dem gepflasterten Hof höre, packt mich eine Mischung von Stress und freudiger Erwartung. Ich springe zur Tür wie ein Kind, das vor Verlangen brennt, seinen Eltern die hübsche Zeichnung zu zeigen, die es für sie gemacht hat. Dann plötzlich wird mir das Exaltierte meines Gefühlszustands bewusst, ich halte inne und befehle meiner rechten Hand, die Klinke loszulassen und mich mit einer Ohrfeige runterzubringen. Ich übertreibe etwas: Meine Faust ist noch geschlossen und der Kiefer kriegt eine Gerade ab, die die Unterlippe perforiert. Jetzt bin ich zwar beruhigt, aber auch entstellt. Während ich die Tür öffne, wische ich das Blut ab, das aus meinem Mund tropft; ich frage mich, ob es besser ist, hässlich, aber klar im Kopf zu sein oder schön und beduselt. Die metaphysische Selbstbefragung wird von Nachbar unterbrochen.

»Hallo, Éva.«

Er trägt eine schwarze Leinenhose, ein Hemd mit Mao-Kragen, ebenfalls schwarz, und Sandalen.

»Guten Tag, Nachbar.«

»Kommt Ihnen mein Vorname nicht über die Lippen?«

»Ich habe Sie im Verdacht, ein Pseudonym zu verwenden.«

»Warum? Sehe ich nicht so aus, als hieße ich Marco?«

»Eben doch. Das ist verdächtig. Ich glaube nicht an Koinzidenz.«

»Das ist ein Fehler. Die Welt besteht nur aus Koinzidenzen. Haben Sie sich wehgetan? Sie bluten ja.«

»Ja, ich habe mir wehgetan. Im Wortsinn. Unwichtig.«

»Oh, wunderbar!«, ruft er, als er den Kater entdeckt.

Er hüpft auf Whymper zu. Bestätigung meiner Anfangsdiagnose: Er ist gestört.

»Na, Whymper, unterwegs zur Jagd? Zufrieden mit deiner neuen Stellung? Ich hoffe, mein Guter. Sie ist endgültig. Es ist lustig«, sagt er und dreht sich zu mir um, »ich glaube, das ist die tierischste Position, die er je eingenommen hat. Dieser Kater hat nie auch nur nach dem Schwanz eines Mäusebabys gehascht. Hier versucht er es wenigstens. Vergeblich, zugegeben, aber er versucht es. Das ist das Entscheidende, finden Sie nicht? Zu versuchen. Sie haben ihm eine zweite Chance gegeben.«

»Hoffentlich macht er Ihrem Sohn keine Angst.«

»Warum sollte mein Sohn Angst haben?«

Er schweigt, kratzt sich am Kinn, dann fährt er fort:

»Meine Mutter hatte ihren Hund ausstopfen lassen. Einen Dackel. Er thronte in der Diele. Mein Bruder und ich haben ihn geliebt – vor seinem Tod, aber auch danach. Wir haben uns damit amüsiert, ihn zu verkleiden und mit ihm zu spielen, obwohl wir damals schon Teenager waren.«

Er verstummt erneut und starrt Whymper verträumt an.

»Haben Sie Whymper deshalb ausstopfen lassen?«

Nachbar braucht einen Moment, um zu antworten. Er scheint in seinen Gedanken versunken.

»Wie bitte?«

»Haben Sie Whymper für Ihren Sohn ausstopfen lassen?«

»Damit er weiter mit ihm spielt? Natürlich nicht. Aber wenn er Lust dazu hat, werde ich ihn nicht daran hindern.«

»Als ich in dem Alter war«, sage ich und frage mich, ob es wirklich angebracht ist, ihm diese Geschichte zu erzählen, »verbrachte ich Stunden bei Madame Abraham, einer alten Dame aus dem Viertel, die wie Ihre Mutter einen kleinen ausgestopften Hund hatte. Sie hörte nichts mehr, aber sie duldete meine Anwesenheit. Ich nutzte das aus und unterhielt mich stundenlang mit dem Hund. Er war mein bester Freund.«

Ich merke sofort, dass der letzte Satz zu viel war. Nachbar ist vielleicht gestört, aber er muss nicht wissen, dass ich es auch bin. Wobei, wahrscheinlich musste das früher oder später passieren. Immerhin habe ich schon mindestens eine Viertelstunde ohne einen Schnitzer Konversation gemacht, diese Leistung gehört in mein persönliches *Guinness Book*.

Nachbar allerdings sagt gar nichts mehr. Enttäuscht versuche ich, dem Gespräch wieder einen Anschein von Normalität zu geben.

»Ich packe Ihnen Whymper ein. Ich hoffe, die Augen sind ähnlich. Das sind natürlich nicht mehr die echten.«

Er antwortet, sie seien perfekt, aber er ist immer noch woanders. Ich greife nach dem gepolsterten Transportkarton, den ich vorbereitet habe, und setze Whymper hinein. Nachbar erzählt:

»Am Anfang stand der Dackel in der Diele. Aber später, als mein Vater gestorben war, hat meine Mutter ihn ins Wohnzimmer gestellt. Dann hat sie angefangen, mit ihm zu sprechen. Zuerst über dies und das, dann über ihr Leben, ihre Kinder, ihren Mann, ihre Ängste. Sie hat bis zum Ende mit dem Hund gesprochen. Ohne ihn hätte sie all die einsamen Jahre nicht durchgehalten.«

»Ich verstehe.«

»Was glauben Sie, Éva, warum sprechen die Leute mit Tieren?«

Er fragt mich nach meiner Meinung. Mir gefällt die Wendung, die das Gespräch nimmt, überhaupt nicht. Sie werden sagen, ich hätte es provoziert.

»Um sich weniger einsam zu fühlen, nehme ich an.«

Er wendet sich von Whymper ab und sieht mich an.

»Die Tiere sind nur das Abbild unserer Einsamkeiten. Wir sprechen nur mit den Tieren, wenn uns die Menschen fehlen. Wenn wir beschlossen haben, die Menschen zu meiden oder wenn sie uns im Stich lassen.«

»Warum erzählen Sie mir das alles?«, frage ich, ohne die geringste Lust, die Antwort zu hören.

»Was meinen Sie, zu welcher Kategorie gehören Sie?«

»Ich?«

»Dass meine Mutter mit einem ausgestopften Dackel sprach, war unsere Schuld, die von meinem Bruder und mir. Und bei Ihnen, Éva? Hat Sie auch jemand im Stich gelassen?«

»Nein, also ich ...«

»Sprechen Sie mit Ihren Tieren, weil man Sie im Stich gelassen hat oder weil Sie sich von der Welt abgewandt haben?«

»Ich muss schon sagen, jetzt werden Sie etwas zu persönlich.«

»Und Ihr Vater? Warum hat er sich wohl einen Hund zugelegt?«

»Mein Vater?«

»Ja, Ihr Vater. Émile.«

Diesmal ist die Blase des Schweigens, die um mich herum wächst, schwer und erstickend. Nachbar lässt sie platzen, indem er sich mit seinem Tier unter dem Arm verabschiedet und die Werkstatttür schließt.

Ich glaube, darauf habe ich von Anfang an gewartet. Ich habe darauf gewartet, dass jemand anderes ausspricht, was ich nicht zu schreiben wage. Ich kann nicht mal sagen, dass dieser pseudovegetarische Dödel ins Fettnäpfchen getreten ist, schließlich schreibe ich ja seine Worte nieder.

Warum vermeide ich diesen einfachen Satz, »Mimile ist mein Vater«? Warum diese Ausflüchte, dieses Ausweichen?

Ich würde Ihnen gern sagen, dass sich hinter dem Unausgesprochenen komplexe Ereignisse verbergen, die meine Unfähigkeit erklären, normal von ihm zu sprechen, ihn »Papa« zu nennen oder »Vati«, und warum ich ihm ebenso vergeblich wie zielgerichtet aus dem Weg gehe. Im Interesse dieser Erzählung wäre es wünschenswert. Aber in meiner Geschichte gibt es überhaupt nichts Originelles.

Elf Jahre nach der Entbindung auf der Departementsstraße 91 ist meine Mutter gestorben. Halb so wild. Wenn das Drama wenigstens auf derselben Straße passiert wäre, bei einem Autounfall, an dem mein Vater schuld wäre, der hinter einer Kurve mitten auf der Fahrbahn einen Igel mit Rächerblick entdeckt und ob der aufsteigenden Erinnerung versucht hätte, ihm auszuweichen, wobei er meine Mutter unglücklicherweise an der Leitplanke zerquetscht hätte. Dann hätte ich die beste Rechtfertigung, einen unüberwindbaren Groll gegen meinen Erzeuger, Fatalismus gegenüber der Welt und ambivalente Beziehungen zu den Tieren zu hegen. Nichts dergleichen. Meine Mutter ist nach relativ kurzer Krankheit an Krebs gestorben. Sie hat gelitten, aber nicht mehr als andere.

Mimile hat noch eine Weile gekämpft, dann ist er in sich zusammengesunken wie eine Marionette, der man die Fäden durchschneidet. Er ist stumm durch das Haus geirrt, das ihr gemeinsames Haus gewesen war und plötzlich nur noch seins war.

Er ist geirrt, aber war er wirklich schwach? Hat er mich fallen lassen oder habe ich ihn verlassen? Habe ich mich an dem Tag wirklich verändert? Ich weiß es nicht: Ich habe keinerlei Erinnerung an das Kind, das ich war.

Vielleicht hat Mimile gar keine Schuld. Vielleicht war ich immer so ein gleichgültiges Mädchen, das sein Leben damit verbringt, zu warten, das die Welt auf Abstand hält, das die Menschen und alles andere meidet; das blasse und düstere Mädchen, das den großen wie den kleinen Freuden aus dem Weg geht.

Wenn ich meine Gedanken schweifen lasse, habe ich oft ein Bild vor Augen. Es ist eine Erinnerung, aber der Ursprung ist nicht mehr ganz klar. Wahrscheinlich eine Reise, bei der ich ungefähr zwanzig war, vielleicht ging sie nach Mitteleuropa. Auf jeden Fall war ich an dem Tag in einem Zug, der sich von morgens bis abends endlos durch feuchte Täler mit Bäumen ohne Laub schlängelte. Der Waggon war fast leer. Nur eine andere Person saß da: ein dickliches Mädchen, das ein Buch las. Am Anfang hatte sie sich auf die sonnige Seite gesetzt. Weißes Wintermorgenlicht. Sie las, drückte ab und zu die Nase an die Scheibe und lächelte. Als der Zug abbog, schien die Sonne auf der anderen Seite herein. Das Mädchen wechselte den Platz und drückte wieder sein Gesicht ans Fenster.

Ich denke oft an das Mädchen, wie es gelächelt und darauf gewartet hat, dass die Wärme der Scheibe sich auf seine Wangen und die geschlossenen Augen überträgt. Ich habe Leute, die im Zug je nach Sonne den Platz wechseln, immer beneidet. Ich bin nicht so. Ich missachte das Glück und die Menschen, die es mir schenken könnten, weil ich überzeugt bin, dass sich die guten Dinge ebenso schnell verkrümeln, wie sie gekommen sind. Übrig bleiben nur ein paar blasse Empfindungen. Ganz anders als die schlechten Dinge, die sich in uns festsetzen und sich mit der Klarheit des Unglücks pausenlos in Erinnerung bringen.

II

Zehn Tage vergehen. Ich verbringe sie zur Hälfte mit Ärger über Nachbar, seine Vertraulichkeit, seine Hellsichtigkeit, und zur anderen mit der Lust, an seine Tür zu klopfen. Ich denke auch darüber nach, bei Mimile zu klingeln, aber ich würde gern vorher mit Nachbar sprechen. Anders gesagt, ich stagniere zehn Tage in einem Sumpf schlammiger Vorwände.

Dann fällt mir eines Morgens ein, dass ich einen Löwenhamster vollenden muss. Natürlich gibt es die Lösung für das Mähnenproblem ebenso wenig wie am ersten Tag. Also mache ich mich daran, eine zu finden.

Ich rufe noch mal alle Lieferanten an, mehrfach, vergeblich. Ich probiere alle möglichen Fellmischungen aus, um die Beschaffenheit einer echten Mähne nachzuahmen, vergeblich. Ich denke daran aufzugeben und Totoros Familie einen Hamster mit falscher Mähne zu liefern oder ihnen sogar mitzuteilen, dass ich ihren Wunsch leider nicht erfüllen kann. Aber die Liste der Leute, die ich enttäusche, ist schon lang genug und braucht keine Ergänzung mehr. Ich muss den Wunsch dieses Kindes befriedigen.

Gegen Mittag drängt sich eine Lösung auf.

Ich betrachte sie von allen Seiten. Das ist die einzige Option. Ist es der geeignete Zeitpunkt? Wir sind in den Schulferien, aber ich kann nicht länger warten. Ich schlage ein Heft auf und entwickle eine Strategie. Ich kenne den Ort genau. Im Internet überprüfe ich die Zugangsbedingungen, mache eine Skizze, studiere die Topographie des Ortes. Nach mehrstündigen genauesten

Überlegungen habe ich mich mit mir über die anzuwendende Taktik verständigt. Es ist 16 Uhr.

Ich verlasse die Werkstatt und gehe zur Metro. Ich nehme die Linie 8 bis Bastille, steige um in die 5 Richtung Place-d'Italie und fahre bis Gare d'Austerlitz. Dann gehe ich zum Eingang der Grande Galerie de l'Évolution, die ich mit einem flauen Gefühl im Magen betrete.

Das Museum ist brechend voll. Der riesige dunkle Saal erstreckt sich in ganzer Länge und Höhe über mehrere Ebenen. Über mir lässt das Glas, das die Decke bildet, ein schwaches gelbliches Licht herein. Zwischen den Horden von Kindern und den Herden von Touristen erkennt man kaum die Tiere. Hintergrundgeräusche von Reptilien, Vögeln, Gewittern und Dschungeln sorgen für die passende Atmosphäre.

Was ich vorhabe, ist natürlich illegal. Ganz klar Diebstahl. Und anders, als man vermuten würde, ist es keine einfache Aufgabe. Bei der Ausarbeitung meines Plans waren simultan mehrere Schwierigkeiten zu lösen. Wegen der Antiterrormaßnahmen konnte ich weder Schere noch Cutter oder ein anderes scharfes Werkzeug mitbringen, um der Raubkatze diskret eine Strähne zu entnehmen. Und natürlich muss ich unbemerkt bleiben.

Meine Idee ist folgende: in die erste Etage hinaufgehen, wo die erlauchtesten Tiere aufgereiht sind, unter ihnen natürlich die Löwen; mich auf der Südseite nahe bei ihnen postieren und dem Museumswärter mitteilen, dass eine Kindergruppe gerade die Kaiserpinguine am anderen Ende des Saales rupft; die raffinierte Ablenkung ausnutzen, um mit der bloßen Kraft meiner Hände, aber ganz unauffällig, ein bisschen Mähne von einem der drei Königen der Savanne auszureißen, am besten von dem sitzenden, bei dem die Gefahr geringer ist, dass er bei dem Manöver umfällt.

Leider erleidet dieses raffinierte Gerüst schon bei der ersten

Etappe einen Rückschlag. Als ich dem Sicherheitsmenschen aufgeregt gestikulierend mitteile, dass die Pinguine in Gefahr sind, greift er nach seinem Walkie-Talkie und bittet seinen Kollegen, einen Blick nach ihnen zu werfen. Dann klopft er mir auf die Schulter und dankt mir für meinen Bürgersinn.

Anfängerfehler: Ich habe keinen Plan B. Also improvisieren. Ich entferne mich von dem Mann und versuche, aus dem Stegreif eine Alternative zu entwickeln. Ich könnte auch in der Cafeteria einen Kräutertee trinken, um etwas Abstand zu gewinnen, aber dann wäre der Adrenalinkick mit einem Schlag vorbei und mit ihm der notwendige Mut, um zur Tat zu schreiten.

Plötzlich erspähe ich eine Gruppe von fünf besonders aufgedrehten Kindern, begleitet von einem Paar besonders unaufmerksamer Erwachsener. Ich gehe zu den Jungs und verrate ihnen, dass sie heute zum ersten Mal auf den Büffeln reiten dürfen. Begeistert rasen sie zu den Großrindern und stoßen schrille Schreie aus. Der Museumswärter entdeckt sie und rennt ihnen nach: Der Weg ist frei.

Ich stürze zu den Löwen, schwinge mich rittlings auf einen, sehe mich um (völlig sinnlos, denn die Anspannung macht mich blind), greife nach seiner Mähne und zerre wie wild daran. Ich spüre, dass die Hälfte der Backe mitzugehen droht. Der Präparator hat einen beschissenen Job gemacht. Es gelingt mir, die Haut mit einer Hand festzuhalten, während die andere die Mähne ausreißt. Ich stopfe die Beute in eine Tasche und renne im allgemeinen Durcheinander davon. Das gerupfte Tier folgt meiner Flucht mit stummem Blick.

Mit Angst im Bauch und rasendem Herzen eile ich zum Ausgang, stolpere aber auf halbem Weg über das Podest der Beuteltiere und sinke neben ihnen zusammen. Hastig stehe ich auf, humple erbärmlich zum Museumsausgang und versuche den Blicken des Personals so gut es geht auszuweichen.

Ich verschwinde im Metroschacht, wie man in ein Loch kriecht, um sich vor der Welt zu verstecken. Als ich endlich in einem Zug sitze, der Richtung Osten saust, berühre ich unter den bohrenden Blicken der Fahrgäste das Fell in meiner Tasche. Es ist perfekt.

Ich schneide und transplantiere die Mähne, nachdem ich sie ausgedünnt habe, um sie mit der Haarmorphologie des Nagers kompatibel zu machen. Ich habe mich nicht getäuscht: Hinsichtlich des Charismas ist er um Stufen aufgestiegen. Voller Stolz rufe ich die Auftraggeberin an, um ihr mitzuteilen, dass Totoro fertig ist, wie sie es gewünscht hat, und darauf wartet, in ihrem Wohnzimmer zu thronen (ich unterdrücke die Ergänzung: »Neben dem Christkind«). Die Frau wirkt verlegen, bestätigt aber, dass sie am nächsten Morgen mit ihrem Sohn vorbeikommen wird.

Ich denke nicht weiter über ihre fehlende Begeisterung nach. Vielleicht hatte sie den Hamster vergessen oder gehofft, ich würde die Arbeit nicht vollenden. Vielleicht habe ich im falschen Moment angerufen oder ihre Stimme einfach falsch interpretiert. Ich habe mal gehört, dass man das Verhalten der anderen am eigenen misst, und wenn das so ist, ist es kein Wunder, dass ich sie nicht jubeln höre. Jedenfalls bin ich erleichtert, dass sie nicht gesagt hat, sie werde gleich vorbeikommen. Denn sobald der Löwenhamster abgegeben ist, muss ich mich den anderen Problemen stellen. Neue Kunden finden. Mit Nachbar sprechen. Mit Mimile. Ich könnte versuchen, sie zu ignorieren, wie ich es immer mache, und mich weiter mit dem halbdepressiven Gleichgewicht zufriedengeben, das ich bisher noch immer gewahrt habe. Aber dieses Gleichgewicht ist mächtig heikel.

Ich schließe die Werkstatt ab und mache mich auf den Weg nach Hause. Ich gehe zwar am Fluss entlang, aber nicht unten am Ufer, weil ich niemanden treffen will, weder Mimile und seinen Hund noch die Frau auf dem gestrandeten Lastkahn oder Nachbar beim Joggen. Auf meinem üblichen Umweg, der Nathalies Laden meidet, gehe ich beim Japaner vorbei und beschließe, mir ein gigantisches Menü von California Makis und zwei große Sapporo-Bier zu gönnen, um ganz allein mit mir die Vollendung des Löwenhamsters zu feiern. Als ich die Treppe hochgehe, achte ich darauf, mein Festmahl waagerecht zu halten. Vor der Wohnungstür stelle ich alles auf den Boden, um meine Schlüssel zu suchen. In dem Moment taucht Mimile wie aus dem Nichts vor mir auf.

»Hallihallo, Éva!«

Ich kenne Mimiles angeborenes Talent im Versteckspiel sehr gut. Er hat es in meiner Jugend häufig eingesetzt, um mich zu überraschen. Obwohl er behauptete, das seien nur dumme Witze, habe ich in diesen Spielen immer die reinste Spionage gesehen. Ich hätte nicht gedacht, dass er sich in seiner heutigen Verfassung noch wie ein Ninja in den dunkelsten Ecken des Hauses verkriechen kann. Ganz sicher ist es kein Zufall: Mimile hat dort im Dunkeln gestanden und auf mich gewartet.

»Bekommst du Besuch?«

Ich bin überrumpelt.

»Nein. Ja. Das heißt … Warum?«

»Du hast für zwei zu essen und zu trinken eingekauft«, stellt er fest.

Ich brauche ganz dringend eine Ausrede, aber mein Gehirn rast im Leerlauf.

»Oder aber …«, setzt er fort. »Nein, das wäre zu schön … Wolltest du mich überraschen und ein bisschen Zeit mit mir verbringen?«

So was von raffiniert! Ich habe offensichtlich viel zu viel zu essen und keinen dummen Spruch parat, um ihn damit in die

Wüste zu schicken. Ich würde ihm gern sagen, dass ich mir lieber allein den Bauch vollstopfe und die Hälfte in den Müll schmeiße, als ein Stündchen mit ihm zu verbringen. Ich würde gern, aber ich schaffe es nicht; diesmal käme es mir übertrieben gemein vor. Ich könnte ihm gestehen, dass ich etwas zu feiern habe, aber damit würde ich das Ganze noch schlimmer machen. Er würde natürlich nachfragen. Auf das Terrain werde ich mich gar nicht erst wagen. Ich bin gefangen wie ein Hamster in seinem Käfig.

»Okay, Mimile. Essen wir die Maki zusammen.«

»Das sind Maki? Großartig, du weißt, dass ich die am liebsten mag! *God save the makis!*«

Er geht vor mir die Treppe hoch. Sein Schritt ist schwer und mühsam geworden. Oben schüttelt mich der Ärger.

Sobald er die Tür aufmacht, überfällt mich der Geruch vergangener Zeiten. Ich betrete seine Wohnung zum ersten Mal. Als er eingezogen ist, habe ich sogar eine Dienstreise vorgeschoben, deswegen musste ich dann wirklich drei Tage wegfahren; ich war in Étretat, dort erwarteten mich stürmisches Wetter und eine brutal depressive Landschaft, in der Möwenhorden mit scheelem Blick um mich herumflatterten und mich überzeugen wollten, von der Steilküste zu springen.

Auf dem Papier gleichen sich Mimiles Wohnung und meine aufs Haar. Die Räume sind identisch, von der amerikanischen Küche über das Schlafzimmer und den Balkon bis zum Bad. In der Realität ähneln sie sich kein bisschen. Hier stehen die Möbel, die ich seit jeher kenne: der große rechteckige Tisch, an dem meine Mutter arbeitete, und das kleine Büfett, an dessen Türen meine Eltern in grellen Farben zwei Leierschwänze gemalt hatten. Mimile verstaute darin Schnapsflaschen, Suze und Grappa. Macht er das immer noch? Bei ihm hat sich nichts geändert, weder nach dem Tod meiner Mutter noch als er hier eingezogen ist. Nichts bis auf die Wände. Auf den Bücherborden stehen dieselben Bücher wie vor dreißig Jahren – nicht, dass Mimile nicht mehr lesen würde, aber er entsorgt anscheinend lieber die neuen Bücher, als die Organisation seiner sakrosankten Regale zu stören oder neue aufzustellen.

Mimile holt Teller aus der Küche; immer noch das alte gelbliche Porzellan mit verblühten Blumen darauf. Beim Anblick des Geschirrs, der Schränke und Tische, der Bücher, Bilder und Poster wird mir einmal mehr bewusst, was ich eigentlich schon wusste: Mimile hat seine Heimat nicht verlassen, um etwas anderes zu sehen, neu anzufangen, zu vergessen. Sondern wegen mir.

Er stellt die Teller auf den großen Tisch. Seine Hände zittern. Sie zittern schon so lange. Ich höre ein Hintergrundgeräusch, das allmählich deutlicher wird; ich nehme wahr, dass Mimile mit mir spricht, seit wir die Wohnung betreten haben. Ich habe keine Ahnung, was er erzählt. Seinen letzten Worten glaube ich zu entnehmen, dass er von der Frau auf dem Lastkahn spricht, aber ich bin lieber still, als etwas Falsches zu sagen.

Er setzt sich. Ich ziehe die Maki-Packung zu uns. Mimile macht das Bier auf und gießt es in große Stielgläser.

»Wusstest du, dass Sapporo die erste japanische Brauerei war? Das Bier kommt aus Hokkaido, der bergigen Insel im Norden der Inselgruppe und wurde von einem Japaner gebraut, der unter Lebensgefahr nach Europa gereist war.«

Wird er mir jetzt den Wikipediaeintrag jedes Bestandteils unserer Mahlzeit runterbeten?

»Für Bier krepieren. Wie bescheuert.«

Mimile ignoriert meine Bemerkung.

»Er hieß Nakagawa und hatte den Traum, sein eigenes Bier zu brauen. Aber Mitte des 19. Jahrhunderts war in Japan kein Platz für Träume. Die Edo-Zeit ging ihrem Ende zu, aber noch herrschte die Tokugawa-Dynastie, und das Reich war immer noch isoliert. Es war ein totalitäres Regime, das seine Gegner brutal unterdrückte. Während der Edo-Zeit wurden Köpfe abgeschlagen und Menschen verbrannt. Sogar gekreuzigt. Und für einen kleinen Mann wie Nakagawa war es verboten, Japan zu verlassen. Mit jedem Versuch riskierte man sein Leben. Nicht weniger als das.«

»Bleibt man halt zu Hause.«

Meine Bemerkung ist von unsäglicher Dummheit. Ich hoffe, Mimile weiß im tiefsten Innern, dass sie nicht zu mir passt. Eigentlich mag ich Geschichten. Und Mimile kann gut erzählen. Als Kind trank ich seine Worte. Aber während ich hier neben ihm sitze, fühle ich mich gereizt und angespannt. Solche Bemerkungen entschlüpfen mir unkontrolliert, wie sonst auch, aber bei Mimile wird mein Fauxpas ätzend.

»Trotzdem hat er es getan«, fährt Mimile fort und stellt sich wieder mal taub. »Mit siebzehn schlich er sich auf ein Handelsschiff und gelangte nach England. Dann reiste er nach Deutschland. Zwanzig Jahre später, 1876, hatte in Japan die Meiji-Zeit begonnen, und das Land hatte sich der Welt geöffnet. Nakagawa war inzwischen Braumeister geworden. Als erster Japaner. Nun kehrte er zurück und braute aus dem wilden Hopfen, der auf den Hügeln von Hokkaido wächst, das Sapporo-Bier.«

Mimile hält inne, nimmt einen Schluck, nickt und lächelt mich an. Ich schiebe die Maki zu ihm und weiß, dass ich es nicht aus Höflichkeit tue, sondern um die Sache zu beschleunigen. Er nimmt eins mit seinen Stäbchen und schiebt es sich, immer noch zitternd, in den Mund. Ich versuche mich zu entspannen, vergeblich. Ich frage, wie es Sam geht. Er sagt, dass er gut drauf ist und sich oft ausruht. Dabei zeigt er in eine Zimmerecke, wo ich mit Mühe die Umrisse eines Tiers erkenne, das so schlaff und reglos auf einem Teppich in der Farbe seines Fells zusammengesunken ist, dass ich es gar nicht bemerkt hatte. Mimile steht auf, um ihn zu streicheln – keinerlei Reaktion des Hundes –, dann legt er eine Vinylplatte auf. Ich erkenne die Stimme sofort: Olivia Newton-John, die eine ihrer schmalzigen Balladen singt, die Mimile schon immer geliebt hat.

Er fragt mich nach meiner Arbeit, und ich stammele irgendeine hohle Antwort. Mit jedem Wort, jedem Satz, den wir wechseln, werde ich distanzierter und unangenehmer, und mir wird fast schlecht vor Schuldbewusstsein.

»Du hast einen sehr schönen Beruf«, sagt er. »Künstlerisch, kreativ, menschlich. Mutig in diesen Zeiten.«

Mimile wagt sich nicht auf persönliches Terrain. Er wartet, dass ich den Fuß darauf setze, auch wenn er weiß, dass es nicht passieren wird. Dabei hätte ich ihm eine Menge zu sagen und ihn noch mehr zu fragen. Ich habe meine Jugend in einer Wüste des Schweigens verbracht. Immer habe ich Mimile die Schuld daran gegeben und mich hinter suspekte Ausreden geflüchtet, um mein fehlendes Bemühen zu rechtfertigen. Ich habe mir hartnäckig eingeredet, dass ich ihm keine Fragen stelle und ihn in seiner stummen Einsamkeit verkümmern lasse, um ihm nicht wehzutun. Um nicht die Ursachen seines Leids an die Oberfläche zu holen. Aber eigentlich habe ich immer gewusst, dass mein Verhalten viel banaler war: Ich war ein simpler, dummer, oberflächlicher Teenager, ebenso gleichgültig wie egozentrisch.

Und ich bin dieselbe geblieben. Distanziert und steif sitze ich auf meinem Stuhl, anstatt mit ihm zu sprechen oder ihn zu bitten, mit mir zu sprechen. Nur eine Frage zu stellen von den unzähligen, die auf der Oberfläche meines Ozeans von Nichtwissen schwimmen. Ich weiß nicht mal, woran meine Mutter gestorben ist. An Krebs, ja, aber an welchem? Mit elf Jahren habe ich nicht daran gedacht, Mimile zu fragen. Dann sind die Jahre vergangen, und meine Unwissenheit ist geblieben. Und irgendwann war es zu spät: Ich war erwachsen geworden und schämte mich zu sehr, die Antwort nicht zu wissen, um die Frage zu stellen.

Unser Scheingespräch geht weiter. Angesichts meiner ausweichenden Antworten werden Mimiles Worte immer beliebiger. Bis sich wieder das Schweigen ausbreitet.

Als die Maki alle sind, bietet er mir einen Tee an, aber ich erkläre, ich sei müde. Er unterdrückt einen Ausdruck von Enttäuschung und sagt:

»Danke, dass du gekommen bist, Éva. Es war schön mit dir.«

Wie kann er das schön gefunden haben? Ich war die ganze Zeit unausstehlich. Aber er wirkt ehrlich.

Er bringt mich zur Treppe und umarmt mich. Dann gehe ich runter und spüre seine Augen im Rücken. Als er endlich die Tür schließt, bleibe ich stehen und sinke an der Wand zusammen, eine Natter von Gewissensbissen in den Gedärmen. Die Wand ist kalt und hallt von der Musik von Newton-John, die Mimile lauter gedreht hat. Ich erkenne das Lied: Sam. Daher kommt also der Name des Hundes.

Oh Sam, Sam, you know where I am …

Ich habe es in meiner Jugend gehört, wenn ich auf meinem Bett lag, während es im Wohnzimmer erschallte.

And the door is open wide …

Neulich habe die Melodie wieder in meinem Traum gehört.

Are you feeling lost just like me?

Heute verstehe ich die albernen Worte zum ersten Mal.

Longing for company …

Sie berühren mich.

Ich habe wirklich versucht, nicht daran zu denken. Ich habe die üblichen Tricks ausprobiert: Kopf schütteln, ganz schnell blinzen, mir Wasser ins Gesicht kippen. Nichts hat geholfen. Zuerst habe ich mir Mimile reglos in der Dunkelheit seines Zimmers vorgestellt, allein mit seiner Musik und seinem Fellsack von Hund. Dann sind andere, ältere Bilder aufgetaucht. Mimile, immer allein, zu Hause, die Nase in seinen Büchern in einem der alten, mit pflaumenrotem Samt bezogenen Sessel oder seufzend durchs Haus irrend. Mimile, der kämpft und sich in seinen eigenen vier Wänden verliert. Regen, immer nur Regen. Der Himmel so grau wie ein Betongewölbe. Und dann, immer noch still, Mimiles Körper, der erste Anzeichen von Müdigkeit zeigt, einer Müdigkeit, die zur Schwäche wird.

Es gibt ein paar Passagen, da ändern die Bilder ihre Farbe, taucht etwas blau oder gelb auf; manchmal höre ich einen Vogel singen, sogar ein Lachen, ein kleines Zeichen von Fröhlichkeit. Mimile, der mit mir auf einem See Boot fährt und mir eine lokale Legende erzählt, oder eine Dorfgasse oder ein Konzert. Glauben Sie mir: Ich klammere mich an diese Erinnerungen, so gut ich kann, aber die Mühelosigkeit, mit der die anderen sie zerquetschen, raubt mir schnell den Mut.

Auf den ersten Bildern – den ältesten – gibt es echte Farben. Seine natürlich, aber auch meine, und die beiden verstärken sich gegenseitig, wie bei zwei Tischtennisspielern, die sich den Ball immer schneller zuspielen, bis einer zusammenbricht und mit dem Kopf gegen eine Ecke der Platte knallt. Da ist echter Schmerz, aber allmählich verwandelt er sich in mir, und die Wut taucht auf. Nein, ich weiß nicht, ob man von Wut sprechen kann. Eher Bitterkeit, Groll. Ein Widerwille, ihn so rissig werden zu sehen, so schwach, so anders als früher, oder wie ich mir vorstelle, dass er war.

In diesen Erinnerungen bin ich Zuschauerin, nicht mehr. Ich beobachte ihn, während er sich verliert, aber ich biete ihm keinen Halt. Ich sage mir nicht, dass sein Scheitern auch meins ist, dass seine Schwäche meine Schwäche ist, dass mein Groll aus dem Bedauern kommt, das Leben nicht beim Schopfe gepackt zu haben, als noch Zeit dafür war. Und wenn der Gedanke mich einmal streift, wische ich ihn mit einem Blinzeln hinweg, denn ich weiß, dass ich zu feige bin, um mich davon zu überzeugen, dass trotz all der Jahre vielleicht noch Zeit ist.

Dann schäme ich mich, stehe auf, gehe ins Wohnzimmer, gieße mir ein Glas Rum ein, leere es und warte, dass sich das Wunder des Vergessens vollzieht und mir die Einsicht erlaubt, dass eigentlich alles unwichtig ist. Und am nächsten Tag habe ich vergessen.

Beim Aufwachen ist Mimile vergessen, hat mein Geist seinen üblichen Zustand wiedererlangt – melancholisch, mehr nicht. Der erste Gedanke, der ihn durchzuckt, ist der an meinen Termin mit Familie Löwenhamster. Dann fällt mir der seltsame Ton der Frau bei unserem Telefongespräch ein. Und weil ich dafür heute ebenso wenig eine Erklärung habe wie gestern, überlege ich mir, dass ich am besten in die Werkstatt gehe und mich vergewissere, dass alles bereit ist, um die Horrorfamilie zu empfangen.

Ich dusche und ziehe mich an, dann gehe ich los, um die Bestellung zu überprüfen, vergesse aber nicht, mir unterwegs zwei Pains au chocolat zu kaufen.

Als es klingelt, ist alles fix und fertig. Der Löwenhamster Totoro steht auf dem Arbeitstisch, badet in einem Strahl des Morgenlichts und mustert den Raum mit Siegermiene. Er lauert ungeduldig auf die Ankunft seines Herrchens: Angesichts seiner neuen Frisur rechnet er mit einer triumphalen Heimkehr.

Doch als Mutter und Sohn die Werkstatt betreten, lässt Enttäuschung das Maul des Tieres erstarren.

Der Grund wird mir schnell klar. Die Mutter reicht mir flüchtig die Hand, ihr Gruß klingt ebenso verschnupft wie am Vortag. Ihr Sohn hat einen Dsungarischen Hamster in den Händen, ein genaues Abbild Totoros, abgesehen von der Mähne. Befreit von der schluchzenden Verzweiflung, die ihn bei unserer ersten Begegnung geschüttelt hatte, lächelt das Kind albern, ganz anders als sein neues Tier, das zwischen seinen Fingern fast erstickt.

Die Frau beugt sich zu ihrem Sohn und stellt ihm eine Frage, die ich nicht verstehe. Der Junge schüttelt den Kopf.

»Sie werden verstehen, dass wir nicht warten konnten«, teilt mir die Frau mit. »Es hat sich hingezogen, und Raphaël wollte einen neuen Hamster. Er war noch nicht ganz sicher, aber jetzt hat er mir bestätigt, dass er es sich mit Totoro anders überlegt hat. Er möchte ihn gern vergessen.«

»Ja«, mischt sich der Bengel ein. »Totoro ist eine alte Geschichte. Außerdem ist ein Hamster mit einer Mähne Schwachsinn.«

Die Mutter lächelt.

»Ja, mein Schatz, du hast recht, das ist in der Tat etwas lächerlich«, bestätigt sie, während sie meine Arbeit mustert.

Ich explodiere:

»Totoro ist wunderbar! Seine Mähne ist aus echtem Löwenfell!«

»Echt oder nicht, wir möchten das Präparat von Totoro nicht mehr erwerben«, versetzt die Frau eiskalt.

»Schluss mit Totoro, hier kommt Hamsterman!«, quakt das Kind.

»Hamsterman? Das ist doch Unsinn«, sage ich. »Wenn es hier einen Superhamster gibt, dann ist das Totoro! Sieh ihn dir an!«

Meine Verteidigungsstrategie ist offenkundig wirkungslos. Doch weil ich keine Argumente für den Gegenangriff finde, spiele ich auf Zeit und hoffe, dass Hamsterman zwischen Raphaëls Würgefingern ganz zu atmen aufhört.

»Ich bitte Sie, sehen Sie sich Totoro einen Moment an. Sehen Sie nicht den Schatten von Traurigkeit in seinen Augen?«

»Mademoiselle! Das ist ein ausgestopfter Hamster im Karnevalskostüm. Er hat keinen Ausdruck. Und ich wäre Ihnen dankbar, wenn Sie nicht länger versuchen würden, meinen Sohn emotional zu erpressen. Er hat schon genug gelitten.«

»Aber keineswegs, ich …«

»Wir haben dieses neue Tier gekauft, das uns in jeder Hinsicht passend erscheint …«

»Und er ist Franzose«, unterbricht das Kind. »Er muss nicht präpariert werden! Das hat Papa …«

»Ja, mein Kätzchen«, fährt die Frau fort. »Wir haben also dieses Tier gekauft und …«

»Das ist ein Dsungarischer Hamster! Wie Totoro!«

»Unterbrechen Sie mich nicht!«, keift die Frau. »Im Übrigen setzt uns der Kauf des neuen Tiers finanziell unter Druck. Wir können das Ausstopfen von Totoro deshalb nicht bezahlen.«

»Aber so ein Hamster kostet nicht mehr als eine Schachtel Zigaretten!«

»Mademoiselle! Hier ist ein Kind im Raum. Ihre Anmerkungen einer Süchtigen sind unangebracht.«

Ich habe noch nie geraucht, aber ich habe Lust, mir eine anzuzünden, um sie Hamsterman in den Mund zu stecken. Das würde sein Leiden verkürzen.

Die Frau will fertigwerden.

»Mein Schatz, wenn du Totoro (sie bekreuzigt sich) Adieu sagen willst, dann ist jetzt der Moment.«

»Ich spreche nicht mit Plüschtieren. Ich bin schon groß«, antwortet das Kind.

In seinen Händen stößt der neue Hamster ein leises Röcheln aus, das letzte Signal seines Todeskampfes. Die Mutter merkt es und sagt zu ihrem Sohn:

»Mein Kätzchen, ich glaube, du hältst Hamsterman ein bisschen zu fest.«

Raphaël lockert die Umklammerung. Das Tier kommt zu sich und hechelt einen Moment inbrünstig. Dann geht es ganz schnell. Hamsterman wirft einen Schreckensblick auf sein Herrchen und springt in die Luft. Ein großartiger Satz. Er landet auf Totoro und saust hinter den Tisch. Raphaël stürzt hinterher, ohne aufzupassen, und knallt mit der Stirn gegen die Platte, während das Tierchen zwischen seinen Beinen hindurchwitscht. Als es durch die halb offene Werkstatttür verschwindet, liegt das Kind am Boden und schreit.

Seine Mutter bleibt einen Moment reglos stehen. Dann zieht sie blitzschnell ihre Hosenbeine hoch und fliegt förmlich mit erstaunlicher Beweglichkeit in den Hof. Ihr Sohn hört auf zu jammern und humpelt ihr hinterher. Ich wiederum muss wohl einmal mehr um jeden Preis beweisen, dass der Mensch, wenn er in eine unbekannte Situation geworfen wird, Reflexe von unübertroffener Absurdität offenbart: Ich mache mich an die Verfolgung der Familie.

Draußen fällt ein klebriger Regen auf Alfortville. Die Fahrbahn ist glatt, die Sicht eingeschränkt. Auf dem Bürgersteig sehe ich die Mutter gefolgt von ihrem Sohn an der Ecke zur Rue Paul-Vaillant-Couturier verschwinden. Ich lege einen Sprint hin und hole die beiden Raketen mit Mühe ein. Auf ihrer Höhe angekommen, entdecke ich den Hamster, der ungefähr zwanzig Meter vornweg rennt. Raphaël zappelt hinter seiner Mutter her, die anmutig zwischen den verdutzten Passanten hindurchgleitet. Sie zögert nicht, sich mit ihrer Stimme oder mit Gewalt einen Weg zu bahnen, um das Tier in der Schusslinie zu behalten. Es biegt in die Rue Victor Hugo, taucht in den Tunnel unter den Bahngleisen und setzt sich auf der anderen Seite mitten auf die Kreuzung.

Warum flüchtet es nicht in die Kanalisation oder versteckt sich unter einem Auto? Angesichts der Absurdität unserer Verfolgungsjagd hüte ich mich, es in puncto Logik zu belehren. Allerdings zeugt auch seine nächste Entscheidung nicht von Intelligenz: Anstatt sich in einem der unzähligen Winkel zu verstecken, die ihm zur Verfügung stehen, springt der Nager in den

Autobus 181, der gerade an der Station Capitaine Deplanque gehalten hat.

Die Frau, ihr Sohn und ich folgen ihm in das Fahrzeug, das in Richtung Créteil weiterfährt. In der Stille des Busses sinkt mein Adrenalinspiegel ein bisschen, und mir wird die Unsinnigkeit der Situation bewusst. Während ich zusehe, wie die Megäre auf der Suche nach dem Hamster die Fahrgäste beiseite schubst, steigt endlich die Wut in mir auf. Die Frau hebt Waden hoch, schiebt die Hand hinter Rücken, schimpft. Sie durchkämmt den Autobus gründlich, systematisch. Auch der Sohn, der sich vorn postiert hat, nimmt seine Aufgabe schrecklich ernst: Er kauert auf dem Boden und wirft mit zusammengepresstem Kiefer roboterartige Blicke in alle Ecken.

Die Stationen folgen aufeinander. Général Gallieni. Keine Spur vom Hamster, kleinere Auseinandersetzungen mit widerspenstigen Fahrgästen. Belfort. Die Frau findet immer noch nichts, und Raphaël verliert allmählich die Geduld. Hinter den Scheiben zerfließen die Universitätsgebäude im Nieselregen. Ich könnte an der nächsten Haltestelle aussteigen, die Metro nehmen und nach Hause fahren. Aber irgendwas hält mich davon ab. Wer weiß, vielleicht könnte ich dem armen Vieh eine Ausflucht bieten, indem ich es in die Jackentasche stecke.

Als sich die Türen an der Haltestelle Créteil-Préfecture öffnen, springt das Tier hervor. Es rennt durch meine Beine zur Tür und ins Freie. Unser Dreigestirn katapultiert sich ebenfalls hinaus. Wir sind am Rand des Parks von Val-de-Marne. Einen Moment lang hege ich die Hoffnung, den Hamster in diese Richtung laufen zu sehen, damit er uns auf diesen großen Grünflächen abschüttelt, darin verschwindet, um sich in den paar Monaten, die ihm bleiben, eine schöne Zeit zu machen. Er könnte seine kleinen Pfoten in den See tauchen und für den Winter Eicheln sammeln.

Leider springt uns sein fehlender Intellekt ein weiteres Mal ins Gesicht: Er biegt nach Süden ab, hin zum feindseligen Schatten des Einkaufszentrums Créteil Soleil.

Das betritt er durch Eingang 17, Avenue de la France-Libre.

Drinnen erinnern mich die dünnen Lichtfäden, die es bis zu den schmutzigen Wänden schaffen, dass der Himmel draußen immer noch grau und nass ist. Ich könnte unter den Tropfen herumstreunen und meine Einsamkeit genießen, aber ich bin hier und verfolge eine Hysterikerin, ein dummes Gör und ihr Tier durch das bevölkerungsreichste Gebäude von Val-de-Marne.

Außerdem habe ich keine Ahnung mehr, wo das Biest ist. Mit leerem Kopf trabe ich zwanzig Meter hinter den beiden her und atme regelmäßig, wie beim Jogging. Mutter und Sohn kann man gar nicht aus den Augen verlieren. Mit ihrem Geschrei übertönt die Schreckschraube das Stimmengewirr ringsum:

»Er rennt zu seinem Käfig, der Schwachkopf!«

Die Läden sehen alle gleich aus. Auf Stühlen vor den Restaurants schlingen ein paar Gestalten lustlos Cholesterol in sich hinein. Ich absolviere einen Slalom, um nicht auf den gebratenen Zwiebeln auszurutschen, mit denen der Boden bedeckt ist.

Vor einem Grillrestaurant bleibe ich stehen und hole tief Luft. Plötzlich sehe ich an einem Tisch eine Gestalt, mit der ich hier nie gerechnet hätte: Nachbar! Er macht sich gerade über einen Teller her, auf dem mindestens eine halbe Kuh liegt. Ich renne wieder los, sehe aber aus dem Augenwinkel, dass er mich erspäht hat. Nichts wie weg!

Fünfzig Meter weiter hole ich die Horrorfamilie vor dem Laden ein, in den sich das Tier geflüchtet hat: die Tierhandlung von Créteil Soleil.

Ich würde den Ort lieber nicht beschreiben, doch aus naheliegenden Gründen der Klarheit kann ich nicht darauf verzichten. Stellen Sie sich also ein Chaos von Käfigen, Ställchen, Aquarien, Nistkästen und anderen Behältnissen jeder Art vor, darin Hamster, Kaninchen, Angorakatzen, Zwergpudel und Meerschweinchen, um die eine Horde Gören herumspringt, elektrisiert vom Bellen, Kreischen, Mauzen, Quieken, das jeden Kubikmillimeter dieses unerträglich stinkenden Raums füllte. Wenn Créteil Soleil die Hölle ist, ist dieses Geschäft sein Tartaros.

Die Bruderschaft der Hamster ist gut vertreten: mindestens zwanzig von der Sorte. Die Mutter befiehlt ihrem Sohn, sich am Eingang des Geschäfts zu postieren.

»Der entkommt uns nicht«, flüstert sie ihm mit der Stimme der Jägerin am Ende der Treibjagd zu.

Dann hockt sie sich hin und verschwindet zwischen den Regalen wie eine Süßwasserschlange. Ich warte.

»Isch wuschte esch«, sagt eine Stimme hinter mir, die mich zusammenzucken lässt.

Es ist Nachbar, der noch an seinem T-Bone-Steak kaut.

»Wie bitte?«

Er schluckt geräuschvoll.

»Sie begnügen sich nicht damit, das Fleisch Ihrer Geschöpfe für harte Winter zu sammeln, Sie kaufen auch lebendige Tiere, um zu üben?«

Er lächelt mich an.

»So ist es, Nachbar. Entweder man ist Perfektionist oder nicht.«

»Was tun Sie hier?«

Bevor ich antworten kann, taucht Raphaëls Mutter mit lautem Siegesgeheul in der Dackelecke auf.

»Ich sehe ihn!«, ruft sie und reckt die Fäuste gen Himmel.

»Die Dame nimmt den Kauf eines Haustiers sehr ernst«, bemerkt Nachbar.

»Wenn Sie wüssten.«

Ich hefte mich an Raphaëls Fersen, Nachbar an meine.

»Hol ihn dir, mein Kätzchen.«

Die Frau zeigt ihrem Sohn einen Käfig, in dem Hamsterman liegt. Die Tür ist offen. Kein Zweifel: Das ist ihr Tier. Seine schlammigen Pfoten und das noch triefende Fell zeugen von seinem Ausbruch.

Raphaël streckt die Hand aus, doch mit einer allzu hastigen Bewegung schließt er das Türchen, als er hineingreifen will. Anstatt es ganz ruhig wieder zu entriegeln, schüttelt er den Käfig wie ein Irrer. Ein Verkäufer mit geübtem Ohr hört ihn trotz des ganzen Lärms und befiehlt ihm mit einer Anmut, die den Örtlichkeiten alle Ehre macht:

»Lass die Finger davon, Rotzgöre!«

Der Verkäufer ist ein kahlköpfiger Riese mit Grabesstimme. Das Kind erstarrt.

Die Mutter zögert. Die Wut tobt in ihr, aber sie reißt sich zusammen und beruhigt sich – eine direkte Auseinandersetzung mit dem Mann würde die Ausschleusung des Hamsters verkomplizieren. Sie geht auf ihn zu.

»Monsieur, Sie sind im Irrtum. Wir wollen diesen Hamster, aber wir werden nicht für ihn bezahlen, weil er uns gehört. Ich habe ihn vor einer Woche in Ihrem chaotischen Laden erworben. Er hat jedoch beschlossen zu verduften und drei Kilometer zu rennen, um zu Ihnen zurückzukehren.«

»Madame, wenn Sie diesen Hamster kaufen wollen, sagen Sie es mir, ich bereite ihn für Sie vor, und wir gehen zur Kasse.«

Ich frage mich, was er darunter versteht. Den Hamster vorbereiten? Psychologisch vielleicht?

»Wenn Sie mir nicht glauben, fragen Sie sie«, sagt die Frau und zeigt mit dem Finger auf mich.

Der Verkäufer schaut uns an. Ich zucke mit den Schultern

und drehe mich zu Nachbar um, der erst den Verkäufer, dann die Frau anlächelt. Er amüsiert sich. Ich fange an, mich zu entspannen.

Die Frau starrt Nachbar an, dann dreht sie sich wieder um und zeigt mit dem Finger auf den Verkäufer.

»Ich nehme an, Sie haben ein Verkaufsjournal. Sagen Sie Ihrem Chef, er soll darin nach meinem Kauf suchen.«

»Der Chef bin ich. Ich kann im Computer nachsehen, aber ich wüsste nicht ...«

»Zeigen Sie mir sofort das Journal!«

»Okay«, gibt der Verkäufer grinsend nach.

Wir gehen zur Kasse. Der Verkäufer gibt ein Passwort ein.

»Wie ist Ihr Name, Madame?«

»Voinet. Mit V, wie Victoria. Élisabeth.«

»Natürlich ... Voinet ... Ja, da gab es einen Kauf, Dsungarischer Hamster, 22. Oktober.«

»Mama«, ruft Raphaël dazwischen, »du hast gesagt, er ist französisch ...«

»Es reicht, Raphaël. Geh und schau dir die Tiere an. Monsieur, ich möchte meinen Hamster zurück. Bereiten Sie ihn mir vor.«

»Entschuldigen Sie, ich sehe zwar, dass Sie einen Hamster gekauft haben, aber das beweist nicht, dass es dieser ist. Das beweist eher das Gegenteil.«

»Scannen Sie ihn, Sie werden sehen, dass es derselbe ist«, verlangt die Frau selbstsicher.

Der Verkäufer hört mit einem Schlag auf zu lachen.

»Das ist ein Hamster, kein Plasmabildschirm! Wir sprechen von lebendigen Wesen mit Körper und Verstand!«

»Das sind Tiere, und ihr Verstand ist nicht weiter entwickelt als Ihrer! Sie verdienen alle einen Barcode im Nacken!«, rastet die Frau aus.

Der Verkäufer beschließt die Diskussion abzuschließen.

»Gehen Sie. Oder ich werfe Sie persönlich raus, ohne den Sicherheitsdienst zu rufen.«

Madame Voinet grummelt irgendwas, ruft ihren Sohn und geht in Richtung Ausgang. Ich bedeute Nachbar, sich zu gedulden, weil ich hoffe, dass die beiden Schrecklichen verschwinden, ohne auf uns zu warten. Er nickt.

»Ein Erklärungskaffee, Éva, ich flehe Sie an!«

»Einverstanden.«

Wir gehen – der Weg scheint frei zu sein. Doch nach ein paar Schritten durch den Zentralgang entdeckt Nachbar Mutter und Sohn in einer Ecke neben den Fahrstühlen. Sie schenken uns ein triumphierendes Lächeln, und der Junge streckt die Hände aus, in denen der Hamster wieder nach Luft ringt. Wir haben keine Zeit, uns vom flehenden Blick des Tieres erweichen zu lassen: Sie rennen durch das Labyrinth des Einkaufszentrums davon.

»Ein weiteres aufzuklärendes Ereignis«, sagt Nachbar, während er Familie Voinet hinterhersieht, die in der Menge verschwindet. »Spendieren Sie mir jetzt einen Kaffee?«

»Hier? Sie machen Witze. Ich kann Kaffee kaufen, aber wir trinken ihn draußen.«

»Draußen? Sie machen Witze«, ahmt mich Nachbar nach. »Bei dem Brüsseler Sauwetter?«

»Unbedingt. Kommen Sie.«

Ich hole zwei Espresso – »ohne Zucker«, sagt Nachbar, »schlecht für die Linie« – und nehme Kurs auf den Ausgang. Draußen strecke ich die Arme gen Himmel und atme genüsslich die feuchten CO_2-Ausdünstungen der Straße ein.

Wir gehen zehn Minuten schweigend nebeneinander her, dann setzen wir uns an das Westufer des Sees, wo wir unseren kalten Kaffee trinken, zusehen, wie der Regen das trübe Wasser des künstlichen Gewässers bedeckt, und die Betontürme bewundern, die es umgeben. Ich sage mir, dass sich Nachbar angesichts des Ortes, an dem ich ihn aufgesammelt habe, hüten dürfte, ein Urteil über meinen Zeitvertreib abzugeben.

Als unsere Hintern in der schlammigen Wiese versinken, sagt Nachbar:

»Danke, Éva. Dieses lauschige Fleckchen Natur war mir völlig unbekannt.«

»Sie wollten, dass ich ein Geheimnis aufkläre. Ich habe die passende Umgebung gesucht.«

»Die haben Sie gefunden. Ich warte auf Ihren Bericht. Aber Sie müssen sich Mühe geben. Es wäre schade, eine so schöne Atmosphäre zu verderben.«

Ich lass ihn noch ein bisschen zappeln. Wir sind klitschnass, aber ich habe mir schon aus schlechteren Gründen eine Grippe geholt. Der Regen perlt über seinen Nacken. Zwei Enten treiben missmutig über den See.

Schließlich lege ich los:

»Die Geschichte beginnt da, wo die Seine fließt, an einer Flussbiegung, in einem makabren Lagerhaus, wo eine Serienkillerin von Nagern unter Einsatz ihres Lebens ein umwerfendes Werk vollendet hat: eine Ausstopfung für die Nachwelt, eine an Perfektion rührende Ausführung, eine Kreuzung zwischen dem König der Savanne und dem König des Rads.«

»Den Löwenhamster«, unterbricht Nachbar begeistert.

»Endlich ist der Tag der Präsentation ihrer Schöpfung vor den Kunden gekommen. Mit stolzgeschwellter Brust öffnet die Tierpräparatorin, denn das ist ihr Beruf, ihnen ihre Tür. Sie betreten die Werkstatt. Die Frau ist dürr, drahtig, ihr Blick nüchtern. Nennen wir sie Korporal. Ihr Nachwuchs kurzbeinig, tollpatschig, grob und oberflächlich. Sein Spitzname: Kleinkaliber.«

»Finsteres Paar.«

»Finster, stimmt, wie der Blick, den sie auf den Löwenhamster werfen, und wie die Worte, die sie an ihre Wohltäterin richten. Denn Kleinkaliber, dessen Wunsch die Bestellung ausgelöst hat, ist umgeschwenkt.«

Während ich ihm die Szene in der Werkstatt schildere, blickt Nachbar in die Ferne, der Blick hinter den zusammengepressten Augen verschleiert, denn die Tropfen rinnen über sein Gesicht. Ich beschreibe die Flucht des Hamsters, die Verfolgungsjagd bis zu dem Moment, da ich ihn im Einkaufszentrum sehe.

»... und bevor die Treibjagd weitergeht, hält die atemlose

Tierpräparatorin kurz inne. Dort, inmitten der Menge, die sich zwischen den schrillen Ladenschildern bewegt, erkennt sie einen Mann. Einen Vegetarier-Renegaten, der mit blutigen Fingern eine pantagruelische Portion von ermordetem Rind verschlingt. Die Szene ist abstoßend, gar kein Zweifel.«

»Grauenvoll«, bekräftigt Nachbar. »Arme verirrte Seele.«

»Wirklich verirrt? Mir scheint, der Mann ist da, wo er hingehört. Das vermutet zumindest die Tierpräparatorin, die sich, anstatt vom Anblick der armen Kreatur angewidert zu sein, seltsam beruhigt fühlt. Der Lärm des Einkaufszentrums um sie herum verebbt. Die grellen Lichter werden runtergedimmt. Die Menge verstummt.«

»Trotzdem rennt sie weiter, so schnell, wie sie gekommen ist«, bedauert Nachbar.

»Sie rennt weiter, ja. Aber sie weiß, dass sie nicht weit gehen wird, und gleich darauf flüstert ihr eine bekannte Stimme etwas ins Ohr. Da erinnert sie sich an einen Satz, den der Mann bei ihrer ersten Begegnung gesagt hat: Die Welt besteht nur aus Koinzidenzen.«

»Die Welt besteht nur aus Koinzidenzen, stimmt«, wiederholt Nachbar. »Aber woraus bestehen die Koinzidenzen?«

Das Entenpaar vor uns lässt sich nicht mehr treiben. Es schwimmt gegen den Wind, tritt auf der Stelle, und quakt ab und zu in unsere Richtung. Dahinter hört man das Schnurren der Autos, die auf Asphaltbändern im Kreis fahren.

Nachbar dreht sich zu mir.

Ich würde Ihnen gern sagen, dass er mich zärtlich ansieht, aber das wäre gelogen. Der arme Junge versucht mehr schlecht als recht seine Augen offenzuhalten, die der Regen überschwemmt, deshalb zieht er die Brauen zusammen. Er sieht mürrisch aus. Ehrlich gesagt kann ich nicht einmal sicher behaupten, dass er mich ansieht.

Ich würde Ihnen gern sagen, dass er schön ist – normalerweise ist er es für meinen Geschmack –, aber das wäre ebenso ungenau. Sein ganzes Gesicht schwimmt in den Güssen, und er presst die Lippen zusammen, um sie nicht zu trinken.

Doch als er in der Pose eines aufgeblähten Froschs mit seinen Lippen näherkommt, um mich zu küssen, stürze ich mich darauf wie ein Eichhörnchen auf die Haselnuss.

Der Kuss ist feucht, das ist ein Euphemismus. Das Wasser umgibt uns, unsere Körper sind davon durchtränkt, ich habe fast den Eindruck, dass sie sich unter dem grauen Nass zersetzen. Ich habe nach diesem Grau verlangt, ich habe nach diesem Mann verlangt, man präsentiert mir beides auf einem Silbertablett, alles mischt sich, er, die Wolken, der See, die klebrige, triefende Luft. Alles löst sich auf, zerfließt und wir mit. Als sich unsere Lippen trennen und er den Kopf an meine Schulter legt, werfe ich einen verschleierten Blick auf die Landschaft. Trostlos. Die beiden Enten wenden uns den Rücken zu und gleiten in Richtung Hochhäuser. In der Ferne fahren die Autos weiter nach Nirgendwo. In meinen Armen versinkt Nachbar friedlich in Melancholie.

Was für ein Glück, heiliger Mähnenhamster!

Ich stelle sehr schnell fest, dass Nachbar im Umgang mit trübsinnigen Umgebungen deutlich weniger Erfahrung hat als ich. Die sanfte Nostalgie, in der wir uns ergehen, droht bereits in Verzweiflung umzuschlagen. Deshalb schlage ich ihm – mit einer Unverfrorenheit, die mich selbst überrascht – vor, uns gemeinsam in Richtung unseres Viertels zu bewegen.

Wir nehmen die Metro und erreichen viel zu schnell die Station École-Vétérinaire, wo wir von unserer Bank aufstehen und auf langen Rolltreppen an die Oberfläche zurückkehren. Während der Fahrt packt mich keine Panik, ich genieße den Moment geradezu, aber sobald wir draußen und wieder von der klebrigen Luft umgeben sind, befiehlt mein dysfunktionales Gehirn, dass das Glück lange genug gedauert hat. Ich nehme einen Blick von Nachbar wahr, den ich als nachdenklich interpretiere, und versinke wieder in meinen Abgründen von Verwirrung und Panik. Ich frage mich, was Nachbar da mit mir macht, was er von mir denkt, von meinem Verhalten und meinem Schweigen, von meinem Beruf, meinen etwas abstehenden Ohren, meinen bunten Socken (ich trage immer bunte Socken), von meinen Fauxpas, meinen Zweifeln, und als Reaktion auf all die Fragen, die auf mich einstürzen, schlage ich ihm vor, mit zu mir zu kommen, was ich ebenso mutig wie absurd finde, denn die Panik wird noch stärker und dreht mir schließlich den Magen um.

Als wir das Haus betreten, geschieht etwas Seltsames. Inmitten des inneren Chaos, das er selbst ausgelöst hat, beschließt mein

Verstand einseitig, auf Distanz zu gehen und die Sequenz mit Nachbars Augen zu betrachten. Ich würde die Szene gern verständlich wiedergeben, aber das wird mir kaum gelingen, denn ich erlebe diese Szene nicht. Ich sehe Nachbar vor mir, ich stelle mir vor, was er denkt und was er sieht, und meine Panik verdrängt noch den letzten Rest Selbstkontrolle, den ich sonst bewahre. Ich reagiere wie ein Roboter.

Nachbar, reglos vor meiner Tür, fragt sich:

›Soll ich reingehen? In die Höhle der Tierpräparatorin? Wie kommt man da wieder raus? Kommt man überhaupt raus? Wie soll ich das wissen, da ich nie jemanden habe hineingehen sehen?‹

Er zögert, wahrscheinlich, weil er mein Zögern wahrnimmt (das doch durch seins ausgelöst wurde), und gleichzeitig wird ihm bewusst, dass er eigentlich keine Wahl mehr hat: Er ist bis hier mitgekommen, und es wäre unhöflich, auf der Türschwelle kehrtzumachen.

Wir gehen rein. Nachbar ist halbwegs beruhigt: Sicher hatte er damit gerechnet, auf den Gestank von Epidermis oder verwesenden Tieren zu stoßen. Oder auf eine Herde Nager, die bald für meine künstlerischen Versuche herhalten werden. Er ist beruhigt, bewahrt aber noch eine Spur von Misstrauen.

»Ihre Wohnung ist sehr nett«, sagt er, um irgendwas zu sagen.

Ich höre meine Stimme antworten:

»Sie haben die gleiche, Nachbar.«

»Woher wissen Sie das?«

Ich öffne den Kühlschrank. Er ist leer. Nicht halb oder dreiviertel leer: leer, inhaltslos, verlassen, auf dem Trockenen.

»Oje! Ich hole schnell was zu trinken und zu knabbern von Nathalie«, sage ich.

Großartige Idee! Nachbar allein lassen, ihm Gelegenheit geben, in meinen Sachen zu wühlen und zusätzliche Gründe zu finden, enttäuscht von mir zu sein.

»Ich kann runtergehen und etwas von mir holen«, schlägt er vor.

»Nein, ich habe Sie eingeladen, jetzt muss ich dafür geradestehen«, sage ich.

»Dann kaufen Sie Maroilles, das wird sie freuen.«

»Ja, das ist perfekt für das erste Rendezvous.«

Ich sehe mich erröten. Nachbar lächelt. Ich sehe mich nach meiner Tasche greifen und mit den Beinen wirbeln, bis ich die Wohnung verlassen habe.

Dann stehe ich auf dem Treppenabsatz und lehne mich gegen die Tür. Nachbar ist allein bei mir. Ich müsste einkaufen gehen, aber ich kann mich nicht von der Stelle rühren. Ich will mich nicht entfernen, denn ich habe das absurde Gefühl, wenn ich mich entferne, verliere ich die Kontrolle über die Situation.

Ich höre ihn herumlaufen. Er sucht Indizien, spielt den Detektiv, versucht herauszufinden, wer ich bin, was ich mag. Er sucht Fotos, das Porträt der Eltern, eines Freundes. Er findet nichts. Pech, stürzt er sich halt auf meine Plattensammlung.

Wenn man ein positives Adjektiv verwenden will, könnte man meine Sammlung als eklektisch bezeichnen. Aber man könnte auch sagen, sie ist grotesk. Sie geht von Tschaikowsky-Konzerten über Alain Souchon und Rihanna bis zu Megadeth. Misstrauisch geworden, geht Nachbar zur Literaturabteilung, aber die ist vom gleichen Schlag: Sophokles steht, ohne die Nase zu rümpfen, neben dem fast vollständigen Werk von Anna Gavalda.

Ich höre ihn durch die Wohnung streifen. Er ist sicher auf dem Weg ins Schlafzimmer. Die Tür steht offen, er sieht darin eine Rechtfertigung, es ohne Skrupel zu betreten. ›Sie ist los und hat die Tür offen gelassen‹, denkt er ›sie wollte, dass ich mich darin umsehe.‹ Nachbar entdeckt ein Foto, zuerst meint er, mich darauf zu erkennen, dann merkt er, dass es ein altes Foto ist, und wenn ich es nicht bin, ist es wohl meine Mutter.

Er rührt sich nicht mehr. Woran denkt er? Was hat er bis jetzt erfahren? Dass ich meine Platten eher zufällig kaufe (was nicht stimmt: Ich mag sie wirklich alle, bis auf die von Justin Bieber). Dass ich keinerlei Sozialleben habe (unnötig, Sie daran zu erinnern, wie zutreffend das ist). Dass ich eine Mutter hatte (statistisch gesehen ist das nichts Außergewöhnliches).

Ich hätte mir gewünscht, dass er mehr erfährt, damit er Ihnen mehr über mich sagen kann. Aber vielleicht irre ich mich? Vielleicht hat er bei mir mehr Indizien gefunden, als ich vermute, vielleicht zieht er kluge Rückschlüsse, hat er die hervorragende Intuition eines sensiblen Psychologen. Vielleicht ist ihm der Hintergrund des Bildes aufgefallen, auf dem das kleine Mädchen, das ich war, ein strahlendes Lächeln zeigt. Vielleicht hat er daraus völlig richtig geschlossen, dass ich eine glückliche Kindheit hatte, voller Lachen und Licht, die ich aber inzwischen vergessen habe, weil es zu schmerzhaft wäre, mich daran zu erinnern. Vielleicht hat er verstanden, dass ich mich, zumindest im Geiste, herumgetrieben habe und dass ich mich in meinen Vermeidungsmanövern verlaufen habe, dass ich die Bedienungsanleitung für die Leute verloren habe, weil ich sie immer auf Distanz halte. Vielleicht spürt er, dass ich diese Bedienungsanleitung der Leute nur allzu gern wiederfinden würde, dass ich aber, um sie wiederzufinden, imstande sein müsste, mich ihnen zu nähern: Da beißt sich die Katze in den Schwanz. Vielleicht hat er gespürt, dass ich Angst habe, mich gehen zu lassen, bei ihm, bei Mimile, weil ich nicht weiß, was das heißt, sich gehen lassen, wie man das macht, ob ich es verdiene und was die Folgen sind.

Aber wenn er das alles verstanden hat, wenn er mich durchschaut hat, ist es durchaus möglich, dass er noch mehr weiß. Zum Beispiel, dass ich da, in der Dunkelheit des Treppenhauses stehe, an die Tür gelehnt, allein und erstarrt. Höre ich deshalb, weil er meine Anwesenheit ahnt, wie sich seine Schritte der Wohnungstür nähern? Wenn er sie zu schnell öffnet, falle ich ihm in die Arme. Weiß er, wie sehr ich mir wünsche, dass er das tut? Warum macht er die Tür nicht auf? Hört er mich atmen? Ich habe das Gefühl, ihn zu hören.

Ich spüre, wie die Tür hinter mir verschwindet.

Ich falle.

Aber kein Arm fängt mich auf. Ich falle weiter, und mein Kopf knallt gegen das Schränkchen in der Diele, dessen Daseinsgrund mir bis zu diesem Moment nie ganz klar gewesen ist.

Ich winde mich vor Schmerzen, und der Schmerz entspannt mich. Ich lache. Mir ist klar, dass er mich für eine Neuropathin halten muss, ich sage ihm, dass unsere Geschichte tatsächlich ziemlich blutig anfängt, und ohne wieder in Panik zu verfallen, weil ich »unsere Geschichte« gesagt habe, stehe ich fröhlich auf, während sich rote Ströme über meine Wangen ergießen. Nachbar küsst mein Auge, und ich sage, dass es mir leidtut wegen des Maroilles, und er antwortet, dass er wohl etwas ebenso Ekliges als Ersatz finden sollte, dann legt er die Platte von Justin Bieber auf. Und in diesem Moment, das Blickfeld blutrot und die Trommelfelle von synthetischen Stimmen gequält, klärt sich mein Geist völlig auf, als hätte er beschlossen, mit seinen Kindereien aufzuhören und den Rest der Szene zu genießen, und ich sehe Nachbar vor mir seinen Körper entblößen, der dicklicher ist, als ich erwartet hatte, was mich kein bisschen stört.

Nach der Liebe ist Nachbar eingeschlafen. Ich schlafe nicht, ich beobachte ihn. Er liegt auf dem Rücken, die Finger über der Brust verschränkt. Die Decke ist halb runtergerutscht, und ich sehe seinen Schmerbauch, Indiz für seine Ernährungsexzesse. Sein Brustkorb stößt ein raues Pfeifen aus, und er sabbert. Aber seine Lippen sind schmal und hübsch gezeichnet. Um es klar zu sagen: Der Mann gefällt mir. Wie alle hat er gewisse Mängel, seine aber rühren mich, weil ich spüre, dass er sie mag, dass er sie normalerweise verbirgt, doch bei mir nicht das geringste Problem hat, sie zu offenbaren. Dieser Mann täuscht vor, wie alle, aber nicht bei mir.

Auf meinem Radiowecker ist es 17 Uhr. Aufgekratzt gehe ich einen Imbiss für Nachbars Aufwachen vorbereiten, aber auf dem Weg zur Küche wird mir klar, wie wenig wahrscheinlich es ist, dass sich mein Kühlschrank während unserer Liebesspiele von allein gefüllt hat. Ich überlege kurz und beschließe, bei Nathalie Maroilles kaufen zu gehen.

Leise ziehe ich mich an, verlasse die Wohnung und trabe los. Der Regen hat aufgehört, aber der Himmel ist immer noch angenehm trüb.

Als ich in den Laden komme, ist niemand zu sehen. Auf dem Tresen sind diverse Zeitschriften, Platten, Bücher und anderes Papierzeug zu einer bestimmt einen Meter hohen Pyramide aufgetürmt. Ich muss erst um diesen Stapel herumgehen, um Nathalie zu entdecken, die auf ihrem Hocker sitzt und in einer

Sondernummer von *Rock & Folk* vermutlich einen Artikel über ihr neues Idol studiert. Sie hat mich kommen hören, denn sie hebt den Arm, als ich an ihr vorbeigehe, aber ihre Augen kleben an dem Magazin. Die fehlende Kommunikation wundert mich, vor allem aber enttäuscht sie mich, was mich noch mehr wundert. Ich muss wirklich aufpassen, dass ich nicht in diesem Zustand trivialer Glückseligkeit hängen bleibe, in den die Begegnung mit einem netten Mann manche Gänschen stürzt.

Ich halte die Luft an, gehe zum Maroilles-Regal und nehme mir vier reife Stücke, auf dem Rückweg zur Kasse schnappe ich mir noch ein Pain Poilâne aus dem Brotregal und eine Flasche Pic-Saint-Loup. Voller Stolz stelle ich mich vor Nathalie.

Sie reagiert nicht sofort, aber dann erreicht der Käsegeruch ihre Nase: Sie schnüffelt geräuschvoll und wendet mir den Kopf zu. Ihre Brauen klettern die ganze Stirn hoch, und ihre Lippen verziehen sich zu einem kleinen Lächeln. Schon bereue ich meine Regung und frage mich, ob ich Maroilles kaufe, weil ich Appetit habe, um Nathalie eine Freude zu machen oder um Nachbar zu zeigen, dass ich Nathalie eine Freude mache.

Doch plötzlich verschwindet ihr Lächeln, und ihre Brauen ziehen sich zusammen. Ich öffne den Mund, um zu fragen, was los ist, aber sie befiehlt mir mit ausgestrecktem Zeigefinger, still zu sein, steht von ihrem Hocker auf und macht hinter ihrem Tresen ein paar Schritte, bleibt vor dem Schaufenster stehen und starrt auf den leeren Bürgersteig.

»Nathalie?«

Als sie sich endlich umdreht, leuchtet ihr Gesicht vor übertriebener Freude. Sie greift nach meinen Händen und murmelt, die Augen feucht vor Glück:

»Danke, Süße.«

Sie drückt mich an sich, und ihr Geruch überdeckt ein bisschen den des Käses, den ich auf die Papierpyramide gelegt habe.

Immer noch lächelnd schiebt sie eine CD von Buddy Guy in den Player.

Nathalie beginnt zu tanzen. Aber diesmal ist es anders.

Das Lied beginnt mit einer sanften Gitarrenmelodie, die nacheinander von einem schmachtenden Schlagzeugrhythmus, der Stimme des Sängers und schließlich einem Frauenchor übernommen wird, der in das Crescendo des Refrains einstimmt. »It Feels Like Rain«, sagt Nathalie und zeigt auf den Titel. Sie bewegt sich viel schöner als beim letzten Mal. Ich entdecke, dass meine Schultern angefangen haben, im Rhythmus zu zucken. Mein Becken deutet geradezu laszive Bewegungen zur Seite an, und meine Hände streichen unkontrollierbar an meinem Körper hinauf bis zu meinen zerzausten Haaren. Als der Refrain wiederkommt, gröle ich, von einer Kraft ergriffen, die ich nie in mir vermutet hätte, mit Nathalie mit und recke die Arme nach oben.

Das Lied endet. Nathalie drückt mich noch einmal, und ich schenke ihr ein Lächeln, innerlich voller Panik, weil ich mich so habe gehen lassen.

Auf dem Rückweg denke ich über Nathalies seltsame Reaktion auf meinen Kauf nach. Aber die Gedanken verschwinden schnell, als mir einfällt, dass in meiner Wohnung Nachbar auf mich wartet.

Oben öffne ich die Tür supervorsichtig, um ihn nicht zu wecken. Er sitzt angezogen auf dem Sofa im Wohnzimmer. Als er das Kilo Käse riecht, das ich auf den Tisch lege, lacht er sich halb tot.

»Was für eine gute Seele! Nathalie muss im siebten Himmel sein.«

»Ja, ich kann jetzt bestätigen, dass sie ihre Vorräte tatsächlich absetzt.«

Dann verfinstert sich Nachbars Miene.

»Es tut mir leid, Éva, aber ich muss weg. Ich muss meinen Sohn von der Schule abholen.«

Krachbumm! Begeisterungszähler auf null. Man könnte von Enttäuschung sprechen, aber es ist viel schlimmer, mich packt eine Traurigkeit von völlig unangemessener Heftigkeit, ich fange wieder an zu zweifeln und mich zu fragen, ob das nicht eine improvisierte Ausrede ist, um vor mir zu fliehen. Ich weiß, dass Eltern ihre Kinder dafür ausnutzen. Ich kann noch so sehr dagegen ankämpfen und mir versichern, dass Nachbar aufrichtig aussieht, dass ich ihn tatsächlich schon mit seinem Kind an der Hand am Freitagabend habe nach Hause kommen sehen, dass in dieser Woche wohl er an der Reihe ist, doch das Gefühl der Zerstörung will nicht weichen. Mit flüchtigem Blick und einer schlaffen Armbewegung verabschiede ich ihn, als er die Wohnung verlässt, in der ich stehe und auf den Käse starre, der mit einem Mal seine ganze Seelenwärme verloren hat, um wieder das olfaktorische Folterinstrument zu werden, das er immer gewesen ist.

Da bin ich wieder. Sitze vor meinem Fenster und betrachte die Wolken, die sich in der Abenddämmerung verfinstern, während mich die Taube vom Dienst amüsiert anstarrt. Mich packt der lebhafte Wunsch, sie zu killen und ein weiteres Stück für meine Werkstatt aus ihr zu machen. Einen Vogel habe ich noch nie präpariert. Dabei gab es schon mehrfach die Gelegenheit, und ich glaube, die Arbeit würde mir Spaß machen, aber ich hatte immer Angst, es zu versuchen.

Mein Telefon vibriert, und die Taube fliegt davon.

Die Nachricht kommt von Mimile. Ich öffne sie mit leichter Beklemmung. Mimile schreibt mir nie, er glaubt, dass er mich stört, und ich unternehme nichts, um ihn vom Gegenteil zu überzeugen.

Für eine SMS ist sie phänomenal lang. In Anbetracht von Mimiles Begabung für die moderne Technik hat er wohl den ganzen Nachmittag damit verbracht, sie zu schreiben.

Hallo, liebe Éva. Ich habe beschlossen, für eine Weile wegzufahren. Die Luft, die Umgebung zu wechseln. Zu reisen. Warum? Ich habe Lust, das ist alles. Natürlich wird mir deine Nähe fehlen. Wenn du einverstanden bist, schicke ich dir Nachrichten wie diese. Wenn du darauf antworten willst, gern, aber fühl dich nicht verpflichtet. Heute bin ich in meinem neuen Quartier angekommen. Es ist gemütlich. Ich weiß noch nicht, wie lange ich bleiben werde. Vor dem Fenster ist einiges los, Kinder, Männer und Frauen, eine bunte Mischung. Es ist ein schöner Ort, mild und voller Licht.

Ich halte einen Moment inne. Ist Mimile wirklich weggefahren? Ich kann es kaum glauben. Mimile, der sich mehr als fünfzig Jahre im selben Haus eingeigelt und es nur verlassen hat, um es in Alfortville identisch nachzubilden? Mimile, der viel zu alt und müde dafür ist? Ich lausche zur Decke. Aber die Decke antwortet nicht.

Heute früh habe ich einen Mann gesehen, der einen Hut mit einer Feder trug. Einer roten, samtigen, seidigen Feder. Er hat mich an den Biologielehrer erinnert, den du am Collège hattest. Du hast mir damals erzählt, dass er immer eine große rote Feder dabeihatte, mit der er auf Sachen an der Tafel gezeigt und die Form und Funktion der Organe erklärt hat. Wie hieß er noch? Ich glaube, ihr habt ihn Federwisch genannt.

Ist er wirklich weg? Ich fasse es nicht. Aber ich empfinde eine eigenartige Beruhigung. Ich finde nicht heraus, ob es an Mimiles Abreise oder an etwas anderem liegt. Ich würde zu »etwas anderem« neigen. Ich glaube, Mimile hat mir noch nie geschrieben. Aber beim Lesen der Nachricht empfinde ich etwas, das mir guttut. Ein Gefühl, das ich kenne. Oder das ich kannte. Ich denke an Mimile, ich stelle ihn mir vor, und seine Anwesenheit ist mir nicht lästig.

Zum Mittag habe ich ein Steinpilzrisotto gegessen. Das ist nicht weiter wichtig, aber es war köstlich. Ich umarme dich.

Ich öffne die Weinflasche und bestreiche eine Scheibe Brot mit Maroilles.

Mimile, der Federwisch und das Steinpilzrisotto. Mimile verreist. Mimile, den ich dennoch nah bei mir spüre.

III

Eine Nacht vergeht, dann noch eine, und beim Aufwachen entdecke ich, dass es Sonntag, der 1. November ist. Also dusche ich, ziehe mich an und gehe zum Friedhof von Maisons-Alfort.

Ich weiß nicht, ob ein Friedhof angenehm sein kann, dieser jedenfalls ist es nicht im Geringsten. Eine Handvoll kümmerlicher Sträucher, lange flache Wege, und im Hintergrund verstellen Kräne, Stromleitungen und Hochhäuser den Horizont. Diesen Ort besuche ich jedes Jahr zu Allerheiligen. Ich komme wegen meiner Mutter her.

Meine Mutter ist in meiner Heimatregion gestorben und dort beigesetzt. Aber ich besuche sie hier. Weil ich mir sage, dass die Geste zählt.

Es gibt nur zwei Möglichkeiten: Wenn die Toten ein für alle Mal verschwinden, erscheint es mir nicht tröstlich oder auch nur respektvoll, sie an ihrem Grab zu besuchen. Wenn sie hingegen nicht verschwinden, wenn sie uns weiter auf die eine oder andere Weise begleiten (oder verfolgen), sehe ich nicht ein, warum man bis zu ihrem Friedhof fahren sollte, um sie zu besuchen. Man muss ihnen nur zeigen, dass man an sie denkt. Und genau das tue ich, wenn ich herkomme.

Ich will damit nicht sagen, dass ich denke, meine Mutter begleite mich. Ich weiß nicht, ob ich es denke oder ob ich es glaube. Ich weiß nicht mal, ob ich es mir wünsche. Aber wer weiß? Also gehe ich jedes Jahr zum Friedhof. Ich sorge mich nur, dass meine Mutter, wenn sie mich sieht, den metaphorischen Charakter meines Ausflugs nicht versteht und ihn für eine meiner üblichen Wanderungen hält. Deshalb wähle ich den 1. November, manchmal auch ihren Todestag, den 29. November. Bestimmte Traditionen kann man ablegen, aber wenn man sie alle ignoriert, versteht einen niemand mehr.

Ich bin also auf dem Friedhof und sitze auf einer Bank (ich treibe das Laster nicht so weit, dass ich ihrer vor einem zufällig ausgewählten Grab gedenke). Die Bank steht ungefähr in der Mitte, auf dem Hauptweg, ich habe sie gesehen, und sie schien mir geeignet.

Der Friedhof ist voll von trauernden Seelen, die kläglich herumwandern. Meistens nerven mich die anderen, hier faszinieren sie mich. Es gibt Leute, die vergessen haben, wo das Grab des Verstorbenen liegt, den sie besuchen kommen, und die mit nervösem Schritt und zerknirschter Miene die Wege entlanghasten. Andere hingegen strecken die Brust raus und schützen sich mit einer gleichgültigen Miene. Es gibt einsame Männer und Frauen und ganze Familien, manche bringen Blumen zum Grab, andere legen einen Stein darauf ab. Ich habe mich oft gefragt, woher diese Manie kommt, einen Stein auf die Grabstele zu legen. Mimile weiß es bestimmt. Ein alter Mann brüllt vor Wut, weil er verlassen wurde, er schlägt auf den Stein seiner Frau und beschimpft sie, bis ihm die Luft wegbleibt.

Und in dem ganzen Hin und Her ist jemand, den ich erkenne. Die Penelope vom Lastkahn. Sie sitzt mit übergeschlagenen Beinen auf einer Marmorplatte und schwatzt mit dem Haufen Knochen, der unter ihr liegt, immer noch in diesen weißen Stoff gehüllt, diese Mischung aus Schal und Toga, die bis zum Boden reicht. Sie verleiht dem Ort einen Anstrich von griechischer Tragödie.

Ich spitze die Ohren, kann aber nichts vom Inhalt ihrer Worte aufschnappen. Ich müsste näher dran sein, um etwas zu verstehen. Also warte ich ein paar Minuten, dann folge ich einer Familie, die gerade vorbeigeht. Drei, vier Meter von der Frau entfernt halte ich an und setze mich. Zuerst ist es mir ein bisschen peinlich, meinen Hintern auf den Grabstein eines Unbekannten zu setzen, aber sein Zustand überzeugt mich, dass dieser Unbekannte glücklich sein sollte, den Besuch zu bekommen, auf den er seit einem Vierteljahrhundert wartet.

Die Frau tätschelt die Grabplatte und redet ohne Pause mit warmer, tiefer, aber sehr klarer Stimme.

»... zugegeben, der Lastkahn ist nicht mehr ganz neu. Das Holz knarrt, und das Metall quietscht. Wenn es windig ist, höre ich ihn klagen. Aber er hält sich gut. Die Leute beobachten uns. Er steht zwar nicht mehr ganz gerade, aber die Neigung ist eigentlich gering, es ist eher eine optische Täuschung. Du würdest den Unterschied nicht merken. Dafür haben sich die Quais geändert. Sie sind besser ausgestattet, und es gibt mehr Spaziergänger. Neulich ist ein Mann in die Seine gestürzt, weil er zu nah am Wasser gelaufen ist und auf sein Handy gestarrt hat. Direkt vor meinem Boot. Ich habe die Leiter ausgerollt, damit er hochklettern kann.«

Die Frau reibt sich die Schultern, zieht den Stoff um ihren Hals zurecht und legt sich auf den Grabstein.

»Er war ganz durchgefroren, aber kaum war er an Deck, hat er gemerkt, dass sein Telefon untergegangen ist, und er ist wieder ins Wasser gesprungen. Da bin ich reingegangen, habe mir Tee gekocht und ihn in seiner Dummheit baden lassen.«

Sie zupft wieder den Schal zurecht und seufzt.

»Ich schimpfe, aber das meine ich nicht ernst. Ich weiß, dass es dir gefallen hätte, unsere Welt untergehen zu sehen.«

Sie unterbricht sich kurz.

»Was fehlt dir denn hier? Was vermisst man von der Welt, wenn man sie verlässt?«

Sie legt eine Hand auf den Marmor. Als sie die Antwort vernommen hat, nickt sie:

»Natürlich. Dasselbe, wie wenn man hierbleibt.«

Ich spüre, dass sie die Bühne gleich verlassen wird, und wende mich ab, damit sie mich nicht bemerkt. Ich höre, wie sie hinter mir aufsteht und sich von dem Verstorbenen verabschiedet, bevor sie losgeht. Aber in meiner Höhe hält sie inne, hockt sich neben mich, legt eine Hand auf mein Knie und sieht mich über ihren Brillenrand hinweg an.

»Sieh an, Éva, du gehörst also zu denen, die Angst vor Menschen haben, ihnen aber bei der ersten Gelegenheit nachspionieren.«

Sie hat lange Finger und eine unproportionierte Mittelhand, so ähnlich wie der Labrador, den ich vor ein paar Jahren präpariert habe. Das ist typisch für Hunde. Ich zwinge mich, die Gedanken auf diesen Hund zu konzentrieren, um keine Antwort auf ihre Bemerkung finden zu müssen.

»Ich verstehe dich gut«, fährt sie fort. »Ich habe auch eine voyeuristische Neigung. Weißt du, mit wem ich gesprochen habe?«

»Nein.«

»Mit einem alten Freund. Aber wohl vor allem mit mir selbst.«

Sie betrachtet mich, wie sie es von ihrem Lastkahn aus gemacht hat. Mir ist bei jedem Blick unwohl, aber dieser ist noch schlimmer als die anderen: Sie sieht mich an wie jemand, der fast alles über mich weiß und versucht, das wenige zu ergründen, was ihm noch fehlt.

Trotzdem strahlt diese Frau etwas Spezielles aus. Ihr Blick macht mich verlegen, aber ihre Anwesenheit beruhigt mich. Ich bin hin- und hergerissen zwischen meinem üblichen Reflex, mich aus dem Staub zu machen, und dem Gefühl von Wärme, das aus ihrer Anwesenheit entsteht und mir beinah Lust macht, ihr meine Ängste zu offenbaren.

Als sie spürt, dass ich gleich zusammenbreche, senkt die Frau den Blick langsam zum Boden.

»Wie geht es Émile?«, fragt sie, als sie wieder aufsieht.

»Er ist weggefahren.«

»Das war nicht meine Frage«, sagt sie lächelnd. »Und außerdem, was heißt das schon, weggefahren?«

»Er hat seine Wohnung verlassen.«

»Arme Wohnung«, kommentiert sie. »Arme entvölkerte Räume, die schweigend darauf warten, dass das Leben zu ihnen zurückkehrt.«

Noch so eine Hobbypsychologin. Vermutlich weiß sie, dass Mimile weggefahren ist. Vermutlich weiß sie sogar, wo er ist. Aber sie wird es mir nicht sagen, und ich will es auch gar nicht wissen.

Ein Teenager lässt sich auf ein wenige Meter entferntes Grab sinken. Schwer zu sagen, ob er den Toten kennt oder nicht. Er sieht mürrisch aus, aber er ist ja auch Teenager.

Die Frau sieht ihn kurz an, dann geht sie langsam und geräuschlos zu ihm. Sie stellt sich vor das Grab, faltet die Hände und scheint sich zu sammeln.

»Die gute Antonia Brigotte. Traurige Welt«, sagt sie.

Der Junge zuckt kurz zusammen und hebt den Kopf. Er steht auf, will weglaufen. Die Frau spricht ihn an.

»Antonia war eine alte Freundin. Und für dich? Deine Großmutter?«

»Ja, meine Großmutter, genau«, sagt er und hat es eilig, sich davonzumachen.

»Mit neununddreißig gestorben und schon Großmutter … Standet ihr euch nah?«

Er wirft einen verlegenen Blick auf das Grab. Damit hat er nicht gerechnet.

»Ja … Das heißt, nein, eigentlich nicht.«

»Erzähl mir von ihr, mein Junge.«

»Ich war noch klein, ich erinnere mich nicht mehr.«

»Komm schon, sie ist vor gerade mal fünf Jahren gestorben, da wirst du wohl noch irgendwelche Erinnerungen haben.«

Sie zieht einen Arm aus ihrer Toga und legt die Hand auf die Schulter des Jungen.

»Eine kleine Erinnerung, egal was.«

Es ist sonnenklar, dass er nicht die geringste Erinnerung an die hier begrabene Person hat, aber er bleibt trotzdem stehen. Vielleicht liegt es an der Berührung der Frau, ihrer besänftigenden Wärme, dass er dableibt und allmählich ruhig wird.

»Eine Erinnerung …«, wiederholt er.

Ein Moment vergeht. Er murmelt:

»Ihr Frühstück.«

Die Frau nickt lächelnd. Der Junge hat seine Lässigkeit aufgegeben, er hat Kinderaugen voller Träume und Staunen.

»Und dann … wenn sie mich in ihrem blauen Auto zum Unterricht gefahren hat …«

»Der Geruch vielleicht?«

»Ja … das Leder … und ihre Art, vor sich hin zu pfeifen …«

Er verliert sich in seinen Erinnerungen, die Stimme heiser vor Rührung. Er beschreibt der Frau seine Autofahrten in Begleitung von jemandem, der sicher nicht Antonia Brigotte war, aber gewiss existiert hat. Sie sieht ihn zufrieden an.

Dann tätschelt sie seine Schulter und sagt:

»Gut, ich geh zu meiner Freundin zurück. Ich freue mich, dass ich dir beim Erinnern helfen konnte.«

Sie setzt sich wieder, während der Junge mit leerem Blick dasteht.

»Woher wussten Sie, dass es nicht seine Großmutter ist?«

»Ich hatte keine Ahnung, bis ich die Inschrift gesehen habe.«

Schweigen breitet sich aus, das weder sie noch ich zu füllen

suchen. Vor uns schlängeln sich weiter die Leute durch die Grab-
reihen.

»Sieh mal, Éva.«

Eine Feder ist auf ihrem Bein gelandet. Eine graublau- schwarz
gestreifte Feder. Sie gibt sie mir. Ich schiebe sie zwischen meine
Finger.

»Seltsam«, sage ich.

Die Feder ist samtig. Ihr Aussehen und ihre Beschaffenheit sind
vertraut, aber mir fällt beim besten Willen nicht ein, zu welchem
Vogel sie gehören könnte. Ich sehe mich auf dem Friedhof um,
aber ich finde nichts.

»Was ist seltsam?«

»Diese Feder.«

»Warum?«

»Ich weiß nicht ...«

»Gut. Bestimmt gibt es irgendwann eine Erklärung, Éva. Und
wenn es keine gibt, müssen wir sie finden.«

Und sie verlässt mich mit einem Lächeln.

Es ist Montag, fast 22 Uhr. Ich liege auf meinem Sofa, und mein Telefon vibriert. Ich hoffe auf eine Nachricht von Nachbar und entsperre es hastig, um sie zu lesen. Als ich feststelle, dass die Nachricht von Mimile kommt, bin ich zunächst enttäuscht, aber die Enttäuschung schwindet sehr schnell, und ich versenke mich in die Lektüre wie man sich in einem guten Roman verliert.

Hallo, liebe Éva. Ein Tag der Träumerei. Gestern früh bin ich spazieren gegangen, in der Morgendämmerung, bevor die verlorenen Seelen unseren Besuch erwarten. Ich weiß, dass dieser Tag auch für dich kein gewöhnlicher ist. Ich bin also spazieren gegangen. Eine lange Wanderung, ruhig und sonnig, bei der ich verborgene Winkel und Gärten entdeckt habe. Ich habe mir die Geister all derer vorgestellt, die in dieser Stadt über dieses Pflaster gelaufen sind. Du fragst dich wahrscheinlich, wo ich bin? Vielleicht willst du es auch gar nicht wissen. Ich sitze vor meinem Telefon und du auch. Ich habe mir diese Geister vorgestellt und mich amüsiert. Einige fuhren in Kutschen die Platanenalleen entlang, begleitet von Pfauen mit schillernden Federn, andere zauberten oder tanzten Swing. Manche waren schön, andere hässlich und unförmig, bei wieder anderen war das Gesicht vom Vergessen unkenntlich geworden. Dann bin ich in mein Viertel zurückgegangen — Tagesmenü: Kalbstajine mit kandierten Zitronen, bei niedriger Temperatur gegart —, habe ein bisschen gelesen und ein bisschen an dich gedacht. Ich habe mich gefragt, wer diese Geister sind, die uns am Weiterkommen hindern. Ich habe mich gefragt, ob sie überhaupt

existieren oder ob sie wie die Straßenzauberer und Jongleure sind:
Geschichten. Auf jeden Fall war das Kalb köstlich. Ich umarme
dich.

Wie üblich wähle ich aus, schiebe das zu Komplizierte beiseite
und beschließe, mich zunächst auf das Kalb mit kandierten Zitronen zu konzentrieren. Dann wird mir bewusst, dass Mimiles
Nachricht wie schon die letzte Vögel und Federn erwähnt, was
mich ich eine andere Richtung abschwenken lässt, wo ich mich
ein Weilchen rumtreibe. Als ich gerade merke, dass ich mich bald
der Frage der Geister zuwenden muss, klopft jemand an die Tür.

Ich spitze die Ohren. Um diese Zeit kann es nur Mimile oder
Nachbar sein. Oder halt ein Geist. Die dritte Möglichkeit miss-
fällt mir, und um sie auszuschließen, frage ich:

»Wer ist da?«

Schon während ich die Frage stelle, wird mir klar, dass eine
hörbare Antwort die Möglichkeit eines Geists nicht ausschließt:
Wenn das im Treppenhaus stehende Wesen an eine Tür klopfen
kann, kann es auch antworten. Eine neue Salve von Fragen hindert mich daran, das Geflüster zu verstehen, das hinter der Tür
ertönt. Deshalb wiederhole ich meine Frage:

»Entschuldigung, ich habe nicht zugehört. Wer ist da?«

Ich erkenne die Stimme von Nachbar. Als ich die Tür öffne,
brauche ich allerdings einen Moment, um den Rest seiner Person zu erkennen. Langer schwarzer Parka mit großer Kapuze und
Militärstiefel, eine weiche Umhängetasche aus Leder. Ich denke
an einen KGB-Agenten. Mit konspirativem Blick verkündet er:

»Die Zeit ist reif, Éva.«

»Die Zeit, in der Tundra einen Wodka trinken zu gehen?«

»Die Zeit, Unrecht wiedergutzumachen. Machen Sie sich fertig.
Dunkle Kleidung, lautlose Schuhe. Keine Fragen. Treffpunkt in
fünf Minuten im Erdgeschoss«, verkündet er gebieterisch, macht
kehrt und eilt wie ein Schatten die Treppe hinunter.

Ich bin zwiegespalten. Die Aussicht, mit Nachbar eine Runde zu drehen, gefällt mir, aber wenn es darum geht, heimlich eine trotzkistische Revolution anzuzetteln, würde ich das lieber erst mal besprechen. Trotzdem ziehe ich einen schwarzen Pullover und schwarze Hosen an, greife nach meinem Dufflecoat und renne die Treppe runter, während ich meine Haare zusammenstecke, wobei ich fast das Gleichgewicht verliere. Mit dem ist es eh nicht weit her.

Die Straßen sind leer, die Luft ist trocken und feindselig. Nachbar legt mir den Arm um die Taille, um mir die Richtung zu weisen. Ich bin nicht warm genug angezogen und muss die Hände in die Taschen stecken, damit sie nicht erfrieren. Ich versuche Nachbar eine Erklärung zu entlocken, doch er hält dicht.

Wir gehen am Ufer entlang, wo wir eingemummelte Passanten treffen, die uns keines Blickes würdigen. In Höhe der Schleuse bleibt er stehen.

»Das ist der Plan: Ich habe das Haftzentrum des Hamsters ermittelt, hundert Meter weiter, Avenue du Général-Leclerc. Sein Käfig steht im Kinderzimmer im Ostflügel der Residenz. Er lässt sich durch das Zimmerfenster erreichen. Wir extrahieren das Tier und bieten ihm Zuflucht im Zimmer meines Sohnes, bis wir einen endgültigen Aufenthaltsort finden.«

Ich weiß nicht, wie ich reagieren soll, und lache erst mal.

»Freut mich, dass es Sie amüsiert«, sagt Nachbar. »Aber Sie müssen kühlen Kopf bewahren. Der Korporal ist immer in Alarmbereitschaft, und das Kind schläft nur mit einem Auge.«

Ich schlage den Mantelkragen hoch.

»Ich wusste, dass Sie nicht der sind, der zu sein Sie vorgeben«, sage ich mit vor Kälte rauer Stimme.

»Niemand ist das, Éva.«

»Gehen wir«, sage ich und setze mich ich Bewegung.

Nachbar folgt mir. Die Avenue du Général-Leclerc ist nur dem

Namen nach eine Avenue, es ist eine Straße wie alle anderen, gerade und eng, gesäumt von Villen und kleinen Ziegelsteinhäusern. Das Haus, auf das Nachbar zeigt, ist weder größer noch schöner als die anderen, obwohl sich seine Eigentümer bemühen, es schick und vornehm erscheinen zu lassen: auffälliges goldenes Namensschild am Tor, Säulen am Vorbau und Rundfenster in der oberen Etage. Nachbar holt eine kleine Fernbedienung aus der Tasche und zwinkert mir zu, während er den Knopf drückt. Das Tor öffnet sich lautlos.

»Der Vorteil von Billigmaterial«, erklärt er lächelnd.

Drinnen brennt nirgends Licht. Ein Zwischenraum von fünfzig Zentimetern trennt das Haus des Korporals vom Nebenhaus. Nachbar zwängt sich hindurch und winkt mir, ihm zu folgen. Unter unseren Füßen knirscht der Kies. Wir erreichen den Innenhof an der Rückseite.

»Die Höhle von Kleinkaliber«, flüstert er.

Hier hinten fällt der Putz von den Wänden. Die alten Fensterläden, die den Zugang zum Zimmer versperren, lassen sich leicht mit einer Metallfeile öffnen, die Nachbar aus der Tasche holt und dazwischenschiebt. Kleinkaliber liegt auf dem Rücken, offener Mund, schlaffer Körper. Nachbar hockt sich hin.

»Ich öffne das Fenster. Dann strecken Sie den Arm rein, öffnen den Käfig und holen den Hamster raus. Sehen Sie sich vor: Das Tier ist sicher misstrauisch, wie alle Unterdrückten und Gequälten.«

Nachbar packt zwei weitere, dünnere Feilen aus und schiebt sie zwischen die Fensterflügel. Er tastet einen Moment, dann ist das Fenster offen. Er zeigt nach drinnen. Da sitzt das flehende Tier.

Ich stecke die Hand aus und löse die Käfigverriegelung. Seltsamerweise bin ich ganz ruhig. Was wir hier gerade tun, hatte mich zunächst amüsiert, dann, als wir das Tor öffneten, war die

Angst aufgetaucht. Doch so eine Arbeit duldet keinen zitternden Arm, keinen perlenden Schweiß.

Der Käfig öffnet sich. Ich strecke den Arm noch weiter aus und streichle das Tier mit den Fingerspitzen. Ich denke wieder an den Löwenhamster. Vielleicht hätte er gern Gesellschaft. Das Tier scheint meine Gedanken zu lesen, denn es weicht zurück. Ich rühre mich nicht, bis es beschließt zurückzukommen. Doch als ich gerade nach ihm greife, erscheint ein Lichtstreifen unter der Zimmertür. Panik. Ich erstarre. Ein Schatten geht im Flur vorbei, bleibt aber nicht stehen. Ich halte die Luft an, hole das Tier raus und setze es in die vorbereitete Pappschachtel, die Nachbar mir hinstreckt.

Hinter uns schließen wir Fenster und Fensterläden. Als wir am Tor sind, packt mich ein schreckliches Verlangen, Nachbar zu umarmen, aber im Haus rauscht eine Toilettenspülung, und ich rase wie von der Tarantel gestochen die Avenue entlang bis zum Seine-Ufer, wo ich atemlos auf eine Bank sinke und auf ihn warte.

Nachbars Wohnung. Kaum bin ich drin, zucke ich zurück, weil ein vielleicht zwanzigjähriges Mädchen wie ein Pin-up-Girl aus einer Geburtstagstorte vom Sofa aufspringt. Dann begreife ich, dass sie die Babysitterin ist. Nachbar, immer noch in seinem Verbrecherkostüm, drückt ihr einen Geldschein in die Hand und dankt ihr mit Verschwörermiene. Dann stellt er die Hamsterschachtel ab und geht in die Küche.

Ich hatte mir etwas anderes vorgestellt. Ich hatte Designermöbel erwartet, natürlich skandinavischer Stil, tadellose Zusammenstellung, Post-its am Kühlschrank, Cornflakes in Gläsern, millimetergenau angeordneten Nippes. Stattdessen entdecke ich ein Wohnzimmer, das vom Fußboden bis zur Decke mit wackligen Regalen zugestellt ist, von einem mittelmäßigen Bastler selbst gebaut und mit Büchern vollgestopft, die in alle Richtungen herausragen, wie eine vom Straßenverkehr überforderte Agententruppe. Es gibt in diesem Zimmer sozusagen nichts anderes als Bücher und noch mehr Bücher, mit Ausnahme von drei durchgesessenen Sesseln, einem kleinen Tisch aus zerkratztem Glas und einer Deckenlampe, die ein gelbliches Licht verbreitet.

Als mich Nachbar, der sich schon etwas zu trinken eingießt, inmitten dieser literarischen Apokalypse erstarrt sieht, winkt er mich zu sich. Mir fällt auf, dass ich gar nicht weiß, was sein Beruf ist. Mutige Frage:

»Sind Sie Schriftsteller?«

Er sieht nicht wie ein Schriftsteller aus, denke ich schon, während ich die Frage ausspreche, wobei mir gleichzeitig klar wird, dass ich nicht weiß, wie ein Schriftsteller aussieht.

»Nein. Meine Frau«, seufzt er.

»Ist sie abgehauen und hat Ihnen ihre Bücher dagelassen?«

Er zieht eine Braue hoch, ohne zu antworten, meine Frage ärgert oder verletzt ihn, das weiß ich nicht, auf jeden Fall ist sie total unpassend. Schade, der Abend hatte so gut angefangen. Schade, aber abzusehen.

Die Küche ist das Gegenteil des Wohnzimmers: leer. Ein paar Glasschränke mit dem absolut Notwendigsten an Geschirr und Küchenutensilien, ein geschlossener Vorratsschrank. Die gesamte Aktivität des Raums konzentriert sich auf die Kühlschranktür, die vollständig hinter einer unglaublichen Menge kindlicher Kunstwerke verschwunden ist, von denen einige durchaus ihren Platz in einem modernen Kunstmuseum finden könnten.

Nachbar schnappt sich eine Handvoll Schokoflakes, leert sein Weinglas und fragt:

»Warum sind Sie vor dem Hamsterhaus plötzlich weggerannt?«

»Ein Reflex, nehme ich an.«

»Ich hatte vergessen, dass Flucht für Sie ein Reflex ist.«

Ich frage mich, wie lange wir uns noch siezen werden. Das ist ziemlich lächerlich, aber wie viele lächerliche Sachen ist es angenehm. Nachbars Stimme unterbricht meine Gedanken.

»Denken Sie an etwas anderes?«, fragt er. »Das ist auch eine Art zu fliehen, wissen Sie?«

Er lächelt mich an, wie man ein Kind anlächelt, das noch nicht über sich nachdenkt. Natürlich hat er recht. Trotzdem fühlt es sich an, als müssten mich alle, die ich treffe, ständig belehren.

Nachbar holt den Hamster aus seiner Schachtel und setzt ihn in einen neuen Käfig. Das Tier stürzt sich sofort auf das Rad und beginnt zu rennen.

»Gut«, sagt er dann. »Lassen Sie uns ins Wohnzimmer gehen.

Wie Sie bereits festgestellt haben, ist die Einrichtung nicht für Zärtlichkeiten geeignet. Ganz zu schweigen von ihm«, fügt er hinzu und zeigt mit dem Finger auf das Tier, das uns aus dem Augenwinkel beobachtet.

»Nager sind lüsterne Wesen«, sage ich.

Nachbar lässt sich in einen Sessel fallen, ich rolle mich in einem anderen zusammen. Er sieht sich um.

»Mich hat die Anwesenheit dieser Bücher nie gestört. Erraten Sie, wonach sie sortiert sind?«

Ich stehe wieder auf und untersuche die Regalbretter. Die Bücher folgen keiner alphabetischen Ordnung, Epochen mischen sich ebenso wie Nationalitäten, Krimis stehen neben historischen Romanen.

»Nach Kaufdatum?«

»Gute Idee. Aber falsch.«

Ich warte, bis er fertig damit ist, sich geräuschvoll am Kinn zu kratzen.

»Sie wollte es mir nie sagen. Meine beste Hypothese ist, dass die Bücher in Kategorien nach der Schwäche ihrer Hauptfigur geordnet sind.«

»Wie bitte?«

»Ihrer Schwäche, ihrem Fehler: repressiv, manipulativ, naiv, verlogen, idealistisch, ehrgeizig, zerstörerisch, individualistisch, moralisierend, dumm, feige, gleichgültig …«

»Ist das nicht ein bisschen an den Haaren herbeigezogen?«

»Schon. Aber es passt zu ihr. Die Menschen einordnen. Über Ihnen stehen zum Beispiel die Werke, deren Hauptpersonen sie zweifellos manipulativ fand. Valmont in *Gefährliche Liebschaften*. Da drüben die Ehrgeizigen, Macbeth, Martin Eden. Hier die Stolzen, wie Ahab in *Moby-Dick*. Hinter mir die Gleichgültigen, Meursault in *Der Fremde*, und so weiter.«

»Wo würden Sie mich einsortieren?«

Die Frage ist mir entschlüpft – Nachbars Meinung über meine Schwächen zu hören ist ungefähr das Letzte, wonach mir jetzt ist.

»Es ist noch ein bisschen früh, um Sie einzusortieren, finde ich.«

»Das beruhigt mich.«

»Ich würde Sie wahrscheinlich ein bisschen überall einordnen, wie alle.«

Und damit gießt sich der gute Mann ein weiteres Glas ein, greift nach einem italienischen Roman, dessen Autor ich nicht kenne, und vertieft sich darin. Ich wage ihn nicht zu unterbrechen. Irritiert spaziere ich unter dem aufmerksamen Blick des Hamsters durch das Zimmer. Vergeblich versuche ich herauszufinden, wo die Feiglinge stehen. Schließlich greife ich nach *Du hast das Leben vor dir* und frage mich, welche Schwäche man wohl bei Momo und Madame Rosa finden könnte.

Nachbar hebt nicht den Kopf. Er hat offenbar beschlossen, dass wir uns nach unserer Einbruchstour einen gemütlichen Leseabend gönnen. Ich könnte zu mir gehen, aber auch dazu habe ich nicht die geringste Lust, und es kommt mir nicht so vor, als würde ich ihn stören. Also schlage ich das Buch auf. Die Wohnung ist still, und trotz der Anwesenheit des Hamsters, den ich weiter in meinem Rücken spüre, fühle ich mich allmählich wohl.

Ich schlafe ein, bevor ich die erste Zeile gelesen habe.

Ich habe einen total banalen Traum, der mich aber in einen Zustand der Unbekümmertheit versetzt, den ich wohl noch nie erreicht habe. Ich sehe einen Bach, der sich zwischen zwei Felswänden bis zu einem Meer schlängelt, dessen Farbe mich an das Mittelmeer erinnert. An beiden Ufern des Baches stehen ineinander verknotete Pinien, krumm wie alte Ölbäume. Ich liege unter einer von ihnen und betrachte die Landschaft. Niemand sonst ist da, und eine Ewigkeit vergeht.

Dann höre ich ein Geräusch, das vom anderen Ufer kommt. Es ist die Stimme eines Kindes, das ich jedoch nicht sehe. Die

Stimme kommt näher, ich habe das Gefühl, sie zu erkennen, und plötzlich spüre ich einen Finger, der sich in meine Wange bohrt, wie man die Festigkeit einer Matratze testet. Ich wache mühsam auf.

»Es gehört sich nicht, den Leuten die Haut zu stehlen«, sagt das Kind, das ich vor mir sehe, als ich die Augen öffne.

Es ist ungefähr sechs Jahre alt, hat feines braunes Haar, halb geschlossene Lider und ein Gesicht, in dem man trotz der Ernsthaftigkeit, mit der es mich ansieht, den Schalk spürt. Ich drehe mich zu Nachbar um, der die gleichen Schwierigkeiten zu haben scheint, sich aus dem Schlaf zu reißen.

»Lucas, was machst du da?«, stammelt er.

»Ich stehle den Leuten nicht die Haut, Lucas«, sage ich, als ich plötzlich den Sinn der Worte erfasse, die das Kind gesagt hat.

»Lucas, es tut mir leid«, unterbricht mich Nachbar, »ich hätte dir sagen müssen, dass wir heute Abend Besuch haben. Das ist Éva, die oben wohnt.«

»Wo oben?«, fragt das Kind.

»Über euch«, sage ich. »Aber du weißt doch, wer ich bin, wir haben uns schon mehrmals gesehen, erinnerst du dich nicht?«

»Spionierst du uns nach?«, entgegnet Lucas und kommt mit dem Gesicht ganz nah an meins.

»Keineswegs, ich spioniere nie.«

»Hmm«, lässt sich Nachbar vernehmen.

Ich sehe ihn an, er grinst.

»Vielen Dank für Ihre Hilfe.«

»Brauchen Sie Hilfe?«, fragt Nachbar.

»Natürlich brauche ich Hilfe. Ihr Sohn hält mich für eine spionierende Hauträuberin.«

»Ich kann nicht sagen, dass er vollkommen falschliegt.«

Ich versuche ruhig zu bleiben.

»Lucas, ich bin keine Spionin, ich bin die Frau, die Whymper ausgestopft hat«, sage ich und vermeide wohlweislich das Wort »präparieren«.

Plötzlich fällt mir auf, dass ich keine Spur meines Werks in der Wohnung gesehen habe.

»Wo ist er eigentlich?«

Vater und Sohn sehen sich an.

»Er ist bestimmt in einem Schrank«, sagt Lucas. »Er mag Schränke.«

»Es freut mich zu hören, dass meine Arbeit im Schrank endet.«

»Gut«, beendet Nachbar das Gespräch. »Lucas, du musst jetzt schlafen.«

Das Kind sieht mich an.

»Bleibt sie hier?«

»Ja, wenn sie will. Warum nicht?«

»Aber sie kann nicht da bleiben, in Mamas Sessel.«

Nachbar nimmt ihn in die Arme und flüstert:

»Doch, das kann sie. Es ist gut, wenn jemand in dem Sessel sitzt. Mama würde nicht wollen, dass ihr Sessel den ganzen Tag leer bleibt. Der Arme!«

Sie verschwinden im Flur, der zum Zimmer des Jungen führt, ich bleibe wie betäubt im Wohnzimmer zurück.

Das Zimmer hat sich verändert. Dabei sind die Bücherregale dieselben, die unzähligen Bücher sind immer noch da, es gibt nicht mehr Möbel als vorher. Aber die Atmosphäre hat sich verändert. Nachdem ich erneut die Regalbretter abgesucht habe, finde ich schließlich die Quelle dieses Gefühls: Zwischen den bunten Büchern stehen ebenso chaotisch wie alles andere Rahmen. Fotos. Sie sind überall, es sind Dutzende, aber sie verschmelzen so gut mit dem Ganzen, dass ich sie nicht bemerkt hatte. Manchmal Nachbar, oft Lucas, und immer eine Frau. Eine Frau mit Schalk im Gesicht und feinem braunem Haar, die ich nie gesehen habe und deren Präsenz jetzt den Raum erfüllt.

Endlich begreife ich. Aber die Scham, die ich normalerweise ob der Ungeheuerlichkeit meiner Fauxpas empfinde, hat keine Zeit, mich zu überschwemmen: Kaum taucht sie auf, überlässt sie einer schweren Traurigkeit den Platz. Sie drückt mich nach unten, ich beuge die Knie, bis mein Hintern den Stoff von Mamas Sessel berührt – sofort zucke ich zusammen und richte mich wieder auf.

Ich schwanke einen Moment durch das Wohnzimmer, ehe ich mich entschließe, in Lucas' Zimmer zu gehen. Geräuschlos durchquere ich den Flur und stecke den Kopf durch die halb geöffnete Tür. Ganz hinten in dem nur von einer Nachtlampe erhellten Dunkel hat Nachbar den Käfig mit dem Hamster hingestellt, der mich herausfordernd anstarrt.

Nachbar singt am Bett seines Sohnes. Ich sehe, dass Lucas schon eingeschlafen ist, aber seinen Vater kümmert das nicht: Er setzt sein Solo fort, Lied für Lied. Vor allem Folk, ruhige Stücke, Simon and Garfunkel, Nick Drake, Bob Dylan, er singt mit schöner Stimme, klar und weit.

Ich höre eine Weile zu. Die Traurigkeit ist immer noch da, und sie ist ganz anders als die armselige Melancholie, in der ich mich üblicherweise suhle. Es ist eine volle, ganze, drückende Traurigkeit, so schwer, dass sie den Platz eines anderen Gewichts eingenommen hat, das ich sonst immer spüre, doch das sich plötzlich aufgelöst zu haben scheint: Ich bin bei diesem Mann, den ich offenkundig überhaupt nicht kenne, belausche ihn in seinem Persönlichsten, kurz und gut, ich bin nicht an meinem Platz, und dennoch habe ich das Gefühl, mehr denn je eben da zu sein. Ich fühle mich schwer und erschüttert, aber ich fühle mich an meinem Platz. Da ich nicht weiß, was ich mit diesem Widerspruch machen soll, drehe ich mich um und tue, was ich am besten kann: Ich gehe.

Nachbar, fragen Sie nicht mehr: Sortieren Sie mich bei den Feiglingen ein.

Anstatt die Treppe hoch zu meiner Wohnung zu gehen, ziehe ich meinen Mantel an und verlasse das Haus. Ich schlage den Weg zu meiner Werkstatt ein. Vielleicht aus Angst, dass Nachbar, wenn er merkt, dass ich weg bin, bei mir klingelt, um mich zurechtzuweisen. Nein, eigentlich weiß ich, dass er das nicht machen wird. Selbst wenn er bereit wäre, Lucas mit diesem seltsamen Hamster allein zu lassen, was mich wundern würde, hat er ganz sicher nicht die geringste Lust, zu mir zu kommen. Ein anderer Grund, den ich nicht kenne, treibt mich in Richtung Werkstatt.

Die Straßen sind natürlich menschenleer. Ich mache einen Umweg zum Flussufer, wo mir die Luft noch kälter vorkommt. Schon am Abend war es eisig, aber jetzt hat sich die ganze Umgebung geändert. Es ist unglaublich, dass eine einzige Nacht zwei so unterschiedliche Gesichter haben kann. Als ich dieselbe Straße mit Nachbar entlanggegangen bin, war ich aufgeregt, geradezu fröhlich. Jetzt ist die Kälte weniger beißend, das Straßenlicht von sanfterem Orange, der Glanz der Seine weniger stumpf, mein Schritt lautloser. Alles ist schöner, zugleich aber auch trauriger. Die ganze Stadt, von der Seine, die durch ihr Bett rieselt, bis zu den herabhängenden Linden, scheint das Handtuch geworfen zu haben.

Als ich an Penelopes Lastkahn vorbeikomme, sehe ich die Lichter darin. Sie hat Besuch, da drinnen amüsiert man sich. Gedämpfte Stimmen, Schatten hinter den zugezogenen Vorhängen, eine Klaviermelodie, kurz und gut, die Atmosphäre eines Tanzlokals der Belle Époque. Ich ertappe mich dabei, die Leute zu beneiden.

Ich setze meinen Weg unten an der Seine fort, dann auf dem Quai Blanqui. Und schon bin ich in Höhe der Straße des Korporals. Als mir bewusst wird, dass ich im Begriff bin, an den Tatort zurückzukehren, mache ich hastig kehrt und verfluche meinen Dilettantismus.

Auf dem Weg zur Werkstatt möchte ich meine Gedanken auf etwas Flüchtiges konzentrieren, aber es gelingt mir nicht. Ich denke nicht an Nachbar, sondern an Mimile. Genau jetzt fehlt mir seine Gesellschaft. Oder eher die Möglichkeit seiner Gesellschaft. Denn ich weiß genau, selbst wenn er da und zu dieser unmöglichen Zeit noch wach wäre, wenn er in seinen Büchern schmökern, mich in seiner Wohnung erwarten würde, während Sam auf seinem Schoß döst, wäre ich nicht hingegangen, um mich von ihm trösten zu lassen. Trotzdem fehlt er mir entsetzlich. Ich wühle in meiner Manteltasche und mache das Telefon an, um zu sehen, ob ich nicht eine Nachricht bekommen habe. Aber auf dem Display ist nur eine Uhr, die mir anzeigt, dass es 3.20 Uhr ist.

Erst als ich vor dem Haus stehe, in dem meine Werkstatt ist, fällt mir ein, dass ich keinen Schlüssel habe. In meiner Eile, Nachbar bei seinem nächtlichen Verbrechen zu assistieren, habe ich das Schlüsselbund in der Wohnung gelassen, natürlich hat sie eine gepanzerte Tür, die sich selbst verriegelt, wenn sie ins Schloss fällt.

Die Möglichkeiten, die sich mir nun bieten, sind beschränkt: Ich kann zu Nachbar zurückgehen und die Nacht auf angenehme Weise beenden, obendrein mit einer guten Entschuldigung, ihm meine Anwesenheit aufzudrängen, oder ich kann in meine eigene Werkstatt einbrechen und unter den Blicken meiner ausgestopften Tiere auf dem Boden schlafen.

Ich tippe den Türcode der Haustür und gehe rein.

Die Fenster der Wohnungen zum Hof sind dunkel. Nicht unmöglich, dass mich jemand zu dieser nächtlichen Stunde ins Haus kommen gehört hat und aufgestanden ist, um in der Dunkelheit seines Schlafzimmers die Stirn an die Scheibe zu pressen und mich zu beobachten. Ich setze mich erst mal auf die Bank, um zu überlegen. Mein Gehirn flüstert mir zu, ich sollte zu Nachbar zurückgehen; als Antwort wedele ich mit den Händen vor meinem Gesicht, um diese unwillkommene Vernunft zu vertreiben. Dann stehe ich auf, beuge den Kopf vor und kneife die Augen zusammen, um durch die halb geschlossenen Vorhänge in das Innere der Werkstatt zu spähen. An der hinteren Wand erkenne ich in einem dünnen Lichtstrahl Ernestos konsternierte Miene. Ich ziehe die rechte Hand in den Dufflecoat und mache aus dem Ende des Ärmels eine Kugel, die ich fest umklammere.

Dann hole ich Schwung, um die Scheibe einzuschlagen.

Zwei Einbrüche an einem Tag, alle Achtung! Du könntest auch anfangen, Mimile dein Leben zu erzählen, das würde ihn sicher interessieren.

Ich bewege den Arm mehrmals bis zum Fenster und zurück, um Maß zu nehmen. Dann schlage ich zu. Es geht ganz schnell, doch während sich mein Arm streckt, wird mir bewusst, dass meine Aktion Lärm machen wird, und ich versuche zu husten, um das Geräusch zu übertönen, aber ich verschlucke mich, weshalb mein Arm aus der Spur kommt; ich lasse das Ärmelende los, meine nackte Faust schießt heraus, trifft zugleich das Querholz des Fensters und das Glas, das mit ohrenbetäubendem Lärm zersplittert. Unter schrillen Schmerzensschreien greife ich innen nach dem Griff, schaffe es irgendwie, ihn zu öffnen und stürze in die Werkstatt, wobei ich eine Stehlampe umwerfe, deren Glühbirne auf dem Boden zerschellt.

Hastig schließe ich das Fenster, kauere mich auf den Boden, Rücken zur Wand, rühre mich nicht mehr und bete, dass alle, die etwas gehört haben – denn mein lautstarker Einbruch kann nicht unbemerkt geblieben sein –, ihrem Ruf als Pariser alle Ehre machen und auf dem Kissen ihrer Gleichgültigkeit wieder einschlafen. Meine Hand ist bei dem Schlag nur an einem Knöchel aufgeplatzt, ich blute kaum. Schwacher Trost. Ich ahne, dass Ernesto gleich loskichern wird, aber der verzweifelte Blick, den ich ihm zuwerfe, lässt ihn dann doch vor Mitleid stumm bleiben.

Ich kippe ins Irreale. Meine Ohren werden zu Parabolantennen und nehmen das geringste Dielenknarren wahr; ich höre leise Stimmen, seltsamen Hall, geheimnisvolles Klicken, Rascheln jeder Art. Ich hechle wie ein atemloser Pudel.

Schließlich ergreift Ernesto das Wort, um mich zu beruhigen.

»Darf ich eine Meinung äußern?«, flüstert sein unförmiger Schatten aus der Dunkelheit in der Zimmerecke.

Ich schnaufe ausdruckslos.

»Dein Zirkus ist ja ganz lustig«, fährt er mit deutlicherer Stimme fort, »aber jetzt krieg dich wieder ein! Dir ist schon klar, dass du nichts riskierst, oder? Du bist in deiner Werkstatt. Du hast die Scheibe eingeschlagen, okay, und den halben Raum verwüstet. Aber sein eigenes Fenster zu zerdeppern ist nicht verboten. Es ist dämlich, aber ins Gefängnis steckt man die Leute nur, wenn ihre Dämlichkeit zu weit gegangen ist. Nicht, wenn sie sich zum Dödel machen.«

»Und der Hamster?«, wende ich mit schriller Stimme ein.

Ernesto erfasst den Sinn meiner Frage nicht, was verständlich ist, weil auch ich sie nicht begreife. Was, der Hamster? In meinem Zustand scheint mir alles möglich. Zum Beispiel das: Der Diebstahl wurde entdeckt, die Polizei wurde gerufen, der Korporal hat mich als Schuldige ausgemacht, weil ich ein Indiz zurückgelassen habe, ein Polizist war bei meiner Wohnung, hat mich dort aber nicht angetroffen, und als er gerade wieder losgegangen ist, knisterte sein Walkie-Talkie und meldete einen nächtlichen Einbruch genau an dem Ort, wo ich mich jetzt befinde, und der Polizist, der meine Präparatorenwerkstatt durch einen ärgerlichen Zufall kennt – seine Schwägerin, mit der er gelegentlich schläft, ist eine unzufriedene frühere Kundin –, hat die Adresse erkannt, sofort den Bezug hergestellt, auf den seitlichen Knopf des Geräts gedrückt und gemeldet: »Fuchs an Zentrale, Fuchs an Zentrale: Ich bin im Zielgebiet und sofort am Tatort.«

Die Schweißtropfen rinnen über meinen Rücken. Ich habe das Gefühl, in der erstickenden Hitze der Werkstatt vor Angst zu schmelzen. Je weiter meine Gedankengänge in alle Richtungen abdriften, desto stärker ist das Gefühl, dass sie den richtigen Kurs halten. Ich rechne damit, einen großen Kerl hier auftauchen zu sehen, Engelsgesicht und durchdringender, unbestechlicher Blick, der mich am Arm rausschleifen und auf die Rückbank seines Autos werfen wird und mir erklärt, dass ich mich für lange Zeit von meinen Seine-Spaziergängen verabschieden kann.

Ich denke an Mimile. Er wird antworten, wenn ich ihm eine SMS schicke. Ich hole das Telefon raus und gehe zu *Nachricht schreiben*, was mich ein bisschen beruhigt. Keine Ahnung, was ich ihm schreiben soll, aber die ersten beiden Worte, die mir spontan eingefallen sind, »Hallihallo, Mimile«, haben mir schon gutgetan. Mir ist immer noch warm, wahrscheinlich weil ich an der Heizung sitze und immer noch meinen Dufflecoat anhabe. Ich ziehe ihn aus und schleppe mich bis zu einem Stuhl, auf den ich mich sinken lasse, ohne Licht zu machen. In der undurchdringlichen Dunkelheit des Zimmers starre ich auf das weiße Handydisplay, ohne mehr zu schreiben, bis mein Körper entspannt genug ist, um mich einschlafen zu lassen.

Ich schlafe mit dem Kopf zwischen den Unterarmen auf dem Arbeitstisch. Eine traumlose Nacht, glaube ich. Ich schrecke auf, sicher wegen der Schmerzen durch die Körperhaltung der letzten Stunden. Meine Halswirbelsäule knackt, als ich den Hals zurechtrücke, und meine Arme hängen schlaff wie Chipolatas neben dem Körper herab, weil sie nicht durchblutet sind.

Ich mache mein Telefon an, um zu sehen, wie spät es ist, und entdecke, dass Mimile geschrieben hat. Doch bevor ich die Nachricht lesen kann, erreicht mich ein Geräusch vom Hof, und ich begreife, dass nicht meine unbequeme Körperhaltung mich aus dem Schlaf gerissen hat, sondern das trockene Dröhnen der Tür, an die jemand klopft.

Die Angst kehrt zurück, die Angst gemischt mit Neugier, weil der Besucher so seltsam klopft. Wie ein Trommelwirbel, von unten nach oben. Ich gehe zum Fenster und recke den Kopf, um die Person zu sehen.

Draußen stehen zwei Männer, rund und kurzbeinig, symmetrisch gekleidet: dunkle Jacke, blaue Hose und beigefarbenes Poloshirt der eine, beigefarbene Jeans und blaues Hemd der andere. Ihr Körperbau ist gleich, aber sie sehen sich nicht ähnlich. Ich würde sie bestimmt sympathisch finden, hätten sie nicht den dummen Einfall gehabt, Armbinden der Nationalpolizei anzulegen.

Ich bringe meine Haare in Ordnung – als wäre eine zerzauste Mähne ein Schuldeingeständnis – und werfe Ernesto, der ebenso verstört aussieht wie ich, einen Blick zu. Dann öffne ich den Männern mit zitternder Hand die Tür.

»Mademoiselle Rosset?«, fragt der eine freundlich, seine Stimme ebenso rund wie sein Körper.

»Ja, das bin ich. Das ist meine Werkstatt. Hier arbeite ich, meine ich. Absolut. Meine Werkstatt. Ich bin hier, um zu arbeiten, ganz genau.«

Das Gespräch hat noch nicht begonnen, da bin ich schon mit den Nerven am Ende. Ich empfinde einen unwiderstehlichen Drang, meine Anwesenheit zu rechtfertigen, vielleicht, weil ich keine Ahnung habe, wie spät es ist. Es ist hell, sicher schon eine Weile, aber in dieser Jahreszeit schafft es die Sonne fast nie, über das Haus hinaufzusteigen, und der Hof liegt fast immer im Schatten.

»Gut. Sehr gut«, antwortet der Mann. »Dann sind wir also an der richtigen Stelle. Das ist gut. Das ist logisch. Hier ist Ihre Werkstatt. Hier arbeiten Sie. Absolut.«

Der Polizist lächelt mich an. Ich kann nicht feststellen, ob er sich über mich lustig macht. Er kommt mir etwas ironisch vor, aber vielleicht redet er einfach so. Mit der Polizei kenne ich mich nicht aus.

»Mademoiselle Rosset, wir haben ein paar Fragen«, lässt sich der andere mit ruhiger Stimme vernehmen.

Die beiden sind irgendwie seltsam. Ihre Anwesenheit ist beruhigend. Der eine lächelt liebenswürdig, sein Gesicht hat etwas Chaotisches. Der andere sieht gut aus, dunkle Augen, feine Züge, und er strahlt eine gewisse Sanftheit aus. Auch wenn sie mir offenkundig Probleme bringen, eine Verurteilung, Gefängnis oder Schlimmeres, ist ihre Gesellschaft irgendwie angenehm.

Ich bitte sie herein. Eine Hitzewelle steigt meinen Rücken hoch, als ich meinen Mantel mitten im Raum auf dem Boden liegen sehe. Unter dem Blick der beiden Männer und der diversen ausgestopften Tiere, die die Szene reglos verfolgen, hebe ich ihn hastig auf und hänge ihn über eine Stuhllehne.

»In der Tat, dieser Mantel wirkte etwas unordentlich«, sagt der Bulle mit der sanften Stimme. »Hatten Sie ein Problem mit Ihrem Fenster?«

Das ist keine Hitzewelle mehr, sondern ein Schweiß-Tsunami, der mich bis zu den Ohren durchnässt. Die Scherben liegen immer noch im halben Zimmer verstreut.

»Ja, eine ungeschickte Bewegung …«

Die beiden kommen ein paar Schritte näher, das Glas knackt unter ihren Sohlen. Dann entdecken sie meine Bande von Karnevalstieren und wirken überrascht. Der Mann mit der sanften Stimme flüstert seinem Kollegen ein paar Worte ins Ohr, der deutet ein Lächeln an – ein durchaus ernstes Lächeln.

»Also gut«, sagt der schöne Polizist. »Das ist Leutnant Patel. Und ich bin Leutnant Lavezzi.«

Ich zeige auf die Stühle – seit dem ersten Besuch des Korporals und ihres Sohns habe ich ja zwei Gästestühle –, und biete ihnen einen Kaffee an, weil mich der Name des zweiten Leutnants an die Kaffeemarke erinnert.

»Mit dem größten Vergnügen«, antworten sie zu meinem großen Bedauern im Chor.

»Ich habe keinen Kaffee«, sage ich. »Ihr Name hat mich an die

Kaffeemarke erinnert, ich habe nicht nachgedacht. Es tut mir leid.«

Leutnant Lavezzi schweigt misstrauisch, während sein Komplize durch den Raum geht und jedes meiner Werke begutachtet. Ich nutze die Gelegenheit, um nach dem Besen zu greifen und das Glas in einer Ecke zusammenzufegen.

»Würden Sie sich als Mensch bezeichnen, der nicht nachdenkt, Mademoiselle Rosset?«, fragt Lavezzi.

»Achtung, Fangfrage!«, mischt sich Patel ein, ohne sich zu uns umzudrehen. »Wenn Sie über die Antwort nachdenken, haben Sie sie schon gefunden!«

Ich stelle den Besen ab.

»Ja, zweifellos«, sage ich und hoffe, dass meine Unüberlegtheit beim Prozess als mildernder Umstand angerechnet wird.

»Diesen Eindruck hatte ich tatsächlich«, stimmt Lavezzi zu.

Er setzt sich auf einen Stuhl und kippelt nach hinten.

»Ich habe eben gesagt, wir hätten Ihnen ein paar Fragen zu stellen«, fährt er fort. »Aber das ist nicht mehr nötig.«

»Warum nicht?«

Wieder einmal frage ich mich, warum ich eine Frage stelle, deren Antwort ich gar nicht wissen möchte.

»Wegen des Hamsters«, sagt Patel, der immer noch die Rückwand betrachtet.

»Genau. Wegen des Hamsters«, bestätigt der andere.

»Wegen des Hamsters wollen Sie mir keine Fragen stellen?«

»Ja. Denn der Hamster hat uns unsere Vermutungen bereits bestätigt. Auch wenn zur Bestätigung natürlich noch das Labor gefragt ist«, fügt Lavezzi hinzu.

»Ich soll ins Labor mitkommen?«

»Mir scheint eher, dass Sie nicht ganz mitkommen«, antwortet Patel.

»In der Tat, ich kann Ihnen nicht folgen.«

»Mademoiselle Rosset, ich glaube, Sie können uns sehr gut folgen. Sie wissen, weshalb wir hier sind. Wegen eines Diebstahls, an dem Sie beteiligt sind. Die Videos haben Sie festgehalten. Es gab noch einen Zweifel, aber die Anwesenheit des Hamsters in diesem Raum räumt ihn fast vollständig aus.«

Ich bin entsetzt und fassungslos über mich selbst. Habe ich den Hamster hergebracht? Wann, warum? Ich habe es nicht gemerkt, aber ich war auch so durcheinander …

Leutnant Lavezzi steht auf und geht zu meinem Arbeitstisch. Er greift nach dem Löwenhamster und zeigt auf die Mähne.

»Wenn Sie Ihre Straftat auf diese Weise zur Schau stellen, erleichtern Sie uns die Arbeit.«

Die Mähne des Löwenhamsters! Mein erstes Verbrechen, das ich wegen des zweiten vergessen hatte. Der Diebstahl eines Museumsstücks, des Teils eines als nationales Kultur- und Wissenschaftserbe registrierten Objekts, vor Zeugen, und zur Ablenkung noch die Manipulation von Minderjährigen. Ich bin erledigt.

»Miss Rosset, bitte sagen Sie mir, woher diese hübsche Mähne kommt«, sagt Patel.

»Sie kommt von einem Löwen.«

Die beiden Männer lassen ein paar Sekunden verstreichen. Ich ergänze schicksalsergeben:

»Sie kommt von einem Löwen in der Grande Galerie de l'Évolution. Einem asiatischen Löwen, glaube ich.«

»Gut«, ergreift wieder Lavezzi das Wort. »Wir werden Folgendes tun: Wir entnehmen eine Probe dieser Mähne, um durch die Analyse zu bestätigen, dass Sie sich tatsächlich der Straftat schuldig gemacht haben, derer Sie sich rühmen.«

»Ich rühme mich für gar nichts.«

»Das stimmt, sie rühmt sich für gar nichts«, unterstützt mich Patel.

»Und wir machen Fotos Ihrer Werkstatt«, sagt Lavezzi.

»Fotos? Aber warum denn, wenn Sie doch schon den Beweis haben?«

»Ja, Fotos, hervorragende Idee«, jubelt Patel.

»Das ist Vorschrift«, erklärt Lavezzi.

»Und was sagt uns denn, dass Sie nicht auch für die anderen Geschöpfe unredlich erworbenes Material benutzt haben.«

»Niemals!«

Patel holt sein Telefon raus und schießt unzählige Fotos. Alles ist drauf – der Löwenhamster natürlich, aber auch Ernesto, das Wiesel, das Schuppenwildschwein, mein Werkzeug, meine Arbeitstische und ich selbst. Inzwischen zieht Lavezzi Handschuhe an, holt ein Schweizer Messer aus einem Etui an seinem Gürtel und schneidet eine Strähne der Mähne ab, ohne sich darum zu scheren, dass er das Tier entstellt. Er schiebt die Haare in eine Papiertüte.

Die Männer gehen zur Tür. Dann dreht sich Lavezzi noch einmal um.

»Gut. Von diesem Moment an müssen Sie jederzeit damit rechnen, vorgeladen zu werden. Bleiben Sie erreichbar. Sie werden bald auf die eine oder andere Weise von uns hören.«

Patel bleibt stehen, kommt zu mir zurück und wiederholt fröhlich:

»Auf die eine oder andere Weise.«

Er fährt sich durch die Haare, die sich sogleich wieder legen, und die beiden Polizisten verlassen mich.

Ernesto wartet einen Moment, bis die Polizisten weit genug weg sind, dann versucht er mich zu beruhigen:

»Mach dir keine Sorgen, Éva. Wegen dem Diebstahl von einem Stück Mähne werfen sie dich nicht in den Kerker. Sowieso ist irgendwas an der ganzen Geschichte merkwürdig.«

Er hat seine Schlitzaugen auf mich gerichtet.

»Das Verhalten der beiden. Die Entnahme der Mähne. Dich da stehenzulassen, anstatt dich mit aufs Revier zu nehmen, um die Sache zu klären. Die Fotos. Da stimmt was nicht.«

»Kann sein, aber was wollten sie dann?«

Die Polizei weiß über den Mähnendiebstahl Bescheid, aber die Männer waren aus einem anderen Grund hier. Sie sind hergekommen, obwohl sie mich hätten vorladen können. Sie haben mich nicht mitgenommen, mich keine Aussage unterschreiben lassen, obwohl sie wissen, dass ich schuldig bin. Ernesto hat recht: Irgendetwas ist faul an der Sache. Jedenfalls beschäftigt sie mich, was den Vorteil hat, mich etwas zu beruhigen.

Mimiles Nachricht habe ich immer noch nicht gelesen.

»Lies sie uns vor, Éva«, befiehlt Ernesto.

Hallihallo, liebe Éva. Ich hatte eine merkwürdige Nacht, und jetzt habe ich Lust, dir gleich nach dem Aufwachen zu schreiben. Ich bin mitten in der Nacht aufgestanden und weiß nicht recht, ob ich dann geträumt habe oder einfach meine Gedanken habe schweifen lassen. Wahrscheinlich war es ein Traum, denn die Erinnerungen waren zu deutlich. Auf jeden Fall war es ein schöner

Traum oder ein schöner Gedanke. Wir sind zu zweit im Wald spa-
zieren gegangen und haben den Vogelstimmen gelauscht, wie wir es
so oft zusammen gemacht haben. Du konntest sie gut unterscheiden.
Wir – vor allem du – stellten uns vor, was sie erzählten. Warum
sie so sangen. Du kanntest die richtigen Namen der Vögel nicht,
ich meistens auch nicht. Also hast du Namen erfunden. Der lang-
schwänzige Tirili, der schwarzköpfige Pilipili. Du kanntest ihre
Namen nicht, aber weil du sie so genau beobachtet hast, wusstest
du bald alles andere über sie. Alles, was wichtig ist: ihre Gewohn-
heiten, wie sie singen, wo sie leben und wie. Der Name ändert
sich sowieso von Land zu Land, er ist unwichtig, oder? Als ich
heute früh aufgewacht bin, habe ich gelauscht und einen Vogel
gehört. Ich habe ihn aufgenommen; ich schicke dir die Datei gleich
extra. Kannst du dir noch seinen Namen und seine Geschichte aus-
denken? Ich umarme dich und mache mir jetzt pochierte Eier.

Ich hatte diese Familienausflüge vergessen, wie alles andere.
Dabei war ich gar nicht so klein. Bei den ersten war meine Mutter da – am Leben, meine ich, denn begleitet hat sie uns nicht.
Aber heute fällt mir ein, dass die Spaziergänge weitergingen, bis
ich in die Pubertät kam.

Ich erinnere mich auch noch, wie mich die anderen Kinder
ausgelacht haben, als sie merkten, dass ich nicht mal eine Amsel
kannte. Allerdings wussten sie von der Amsel nur den Namen.

Später habe ich versucht, die offiziellen Namen zu lernen, das
hat schließlich mit meiner Arbeit zu tun. Aber sie interessieren
mich genauso wenig wie früher.

Ich denke an die Feder auf dem Friedhof und habe das Gefühl,
dass sie mit Mimiles Nachrichten verbunden ist, in denen er immer von Vögeln und Erinnerungen spricht.

Ich höre mir die Aufnahme an. Beim ersten Mal achte ich nicht
genau auf die Vokalisen des Vogels, weil ich versuche, die Hintergrundgeräusche zu analysieren. Autos, Stimmen, meist weit ent-

fernt, nur eine scheint näher dran zu sein. Aber ich kann die Sprache nicht identifizieren, nicht mal, ob da ein Mann oder eine Frau spricht.

Dann höre ich noch mal und versuche meine Aufmerksamkeit auf den Gesang des Piepmatzes zu richten. Er ist unfassbar komplex; wie eine Free-Jazz-Improvisation. Gurren, erst regelmäßige, dann abgehackte Koloraturen, Tonleitern, crescendo, diminuendo, Oktavwechsel, Wechsel von klagenden und synkopierten Rhythmen: Das Tierchen ist total durchgedreht.

Ich tippe in mein Telefon.

Es handelt sich um eine Kanarienart, früher gelbfedriger Frenetico genannt, der alle vorstellbaren Frequenzen und Kombinationen von Tönen ausprobiert, in der Hoffnung, dass eine von ihnen dem anvisierten Weibchen gefällt, einem Geschöpf, das bekanntlich schwer zufriedenzustellen ist. Im vorliegenden Fall vervielfacht der Vogel seine Anstrengungen, weil er es obendrein mit einem Weibchen zu tun hat, das unter partieller Taubheit leidet.

Dann schicke ich die Nachricht ab und warte geduldig auf die Angst, weil ich zum ersten Mal seit Jahren mit Mimile kommuniziert habe. Doch sie kommt nicht. Die Minuten vergehen, das ist alles.

Durch die fehlende Scheibe strömt kalte Luft in die Werkstatt. Ohne den Blick vom Telefon zu nehmen, säge ich aus Holz ein Rechteck in der Größe der kaputten Scheibe und nagle es an die Querstrebe.

Und als diese Arbeit erledigt ist, erhalte ich Mimiles Antwort – ein armseliges lächelndes Smiley, absolut unangebracht –, meine Mundwinkel gehen albern nach oben, und ich vergesse darüber meine Justizsorgen.

Den Rest des Tages verbringe ich in der Werkstatt, abwechselnd entspannt, von tiefem Überdruss gepackt oder übermäßig ängstlich. Dieser Wechsel von Gemütszuständen macht mich ziemlich müde. Ich schaffe es gerade so, mich ein paar Minuten nach draußen zu schleppen, um mir in der nächsten Bäckerei ein widerliches Sandwich zu kaufen, ein komischer Laden, im Hinterraum gibt es vermutlich nur einen Tiefkühler, der mit Fertiggerichten aus der Zeit der Dritten Republik vollgestopft ist. Das Innere meines Sandwichs erinnert entfernt an Corned Beef.

Ich verkrieche mich wieder in meine Höhle. Nachdem ich mir bei Sonnenuntergang das Gesicht gewaschen habe, lasse ich mich auf den Boden sinken und schlafe erschöpft ein.

Ich hätte nach Hause gehen können, aber ich habe immer noch keine Schlüssel. Ich hätte an die Tür von Nachbar klopfen können, aber natürlich tue ich das nicht.

Die Nacht ist schmerzhaft, mental wie zervikal, aber am Morgen habe ich wieder ein bisschen Elan und beschließe, einen Schlosser anzurufen, damit er mir hilft, in meine Wohnung zu kommen. Sicher, darauf hätte ich auch schon früher kommen können. Aber in der Hitze des Gefechts zu denken ist nicht meine Stärke. Wenn die Hitze abgeflaut ist, allerdings auch nicht.

Bevor ich die Nummer des Handwerkers gewählt habe, klingelt es an der Tür. Es klingelt, es klopft nicht, das sind wohl nicht meine beiden Freunde, sage ich mir, um meine Unruhe zu besänftigen. Ich atme tief ein, bevor ich aufmache, weshalb mich ein Hustenanfall packt und ich nicht verstehe, was der Alte, der vor mir steht, mit heiserer Stimme vorbringt.

Er wartet, bis ich meine Lunge wieder im Griff habe, und gehorcht bereitwillig, als er begreift, dass ihm der Arm, den ich ausstrecke, den einen der für die Kunden bestimmten Stühle anbietet. Als wieder Ruhe eingekehrt ist, artikuliert er mühevoll:

»Madame, ich möchte Sie bitten, sich meines kürzlich verstorbenen Hermelins anzunehmen.«

Mich überschwemmt eine Welle der Müdigkeit. Aufs Geratewohl bitte ich: »Beruhigen Sie mich: Sie wollen keinen Schal oder Fäustlinge daraus machen?«

»Keineswegs!«, versichert er entsetzt. »Ich möchte es einfach ausstopfen lassen.«

Ein bisschen Arbeit, bis man mich wegen schweren Mähnenraubs hinter Gitter bringt. Warum nicht, das wird mich ablenken.

»Entschuldigen Sie, es tut mir wirklich leid«, sage ich. »Setzen Sie sich bitte, damit wir über die Details sprechen können.«

»Ich sitze schon, Mademoiselle.«

»Ja, entschuldigen Sie.«

Nachsichtig erzählt mir der alte Mann mit seiner immer noch zittrigen Stimme von seinem Hermelin. Dass es in seinem Garten wohnte, dass er es niemals eingesperrt hat, dass es aber niemals weglaufen wollte. Dass er es nie gefüttert hat, dass es immer allein für sich gesorgt hat. Dass es ihm lange Gesellschaft geleistet hat. Dass es für ihn eine schöne Abwechslung in seinem monotonen Leben war. Während er spricht, spannen sich seine Falten und scheinen zu lächeln. Berührt von seinem Wesen erkläre ich ihm, dass ich meinen letzten Auftrag gerade abgeschlossen habe – ohne ihm zu sagen wann und wie –, weshalb ich mich sogleich um sein Hermelin kümmern könne.

Nach unserem Gespräch helfe ich ihm beim Aufstehen, indem

ich seinen Arm stütze; er hat es nicht nötig, sein Körper ist kräftig, aber er dankt mir trotzdem. Dann verschwindet seine hochgewachsene Gestalt durch die Hofeinfahrt.

Als er weg ist, begutachte ich das Tier. Es ist in guter Verfassung, erst recht, wenn man bedenkt, dass es halbwild gelebt hat. Ich habe das nötige Material da und beschließe, sogleich anzufangen. Zuerst lege ich mein Werkzeug, das Material und den Polyurethanschaum auf dem Arbeitstisch bereit: Mir ist absolut bewusst, dass ich mich ganz unüberlegt, in einem Zustand fortgeschrittener Selbstauflösung auf die Arbeit stürze und dass eine in diesem Zustand durchgeführte Präparation wahrscheinlich ebenso gut gelingen wird wie alle die, die an den Werkstattwänden hängen. Aber wenn ich arbeite, muss ich nicht an Nachbar, die beiden Leutnants, den Diebstahl beim Korporal oder die Hamstermähne denken. Nach Hause zu gehen ist jetzt ausgeschlossen. Schon beim bloßen Gedanken daran, mit einem Schlosser zu sprechen, bin ich fix und fertig.

Ich lege das Tier in eine Schüssel und mache mich an die Skizze, wobei ich seine Dimension so gut wie möglich übernehme. Das Hermelin hat ein braunes Fell, nur von den Vorderbeinen bis zum Halsansatz zieht sich ein weißer Streifen. Ich stelle ihn aufrecht dar, den Blick in die Ferne gerichtet, den Kopf leicht nach rechts geneigt, die Vorderpfoten zum Bauch abgeknickt. Ich stelle mir vor, dass es sich in dieser Position jeden Morgen im Garten des alten Mannes zeigte.

Es ist fast Mittag, als ich mich an den Grundkörper mache. Während ich ihn forme, werfe ich immer wieder zwanghafte Blicke zum Hof, wo ich jeden Moment das Sonderkommando der Nationalgendarmerie erwarte, das mir befiehlt, meine Werkzeuge aus der Hand zu legen, wenn ich nicht erschossen werden will. Die ständige Überwachsamkeit hat gewisse Abweichungen bei meiner Arbeit zur Folge, doch den ärgsten Fehler mache ich, als wirklich jemand im Hof auftaucht.

Es ist Nachbar, und er ist nicht allein: Sein Junge ist dabei. Sie beobachten mich beide fröhlich. Das schelmische Gesicht des Kleinen reicht kaum über das Fensterbrett.

In mir verwirren sich die Gedanken. Wild durcheinander tauchen Scham – aus Nachbars Wohnung weggelaufen zu sein –, Erleichterung – dass es nicht die Polizei ist – und Sorge auf, dann entdecke ich mein Spiegelbild in der Scheibe, und die Scham gewinnt die Oberhand.

Denn das Bild, das sich auf dem Glas abzeichnet, ist erbärmlich. Der absolute Verfall, von den wirren Haaren bis zur zerknitterten Kleidung, von der ungewaschenen Haut bis zu den abgrundtiefen Augenringen. Ganz zu schweigen von meinem Geruch, aber ich überlege mir, dass ich in diesem Punkt die Anwesenheit des Mardertiers als Entschuldigung vorschieben könnte.

Sie kommen in die Werkstatt, Nachbar trägt seinen Einkaufsbeutel, der Junge trägt nichts. Ich denke nicht mal daran, sie zu begrüßen.

»Ist er nicht in der Schule?«

»Hallo, Nachbarin«, antwortet Nachbar. »Es ist Mittagspause. Ich habe Lucas zum Mittagessen abgeholt, und weil wir gerade am Quai waren, dachte ich, wir könnten Sie besuchen.«

»Papa hat mir eine Überraschung gemacht«, erklärt Lucas strahlend.

»Papa hat dir zwei Überraschungen gemacht, Lucas. Aber ich bin mitten in der Arbeit.«

Plötzlich nimmt Lucas wahr, wo er gelandet ist. Er geht zuerst zu Ernesto und den anderen, sagt »Hallo, ihr alle«, worüber sie sich zu freuen scheinen. Dann fällt sein Blick auf das Hermelin.

»Hast du das Tier getötet?«, fragt er ernst.

Nachbar antwortet eilig an meiner Stelle:

»Ich habe es dir doch erklärt, Lucas, weißt du noch? Nachbarin ist Präparatorin, sie stopft Tiere aus, wie Whymper.«

»Wie funktioniert das? Dürfen wir zugucken?«

Der Junge klettert auf einen Stuhl, angelt sich ein Bio-Sandwich aus Papas Beutel und macht sich daran, es zu essen, während er den Beginn der Vorstellung erwartet. Nachbar ist nur begrenzt verlegen. Er fragt mit einem Blick, ob ihre Anwesenheit ein Problem für mich ist, aber er weiß genau, dass mein erschöpftes Gesicht ihm nicht antworten wird, also holt er zwei weitere Sandwichs aus dem Beutel, legt eins vor mich hin und setzt sich neben seinen Sohn.

Dann beginnt die Vorstellung.

Vor mir zwei Augenpaare, zwei erwartungsvolle Blicke, zwei Personen, die darauf warten, dass ich ihnen eine Demonstration meines handwerklichen Könnens gebe. Ich hätte mich nicht Hals über Kopf in die Arbeit stürzen sollen.

Zuerst muss ich das erste Problem lösen: den Schnitzer beim Grundkörper, der passiert ist, als Nachbar im Hof auftauchte, während ich bis über beide Ohren in meiner Gefängnisparanoia steckte. Ich könnte von vorn anfangen, aber das übersteigt meine Kräfte. Also beschließe ich, zu tun, was ich eigentlich nie mehr machen wollte: das Loch wie eine Anfängerin zu verbergen, indem ich ein weiteres Stück Schaum draufklebe.

Nachbar erklärt seinem Sohn jede meiner Bewegungen mit einem Wissen, das mich zuerst überrascht und dann immer mehr nervt. Bis auf ein paar kleine Fehler kennt er die Namen der Materialien und Werkzeuge, der Handgriffe und der verschiedenen Etappen meiner Arbeit. Augenscheinlich hat er sich über meinen Beruf informiert, wie diese Leute, die beim Arzt protzen, nachdem sie im Internet alle wissenschaftlichen Artikel gelesen haben. Oder er ist selbst Tierpräparator. Eher nicht, aber ich kenne ihn eigentlich nicht gut genug, um diese Möglichkeit auszuschließen.

Die Anwesenheit von zwei Zuschauern macht das Werk, dessen Qualität ohnehin schon gelitten hatte, endgültig zunichte. Als ich im Begriff bin, das Hermelin aufzuschneiden, kneift Lucas die Augen zu, reißt sie aber gleich darauf weit auf, in meiner Anspannung drücke ich das Skalpell zu tief in den Körper, und das Kind bekommt einen Spritzer Blut auf seine Schuhe. Nachbar wischt es ab und flüstert ihm zu: »Das ist besser als im Kino, oder?« Aber das Schauspiel scheint sie nicht abzustoßen, weder den einen noch den anderen, und falls sie wahrnehmen, dass meine Performance eher der Schlächterei als einer Präparation nahekommt, zeigen sie es nicht.

Dabei lege ich es förmlich darauf an, sie zu erschrecken. Der Arbeitstisch ist voller Blut, und als ich die Haut des Tieres abziehe, baumelt ein Stück Gedärm daran. Ich selbst bin inzwischen in einer Art Trance versunken und erledige meine Arbeit mit dem einzigen Wunsch, fertigzuwerden, egal wie. Aufschneiden, abziehen, reinigen, putzen, kratzen, das Gerben vorbereiten, die Minuten vergehen, und meine Sehkraft schwindet, aber ich mache weiter.

Nach sechzig Minuten Quälerei sagt Nachbar etwas zu mir, aber er muss dreimal wiederholen, dass es Zeit ist, zurück zur Schule zu gehen, bevor ich es verstehe. Meine Erleichterung übersteigt die des Marathonläufers, der achtzehn Stunden nach dem Hauptfeld über die Ziellinie läuft und die letzten fünfzehn Stunden damit verbracht hat, den Hohn der Zuschauer über sich ergehen zu lassen, die nur an der Laufstrecke stehengeblieben sind, um ihn zu verspotten.

Die Fortsetzung ist etwas weniger schmerzhaft, denn ich bin wieder allein in der Werkstatt, um das Tier zu erledigen. Ernesto und seine Freunde sind zwar noch da, aber in Anbetracht der Umstände haben sie beschlossen, sich mir gegenüber großmütig zu zeigen. Trotz der Scham, die mir immer noch die Kehle zuschnürt, beruhige ich mich allmählich. Ich würde nicht so weit gehen zu behaupten, dass ich zu alter Größe zurückkehre. Ich habe das Gerbmittel schlecht dosiert, die Haut ist ohne Spannung, beinah schlaff.

Am späten Nachmittag, als die Stadt schon in Dunkelheit getaucht ist, trete ich etwas zurück, um das Tier zu betrachten.

Mein Seufzer ist endlos. Die Haltung des Tieres ist gut, so, wie ich sie mir vorgestellt hatte, aber abgesehen davon ist es schlapp und mühsam zusammengeschustert. Aus dem Gesicht des Hermelins, vom Maul bis zu den Ohren, spricht die Verzweiflung. Ich kann mit einer saftigen Reklamation rechnen.

Ich seufze noch zehn Minuten weiter. Dann unternehme ich eine letzte Anstrengung und rufe einen Schlosser an, der mir helfen wird, unter meine Decke zu schlüpfen, wo ich gern den Rest meines Lebens verbringen möchte, wenn die Polizei es erlaubt.

Der Schlosser versucht nicht, mit mir zu diskutieren. Er begutachtet mein Äußeres, lauscht der Begrüßung vom Ende der Welt, die ich bei seiner Ankunft von mir zu geben versuche, sagt, ich solle mir keine Sorgen machen, er wird das alles im Nu erledigen, und macht sich an die Arbeit. Sein Blick ist verständnisvoll, die Stimme ruhig, ich bekomme fast Lust, ihm auch meine anderen Probleme anzuvertrauen. Er zertrümmert das Schloss, setzt ein anderes ein und empfiehlt mir, nachdem er mir achthundert Euro für den Noteinsatz abgeknöpft hat, beim nächsten Mal früher anzurufen, anstatt vierzehn Tage in einem nassen Wäldchen zu schlafen, um Geld zu sparen. Ich traue mich nicht, ihm zu verraten, dass ich nur zwei Tage gebraucht habe, um mich in die Ruine einer Frau zu verwandeln, die er vor Augen hat, und dass ich sie an einem Ort ohne Bett, aber durchaus mit fließend Wasser verbracht habe.

Meine Wohnung hat sich nicht verändert, aber ich habe das Gefühl, eine Ewigkeit sei vergangen, seitdem ich sie auf Nachbars Fersen für unser nächtliches Abenteuer verlassen habe. Ich suche mein Schlüsselbund, um den neuen Schlüssel hinzuzufügen. Es liegt auf dem Hocker, neben der Feder, die mir die Frau auf dem Friedhof gegeben hat. Die Feder des Geistervogels. Sie ist ganz trocken und von einem ascheartigen Puder überzogen.

Ich greife nach dem Schlüsselbund. Daran ist mein alter Wohnungsschlüssel, der zur Werkstatt und die Schlüssel von Mimile.

Ich hatte vergessen, dass ich seine Zweitschlüssel habe.

Ehrlich gesagt habe ich nicht die geringste Erinnerung, dass mir Mimile seine Schlüssel anvertraut hätte. Ich finde es auch erstaunlich, dass er sie mir gegeben hat. Wenn er es getan hätte, hätte ich es sicher abgelehnt. Aber da sind sie, an meinem Bund, mit einem kleinen Etikett, auf dem sein Vorname steht. Die Schrift kenne ich übrigens auch nicht.

Gut. Höchste Zeit, schlafen zu gehen.

Ich verschlinge ein Stück Maroilles, ziehe einen Pyjama an und sinke auf die Matratze. Der Schlaf lauert unter der Decke und packt mich, sobald ich liege.

Ich erwache mit den Bildern von Schlüsselbunden, Federn und als Polizisten herausgeputzten Hamstern im Kopf. Ich habe ein Geräusch in Mimiles Wohnung gehört. Das Klappern von Geschirr und Küchenutensilien. Der Wecker steht auf zwei Uhr. Ich kann mir nicht vorstellen, dass Mimile mitten in der Nacht, und ohne mir Bescheid zu sagen, nach Hause kommt und sich Rinderfrikadellen mit Minze zubereitet.

Ich verlasse die Wohnung in Pantoffeln und nehme alle in meinem Besitz befindlichen Schlüssel mit. Ohne Licht zu machen, gehe ich die Treppe hoch, und als ich vor der Tür stehe, spitze ich die Ohren. Stille. Wenn jemand in der Wohnung ist, hat er seine Aktivitäten eingestellt. Dabei bin ich geräuschlos und diskret hochgeschlichen. Immer noch ohne Licht taste ich nach dem richtigen Schlüssel und finde schließlich einen, der die Tür öffnet.

Die Wohnung ist in Dunkelheit getaucht, die Vorhänge sind zugezogen. Wieder höre ich Geräusche. Aneinanderklirrende Gläser, das Entkorken einer Flasche. Aber die Geräusche sind ebenso gedämpft wie in meiner Wohnung. Sie müssen von einem Nebenhaus kommen. Die Häuser in der Gegend sind in Sachen Isolation das, was meine Arbeit an dem Hermelin in Sachen Tierpräparation ist.

Um sicherzugehen, mache ich das Licht an.

Die Deckenlampe verbreitet ein blendendes Licht, das mich mit Angst überschwemmt: Bis sich meine Augen an das Licht gewöhnt haben, hat jeder, der in der Wohnung ist, alle Zeit der Welt, sich auf mich zu stürzen, um mich zu verprügeln. Aber niemand stürzt sich auf mich. Nichts regt sich, und das ferne Geschirrklappern geht weiter. Als ich endlich die Augen öffnen kann, stehe ich in einer leeren Wohnung.

Schnell kontrolliere ich die Küche und die übrigen Räume, falls das mit Geschirr hantierende Individuum sein Werk im Schlafzimmer fortsetzen sollte. Alle Zimmer sind leer.

Dann sinke ich aufs Sofa. Es riecht, wie ich es immer gekannt habe, nach einer Mischung aus alten Büchern und Schränken voller Naphthalin. Ich durchsuche Mimiles Plattensammlung und lege John Denver auf, einen schnulzigen Folksänger. Es ist ein eigenartiges Gefühl, hier zu sein, allein inmitten der Möbel meiner Kindheit, der Bücher meiner Kindheit, der Gerüche meiner Kindheit, in dieser Umgebung, die mir in einem so fernen Leben vertraut war, dass es nicht zu mir zu gehören scheint. Und Mimile, der nicht da ist, der irgendwo anders schläft. Mimile, der alte Herumtreiber, weggefahren, um vor mir zu fliehen, oder vielleicht, um mich wiederzufinden. Ich überlege, dass ich ihm eine Nachricht schicken könnte, ihm schreiben, wo ich bin und welche Musik ich höre.

Ich versinke etwas tiefer im Sofa. Aus den Boxen jammert der Titel *Take Me Home, Country Roads.*

An den Wohnzimmerwänden hängen die Bilder, die ich seit Ewigkeiten kenne. Ein ziemlich kitschiger japanischer Stich mit einem von verschneiten Bäumen gesäumten See, die Reproduktion eines polynesischen Porträts von Gauguin, ein Stadtplan von New York vom Anfang des letzten Jahrhunderts. Kurz, das perfekte Fehlen dekorativer Harmonie.

An der Wand neben dem Schlafzimmer fällt mir ein großer Rahmen auf, den ich nicht kenne. Vom Sofa aus ist es ein Sammelsurium von Farben ohne Form, doch irgendetwas daran weckt meine Aufmerksamkeit.

Ich stehe auf und gehe näher ran. Das Bild hängt in Hüfthöhe und bricht schamlos die Symmetrie des Raumes. Ich muss mir den Rücken verrenken, um es genauer anzusehen. Es ist eine Farbfotografie, wahrscheinlich aus der Frühzeit dieses Verfahrens. Die Töne sind blass, die Körnung stark und ganze Teile der Landschaft, die es abbildet, verschwommen. Die Landschaft erinnert mich an irgendetwas, aber nicht das ist es, was mich irritiert.

Es ist vielmehr ein Gegenstand in der Mitte des Bildes, zwischen Glas und Foto geschoben: eine samtige graublaue Feder mit schwarzen Streifen.

Ich nehme das Bild ab und setze mich wieder aufs Sofa, löse die Klammern und das Glas, nehme die Feder in die Hand.

Die Beschaffenheit und die Farben sind identisch mit der Feder auf dem Friedhof. Und sie weckt das gleiche Gefühl, ebenso vertraut wie unbekannt.

Ich wende mich dem Foto zu. Ein schlammiger, von Platanen gesäumter Sandweg führt bis zum Horizont. Die Bäume im Vordergrund tragen viele grüne Blätter, weiter hinten sind die Äste nackt und trockenes Laub bedeckt den Boden. Auf beiden Seiten des Weges erstrecken sich Felder. Etwa in der Mitte steht links vom Weg ein graues Gebäude. Vielleicht eine Kapelle oder ein Bauernhaus – das Bild ist zu unscharf.

Ich spüre, dass Feder und Landschaft miteinander und mit mir zu tun haben, aber ich finde nicht heraus, inwiefern.

Ich strecke den Arm zu dem Büfett mit den Leierschwänzen aus, in dem immer noch der Schnaps steht, und gieße mir einen Grappa ein.

Dann versuche ich zu erraten, wo sich der auf dem Foto dargestellte Ort befindet, aber die Informationen, über die ich verfüge, sind lächerlich mager: gerader Sandweg, Bäume und Felder, Ebene, ein Gebäude. Ebenso könnte man anhand eines weißen Hauses eine griechische Insel identifizieren wollen.

Der Grappa ist hervorragend. Ich frage mich, ob Mimile immer noch bei demselben Weinhändler einkauft.

Plötzlich habe ich eine Eingebung. Ich stehe auf und drehe das Foto um. In einer Ecke steht etwas geschrieben. Eine klare Schrift, aber ich bin zu aufgeregt über meine Entdeckung, um sie gleich zu entziffern. Ich mache eine kleine Atemübung und sage mir, dass die ganze Panik fehl am Platze ist. Ich werde erfahren, wo ein Weg verläuft. Und dann? Dorthin fahren, vorausgesetzt, der Ort ist nicht am Ende der Welt. Und dann?

Nachdem ich mich von der Lächerlichkeit der Situation überzeugt habe, wende ich mich wieder der Schrift zu.

Argentan, Sommer, Herbst, Winter.

Der Name sagt mir natürlich überhaupt nichts.

IV

Den Rest der Nacht verbringe ich mit der Feder in der Hand in den weichen Kissen von Mimiles Sofa. Der Schlaf bringt keine Aufklärung. Am Morgen schmuggeln sich die rosa Strahlen der Herbstsonne wie Schurken durch die Jalousien herein, und die Wohnung ist immer noch leer. Ich bleibe liegen.

Ich müsste zu einem Analytiker gehen oder wenigstens mit irgendeinem Menschen sprechen. Die ausgestopften Hirschköpfe, die mir meine kreisenden Grübeleien spiegeln, reichen nicht mehr aus.

Als mein Bauch gegen zehn Uhr vor Hunger schreit, beschließe ich, mich aufzuraffen. Ich sammle meine Kräfte und gehe zu mir runter, um mich anzuziehen, wild entschlossen, mich unter das Volk zu mischen und nebenbei ein paar Einkäufe zu erledigen, dann nach Hause zu kommen, mir etwas Richtiges zu kochen und beim Essen Informationen über Argentan, den Ort auf dem Foto, zu suchen.

Der Rest des Vormittags vergeht damit, dass ich vor meinem Kleiderschrank stehe und mich frage, wie das sozial optimale Outfit aussehen könnte. Schließlich ziehe ich die einzigen Sachen an, die wenigstens ein bisschen Farbe haben (sieht man von meinen bunten Socken ab): grüne Samthose, marineblauen Rollkragenpullover und kükengelbe Lederjacke. Ich sehe aus wie die brasilianische Fahne. Als Krönung des Ganzen schlüpfe ich in beige Kunstlederstiefel mit sibirischem Pelzbesatz.

Ich gehe die Treppe runter und bleibe vor Nachbars Tür stehen.

Es ist unwahrscheinlich, dass er an einem Donnerstagmorgen zu Hause ist. Ich könnte also klopfen und stolz auf mich sein, dass ich es versucht habe. Aber ich habe immer noch keine Ahnung, was er beruflich macht, deswegen weiß ich auch nichts über seine Bürozeiten. Also beschließe ich, meinen Weg fortzusetzen.

Meine Stiefel tragen mich ungefragt zu Nathalies Laden. Genau, sagen sie sich, das ist jemand, der bereit sein wird, mir ein paar Minuten menschliche Wärme zu schenken, oberflächlich genug, um harmlos zu bleiben.

Nathalie ist dabei, Waren in einer neuen Auslage anzuordnen. Sie begrüßt mich fröhlich:

»Éva! Ich bin noch nicht fertig!«

»Hallo, Nathalie, was gibt's Neues?«

»Alles!«, ruft sie.

Ich sehe mich im Laden um und stelle überrascht fest, dass er sich verwandelt hat. Die Regale sind immer noch dieselben, bis auf die neue Auslage sind sie auch so angeordnet wie vorher. Aber die Wände sind in warmem Gelb gestrichen, das Licht ist gedämpft und der Inhalt der Regale komplett erneuert. Würste, Reis, Huhn, Shrimps, ein ganzes Brett mit Kräutern, ein anderes mit Fertiggerichten, alles kreolisch. Die sichtbarste Veränderung befindet sich an der Rückwand. Zwischen zwei riesigen Boxen thront ein lebensgroßes, in grellen Neonfarben angestrahltes Poster von Buddy Guy in voller Aktion, das den Laden beherrscht.

»Louisiana Cuisine!«, kreischt Nathalie und reckt die Arme zum Himmel. »Das einzige Fachgeschäft im Pariser Umland!«

Ich gehe an den Regalen entlang. Sie hat ihr Konzept gründlich durchgezogen. Am Eingang liegen Zettel mit Rezepten, und in der Vitrine, an der sie gerade arbeitet, warten warme Gerichte. Mimile würde es hier gefallen.

»Hast du das selbst gekocht, Nathalie?«

»Ja! Cajun-Gumbo, Jambalaya und Kreolische Shrimps.«

Es sind absurde Mengen. Nathalie stellt eine Schüssel ab und kommt zu mir.

»Endlich bin ich da, wo ich hingehöre«, flüstert sie.

»Das ist eine gute Nachricht«, sage ich.

Nathalies Begeisterung ist zwar nicht direkt ansteckend, lässt mich aber vorübergehend alles andere vergessen.

»Wie gefällt es dir?«, fragt sie.

»Großartig!«, sage ich ganz ehrlich.

Sie greift nach meinen Händen.

»Das verdanke ich dir, Süße.«

»Wie bitte?«

»Als du neulich hier warst. Als du den Käse gekauft hast. Da habe ich es begriffen.«

Nathalie lässt meine Hände nicht los. Ihre Handflächen sind schwielig und feucht.

»Deine Geste hat mir das Herz erwärmt. Du hast es getan, um mir eine Freude zu machen. Weil du an mich gedacht hast!«

»Überhaupt nicht, ich …«

Ich breche ab, ratlos. Nathalie legt die Hände auf meine Schultern.

»Als ich dich mit deiner verlegenen Miene gesehen habe, ist mir klar geworden, dass ich etwas ändern muss. Ich habe die Tage damit verbracht zu warten, weißt du? Ohne zu wissen, worauf. Auf irgendeinen Auslöser, irgendwas. Und der Auslöser warst du, Süße, als du mit deinem Maroilles in der Hand vor mir standst.«

»So ein Quatsch!«

»Es ging einfach nicht weiter, verstehst du? Seit ich hier bin, frage ich mich, warum ich weggegangen bin. Hier hat niemand auf mich gewartet, dort kannte ich alle und jeden. Hier bin ich megaeinsam. Aber dort gehörte ich auch nicht hin. Dort war der Hof, ja. Aber das gefiel mir nicht. Und irgendwann hat es mich gepackt. Ich habe mir gesagt: ›Süße, wenn du in Liévin nicht glücklich bist, mach dich auf die Socken und hau ab.‹ Ich bin hier gelandet, aber es hätte genauso gut anderswo sein können. Ich musste einfach weg.«

Ich habe die Schleusentore geöffnet. Nathalie ist eigentlich nicht der Typ, der das Herz auf der Zunge trägt.

»Ich brauchte ein Woanders, Éva. Natürlich hat mir zu Hause gefehlt, es fehlt mir immer noch. Aber ich musste da raus. Ich wusste nicht warum, aber jetzt weiß ich es. Das wäre alles nicht passiert, wenn ich da oben geblieben wäre. Ich hätte gar nicht auf die Idee kommen können, Ideen kriegt man nicht, wenn man zu Hause bleibt und den lieben langen Tag Chicorée pflanzt. Ideen sind wie Gitarrennoten, man muss sich bewegen, um sie zu schnappen, sonst fliegen sie davon. Und das habe ich gemacht, als du mir den Maroilles gereicht hast. Ich habe dich gesehen und habe gedacht: ›Sie ist süß, sie will mir eine Freude machen, aber das ist nicht die Hilfe, wegen der ich hergekommen bin.‹ Und da habe ich die Idee gesehen, die um dich rumgeflattert ist, also bin ich hingegangen und habe sie geschnappt, und vor meinen Augen hat sich der Laden verändert, alle Regale, alle Waren, alles.«

Nathalie unterstreicht das Auftauchen des Jambalaya und der Kreolischen Shrimps mit ausladenden Gesten in alle Richtungen.

»Und dann war alles wieder weg. Nur du warst noch da.«

Sie schaut mich lächelnd an.

»Und sonst, was macht die Kunst? Ich habe dich neulich Abend mit dem Dolmetscher gesehen.«

»Dem Dolmetscher?«

»Ja, der in deinem Haus wohnt.«

Nathalie weiß also mehr als ich über den Mann, mit dem ich geschlafen habe. Ich setze eine gleichgültige Miene auf.

»Ja«, sage ich, »natürlich. Marco.«

»Also, was macht die Kunst?«

»Sie macht sich.«

Nathalie reißt die Augen auf.

»Was machst du eigentlich hier?«

»Ich will einkaufen.«

»Ich meine hier in Alfortville!«, ruft sie lachend.

»Das habe ich schon verstanden, Nathalie. Aber ich bin wirklich zum Einkaufen gekommen und habe nicht so viel Zeit.«

Ich gehe an den Regalen entlang und greife wahllos nach einem Dutzend Artikel, dann bitte ich Nathalie, mir ein Kilo Jambalaya einzupacken. Sie schwankt zwischen der Enttäuschung über unser abgewürgtes Gespräch und der Freude über ihre allerersten Louisiana-Verkäufe. Schließlich siegt knapp die Freude. Als ich den Laden verlasse, dankt sie mir ohne Groll oder Ärger.

Ich gehe, ohne mich umzudrehen. Das Gewicht meines Beutels ist absurd, der Inhalt ebenso. Hinter mir trällert Nathalie einen Blues-Song, allmählich verklingt die Melodie.

Der Uferweg. Die Seine, die braun und klebrig dahinfließt. Anstatt mich nach Hause zu bringen, haben meine Schritte mich schon wieder hierhergeführt. Auf meinem Telefon ist es 13 Uhr. Polizeisirenen lassen mich zusammenzucken, in jedem Busch sehe ich einen Hamster lauern und mich beobachten. Die Sonne ist wohl irgendwo über der Fabrik, aber vor den undurchdringlichen Pariser Wolken hat sie das Gleiche getan wie alle: Sie hat die Waffen gestreckt.

Allmählich ahne ich, wohin mich meine Stiefel tragen. Deshalb bin ich nicht überrascht, als sie genau vor Penelopes Frachtkahn haltmachen.

Meine Füße haben so jäh gebremst, dass mein Oberkörper noch einen Moment schwankt wie ein Stehaufmännchen. Ich frage mich wirklich, wer in diesem Körper das Sagen hat.

Ich habe nicht an Nachbars Tür geklopft, Sie können also annehmen, dass ich nicht den Mut aufbringen werde, bei Penelope zu klopfen. Will ich überhaupt, dass sie auftaucht? Ich vermute ja, in gewisser Hinsicht, weil ich hergekommen bin und vor dem Kahn stehe. Vielleicht kommt sie von selbst raus, um eine Runde auf Deck zu drehen, auch wenn ich nicht weiß, was sie gerade jetzt dazu veranlassen sollte.

»Hallo!«, ruft eine Stimme, die mir vertraut ist.

Ich sehe mich um, aber da ist niemand.

»Ist jemand da?«, ruft dieselbe Stimme.

Der Uferweg ist so leer wie mein Kühlschrank. Kahle Bäume,

kümmerliche Sträucher, ein paar Glasscherben auf dem Boden. Ich wäre nicht überrascht, wenn wie in einem Western plötzlich eine Kugel aus dem Gebüsch kommen würde.

Aber ich kenne diese Stimme, ihren unsicheren Klang.

»Sind Sie da?«

Endlich erkenne ich die Stimme. Kein Zweifel: Es ist meine.

Ich habe keine Zeit, mir weitere Fragen über diesen neuen Schizophrenieschub zu stellen, denn die Bewohnerin des Lastkahns erscheint. Sie hat die Tür des Deckaufbaus – einer Kabine aus braunem Holz mit zugezogenen Vorhängen – halb geöffnet und sieht sich um, wer sie in ihrer täglichen Meditation gestört hat. Sie trägt wieder ihren weißen Stoff, von den Schultern bis zu den Knöcheln. Als sie auf dem Deck steht, rekelt sie sich wie eine Katze beim Aufwachen. Ich habe immer noch den Eindruck, dass sich der Lastkahn, von der Tiefe angezogen, nach vorn neigt.

Penelope scheint nicht überrascht, mich zu sehen.

»Guten Morgen, Éva. Komm an Bord und genieß die Aussicht. Gib mir nur eine Minute, um mein Chaos drinnen halbwegs zu beseitigen.«

Sie verschwindet. Glücklich, wer wie diese Frau nur eine Minute braucht, um sein Chaos drinnen zu beseitigen.

Ich gehe über die kleine Metallbrücke und die Stufen hinauf an Deck. Die Aussicht genießen ... Gut, von hier sieht man das fließende Wasser aus der Nähe, aber es ist erst mal dieselbe Seine, derselbe aschgraue Fluss, derselbe Industrie-Hintergrund. Und trotzdem spüre ich auf diesem Schiff eine Ruhe, als läge etwas Unsichtbares über dem Deck. Es weht eine kalte, aber leichte Brise, die es ein paar Meter weiter an Land nicht gibt. Die Luft ist anders. Am Heck des Schiffs schlängelt sich eine beigefarbene Flagge wie ein Aal.

Sie bittet mich herein. Ich stammle ein paar Höflichkeitsfloskeln, entschuldige mich für mein Eindringen, sage ihr, sie solle sich nicht stören lassen, was völlig fehl am Platz ist, weil ja ich sie mit meinem Geschrei aus ihrer Wasserruhe gerissen habe.

Drinnen gehen wir eine steile Treppe hinunter, die in einen großen Raum führt – wie die Bäume in den Geschichten, die mir Mimile erzählt hat, in die man durch eine winzige, in den Stamm gesägte Tür hineingeht, um dahinter einen Palast zu entdecken. Das Wohnzimmer wirkt in dem lang gezogenen Kahn überraschend breit, und die langen ovalen Bullaugen im Rumpf erfüllen es trotz des Graus draußen mit Licht. Ich habe keine Mühe, mich auf dem Schiff zu bewegen, dessen Neigung mir jetzt völlig normal vorkommt. Hinter den Bullaugen erstreckt sich die Seine in perfekter Horizontalität.

Die Frau geht zu einer Bar, schnappt sich eine Flasche Rum und stellt zwei Gläser auf den Tresen.

»Du scheinst es nötig zu haben«, sagt sie. »Sowieso siehst du nicht so aus, als würdest du Kräutertee trinken.«

Sie auch nicht, finde ich, trotz des spirituellen Anscheins.

»Wie sieht man aus, wenn man Kräutertee trinkt?«

»Keine Ahnung, Éva.«

Sie füllt die Gläser und fordert mich auf, mich auf das Sofa zu setzen, eine lang gezogene Wurst voll bunter Kissen, die die halbe Länge des Raums einnimmt. Darauf ist Platz für ein Dutzend Leute, aber sie setzt sich direkt neben mich. Ihre Nähe ist friedlich, und ich muss mich mit allen Kräften wehren, um mich nicht dem Gefühl der Entspannung hinzugeben, das ich in mir aufsteigen spüre.

»Prost! Was verschafft mir die Ehre deines Besuchs, Éva? Bist du nur für einen Schwatz unter Freundinnen gekommen?«

Ich sehe mich um, führe das Glas zum Mund, koste den Rum, der köstlich ist, kurz und gut, ich lausche der vergehenden Zeit und hoffe ganz stark, dass die Frau das Gespräch allein fortsetzt, ohne eine Antwort von mir zu erwarten.

»Vergiss meine Fragen, Éva«, sagt sie freundlich. »Du bist gekommen, das ist schon mal gut. Ich bin aber auch unhöflich, ich habe dir gar nicht mein kleines Heim vorgestellt! Das ist mein Lastkahn, er wurde *Jade* getauft. Er heißt wie ich, falls dich das interessiert. Aber vielleicht wusstest du das schon?«

»Nein, ich dachte, Sie heißen Penelope.«

Sie runzelt die Stirn.

»Ich verstehe. Das ist schmeichelhaft, aber etwas anmaßend. Außerdem warte ich nicht auf die Rückkehr einer bestimmten Person.«

Sie macht wieder eine Pause, um mir Zeit zu geben, über meine Person nachzudenken.

»Eine Wohnungsführung«, fährt sie dann fort. »Aus der Entfernung, wir bleiben sitzen, das Sofa ist zu bequem, um aufzustehen, findest du nicht? Hier bist du im Salon, was du als gute Beobachterin schon gemerkt haben wirst, da drüben ist die Bar, mit der du schon Bekanntschaft geschlossen hast. Oben ist die Brücke, so nennt man den Raum mit dem Steuer. Unter der Brücke ist die Küche, und dann gibt es noch zwei Schlafkabinen, im Bug und im Heck. Das Schiff ist nicht so schön wie Ithaka, aber ich fühle mich wohl darauf.«

»Reisen Sie viel damit?«

»Sehr viel. Aber ohne je von hier abzulegen.«

Ich überlege, zumindest versuche ich es. Es ist wahrscheinlich noch etwas früh, um mich davonzumachen. Warum bin ich hergekommen? Was will ich von dieser Frau? Zugegeben, mein Adressbuch passt auf ein Post-it, aber ich weiß, dass ich nicht zufällig hier bin.

»Gut«, meint auch Jade-Penelope. »Jetzt haben wir zwei Möglichkeiten. Ich kann dir weiter mein Leben erzählen oder du versuchst mir zu sagen, warum du da bist.«

»Ich ...«

»In Ordnung, dann rede ich weiter. Ich habe mein ganzes Leben auf diesem Kahn verbracht. Meine Eltern haben ihn bei meiner Geburt gekauft und uns auf denselben Namen getauft. Ich weiß nicht, ob der Kahn meinen Namen trägt oder umgekehrt. Sicher umgekehrt. Er war nicht immer hier vertäut, aber ich war immer mit ihm vertäut. Manchmal habe ich ihn verlassen, habe versucht, anderswo zu leben, aber das war nie von langer Dauer. An Land bin ich verloren. Der Boden ist starr, die Luft trocken. Ich muss hier sein. Hier hat alles seinen Sinn, hat jeder Gegenstand seine Geschichte, nein, seine Geschichten, seine Anekdoten, seine Schwänke, seine Daseinsberechtigung. Hier kann ich mich nicht allein fühlen.«

Sie nimmt einen Schluck Rum, ich tue es ihr automatisch gleich.

»Manche Menschen müssen in Bewegung bleiben, ich muss hier sein. Die Bewegung ist der Fluss, der ständig um mich herum strömt. Du musstest weggehen. Émile auch. Wenn ich weggehe, vergesse ich, und wenn ich vergesse, verliere ich mich. Dann weiß ich nicht mehr, wer ich bin und wer ich war.«

Sie macht eine Pause, trinkt nicht, ich schon.

»Éva, ich spüre, dass du selbst nicht genau verstehst, warum du hier bist. Lass uns einen einfachen Versuch machen. Wenn ich aufgehört habe zu reden, sagst du mir auf mein Zeichen das erste Wort, das dir in den Sinn kommt. Du überlegst nicht, du fragst dich nicht warum, du drehst den Kopf, wirfst einen Blick aus dem Fenster und sagst ein Wort, spontan, ohne zu zögern. Einverstanden?«

»Aber …?«

»Sehr gut. Auf mein Zeichen. Jetzt!«

Ich brauche nicht den Kopf zu drehen oder zu überlegen, denn ein Wort springt wie Popcorn aus meinem vernebelten Hirn:

»Feder.«

Jade nickt. Dann steht sie auf, nimmt mir das Glas aus der Hand, das ich anscheinend schon geleert habe, und füllt es an der Bar nach.

»Feder«, wiederholt sie. »Wie die, die neulich auf dem Friedhof runtergekommen ist?«

»Ja, unter anderem.«

»Wie geht es dieser Feder? Hast du sie aufgehoben?«

»Ja. Sie löst sich auf«, sage ich mit düsterer Stimme.

»Löst sie sich auf oder verändert sie sich?«

Ich überlege einen Moment.

»Sie hat ihr Aussehen verändert und kommt mir ziemlich traurig vor.«

Mir fällt auf, dass ich beim Sprechen den Kopf geneigt halte wie ein Dackel, der sein Herrchen erweichen möchte.

»Hast du eine Erklärung gesucht? Woher die Feder kommt, warum sie dort gelandet ist?«

»Nein.«

»Willst du es nicht wissen?«

»Ich weiß nicht genau.«

»Glaubst du, das ist nicht wichtig?«

Ehrlich gesagt denke ich, dass es sehr wichtig und zugleich absolut überflüssig ist, aber ich weiß nicht, wie ich diesen Gedanken formulieren soll. Ich würde gern sagen, dass ich bei Mimile eine zweite Feder gefunden habe, aber ich habe Angst vor den Fragen, die diese Mitteilung nach sich ziehen würde. Und außerdem beginnt der Rum zu wirken. Ich entspanne mich etwas, vielleicht zu sehr, aber ich brauche Zeit zum Nachdenken. Deshalb starte ich ein Ablenkungsmanöver.

»Jade, wollen Sie Jambalaya?«

Sie lächelt über ihre Brille hinweg und geht zwei Teller aus der Küche holen. Ich stelle die Aluminiumschale auf den Couchtisch und nehme den Pappdeckel ab. Reis, Gambas, Wurst, Kräuter.

Der Geruch breitet sich im Raum aus. Es kommt mir vor, als würde das Boot leicht schwanken.

»Was für ein Duft«, bemerkt Jade, als sie zurückkommt. »Rum und Jambalaya, Éva, du verwandelst den Kahn in eine Galeone auf dem Weg in die Karibik!«

»Noch eine Reise an Bord der *Jade*«, sage ich fröhlich und immer entsetzter, es zu sein.

Als die Teller gefüllt sind, stürze ich mich wie eine Bekloppte auf das Essen. Es ist höllisch scharf, doch statt um Wasser zu bitten, versuche ich, das Problem mit Rum zu lösen. Meine Kehle brennt, und mein Gesicht trieft, während sich Jade kleine Bissen schmecken lässt und dabei durch die Bullaugen sieht.

Ich sehe gar nichts mehr. Alles ist verschwommen und grau wie die Seine. Ich versuche mir die Stirn mit dem Pullover abzuwischen, den die Feuchtigkeit meiner Haut in Fusseln zerfallen lässt. Als sich mein Sichtfeld halbwegs klärt, nehme ich wahr, dass mir Jade eine Serviette hinstreckt. Ich trockne mir inbrünstig das Gesicht. Ihre Ausstrahlung erwärmt die Atmosphäre, und plötzlich durchströmt mich eine Welle von Emotionen. Sie fängt im Nacken an und fließt blitzschnell in Richtung Boden, bis sie meine Zehen kitzelt. Ich weiß nicht, ob Jade so eine Wirkung hervorruft oder der Alkohol oder die Müdigkeit oder alles zusammen, aber plötzlich bin ich besänftigt und dankbar, und ich beschließe zu reden.

»Jade … Ich habe mich verloren. Wahrscheinlich schon lange. Ich habe Mimile verloren, auch schon lange. Ich habe einen Liebhaber, aber ich weiß nicht, was ich mit ihm anfangen soll. Vielleicht weiß er auch nicht, was er mit mir anfangen soll. Ich verstecke mich. Ich habe Probleme mit der Polizei. Und dann sind da die Federn. Die vom Friedhof und noch eine, bei Mimile. Ich glaube, sie sind wichtig. Sie sind wie eine Koinzidenz. Ich habe nie an Zeichen oder Koinzidenzen geglaubt, aber diese Federn haben einen Sinn, das haben Sie selbst gesagt. Oder? Sie führen irgendwohin, oder?«

»Wohin sollen sie dich führen?«

»Ich weiß nicht, das müssen Sie mir sagen.«

»Natürlich nicht.«

»Warum nicht?«

»Sie werden dich dahin führen, wo du hinwillst. Ich glaube, sie haben schon damit angefangen.«

»Ich habe nicht viel Zeit, wahrscheinlich komme ich bald ins Gefängnis.«

»Das ist ärgerlich.«

»Danke für Ihr Verständnis, Jade ...«

»Gern.«

Ihre Gleichgültigkeit ärgert mich allmählich, schließlich hat sie mir die Feder in die Hand gelegt.

»Können Sie mir nicht helfen, den Weg zu finden? Mich begleiten?«

»Nein. Aber du könntest mit deinen Nächsten darüber sprechen.«

»Ich habe keine Nächsten, das habe ich Ihnen gesagt. Meine Nächsten sind weit weg, auf die eine oder andere Art. Und ich kann mit ihnen nicht darüber sprechen.«

»Dann fang damit an, mit ihnen über etwas anderes zu sprechen.«

Eigentlich war Jade-Penelope nicht besonders hilfreich. Rätselhafte Antworten, offenkundig beschränktes Interesse für meine aktuellen Sorgen. Aber irgendwie fühle ich mich nach dem Besuch auf dem Lastkahn trotz der Unmenge von Alkohol und scharfem Reis, der in meinem Magen rumort, und trotz des Regens, der mich auf dem Weg zu meiner Wohnung durchnässt, unerwartet gestärkt. Ich würde nicht so weit gehen, meinen Zustand als unerschrocken zu beschreiben, aber doch als kräftig bis entschlossen, vielleicht sogar versetzt mit einer Prise Mut.

Ich beschließe, das Momentum zu nutzen, um eine Reihe von Aufgaben in Angriff zu nehmen, denen ich mich sehr viel schwerer stellen werde, wenn ich wieder nüchtern bin. Zuerst eine Nachricht an Mimile schreiben. Irgendwie kommunizieren. Dann zu Nachbar gehen, versuchen, unsere Beziehung zu normalisieren. Ihm vorschlagen auszugehen, Kategorie »Gemeinschaftsaktivität«, Dinner im Kerzenschein oder so.

Ich greife nach meinem Telefon.

Mimile schreiben. Ja, aber was? Bestimmt nichts von Federn – wenn er mir darüber etwas zu sagen hätte, hätte er es getan, wenn es überhaupt irgendwas darüber zu sagen gibt.

Eigentlich kenne ich Mimile so wenig. Dabei ist er mein Vater. Ich müsste wissen, was sich hinter seiner liebenswürdigen Erscheinung und seinen gebildeten Reden verbirgt. Ich weiß natürlich etwas mehr als der Durchschnitt. Ich kenne einige seiner Schwächen, seine Neigung zu Selbstmitleid, seine manipulativen Instinkte, ich weiß, dass er genauso ist wie viele andere, Lächeln auf den Lippen und die Brust voller Tränen. Aber über sein Leben weiß ich nicht viel. Über das frühere fast nichts. Über das heutige noch weniger. Er hat Freunde, während ich ihn für einsam hielt. Er reist, während ich ihn für einen Stubenhocker hielt. Er tippt auf seinem Smartphone, während ich ihn für rückständig hielt.

Ohne nachzudenken, schreibe ich ein paar Worte.

Hallihallo, Mimile, wie läuft deine Reise?

Was für ein origineller Anfang! Komm schon, Mädel. Wenn du ihm schon schreibst, kannst du ihm auch etwas erzählen. Wenigstens ein Körnchen Gegenseitigkeit.

Hallihallo, Mimile. Heute war ich bei Nathalie. Weißt du, die Besitzerin des Ladens in der Rue Kennedy. Sie hat das ganze Ge-

schäft verwandelt, jetzt gibt es nur noch Lebensmittel der kreo-
lischen Küche. Keinen Maroilles mehr! Die Dinge ändern sich.
Ich habe das Jambalaya gekostet: explosiv! Der Laden würde dir
gefallen, glaube ich.

Komm, gib dir noch einen letzten Ruck.

Ich umarme dich.

Gesendet.

Ich lese die SMS noch einmal durch. Sie ist völlig sinnlos. Jahrelang habe ich nicht mit Mimile gesprochen, ihm höchstens geantwortet, wenn er mich etwas gefragt hat, und worum geht es in der ersten spontanen Nachricht, die ich ihm schicke? Um Jambalaya und Maroilles.

Ich hoffe, dass er wenigstens etwas anderes zurückschickt als ein Smiley.

Ich stehe auf, strecke mich und denke an die nächste Etappe: zu Nachbar gehen. Aber die Zeiten, da wir flirteten, während wir die Entenpaare auf dem künstlichen See beobachteten, kommen mir weit weg vor. Ich weiß jetzt mehr über ihn, trotzdem habe ich das Gefühl, ihn schlechter zu kennen als vorher.

Ich suche einen Vorwand, die Begegnung zu verschieben, finde aber keine. Es ist 18 Uhr, er ist bestimmt zu Hause. Außerdem hat mein Körper noch nicht allen Rum ausgeschieden, deshalb hat mich der Mut noch nicht gänzlich verlassen.

Ich putze mir die Zähne, hole tief Luft und gehe wie Sparta, das Athen erobern will, die Treppe hinunter.

Ich klopfe, besser gesagt ich hämmere, obendrein an die falsche Stelle, nämlich auf das Stahlschloss, und mit dem Dreiecksbein meiner rechten Hand, also genau da, wo ich mich beim Ein-schlagen des Fensters meiner Werkstatt verletzt habe. Diesmal ist die Wunde größer, und das Blut fließt.

Ich hebe die Hand vor meine Augen, um den neuen Schaden zu begutachten, den ich meinem Körper und meinem Sozialleben zugefügt habe, da geht die Tür auf. Durch die gespreizten Finger entdecke ich unter mir Lucas' entsetztes Gesicht. Er brüllt:

»Papa! Es ist die Nachbarin! Sie hat wieder ein Tier getötet!«

Ich sage nichts, sondern konzentriere meine Aufmerksamkeit auf den Rum, der durch meine Adern fließt. Ich überlege mir, dass ich mit dem Blut auch den Alkohol verlieren werde. Schlechte Nachricht.

Nachbar taucht in der Tür auf.

»Alles in Ordnung, Lucas«, sagt er. »Das ist unser kleines Ritual. Besser gesagt das Ritual der Nachbarin, wenn sie mich sieht.«

»Komisch!«, sagt Lucas.

»Ein bisschen schon«, bestätigt sein Vater.

Nachbar bittet mich herein, sein immer noch misstrauischer Sohn bringt mir eine mit Alkohol getränkte Kompresse. Wenigstens etwas.

»Dabei dachte ich, ich hätte Ihnen beigebracht, lautlos bei jemandem einzudringen, Nachbarin.«

»Ich habe wohl eine Lektion verpasst.«

»Bist du fertig mit dem Hermelin?«, fragt Lucas.

»Ja, irgendwie schon.«

»Kann ich es sehen?«

»Na ja …«

»Vielleicht ist das Hermelin schon zu seinem Besitzer zurückgekehrt, Lucas«, sagt Nachbar.

»Nein, aber …«

Ich hätte nur ja sagen müssen. Normalerweise leide ich nicht an übertriebener Ehrlichkeit.

»Stimmt ja«, fährt Nachbar fort. »Sein Besitzer ist in die Provence gefahren.«

»Sie wissen, wem das Hermelin gehört?«

»Ich kenne Monsieur Rosenberg gut. Ich habe ihn zu Ihnen geschickt.«

»Also können wir uns das Hermelin ansehen?«, fragt Lucas und packt mein Bein.

»Weißt du, Lucas ... Das Hermelin ... Ich weiß nicht, ob es gelungen ist. Wahrscheinlich ist es nicht so hübsch ...«

»Papa sagt immer, dass die Leute unterschiedliche Sachen hübsch finden. Papa findet zum Beispiel dich hübsch, aber ich bin mir da nicht so sicher.«

»Danke, Lucas ...«

»Was Lucas sagen wollte, etwas ungeschickt, gebe ich zu, ist, dass die Schönheit Ihrer Arbeit eine philosophische Frage ist.«

»Ja, das wollte ich sagen«, bestätigt Lucas sehr ernst. »Können wir das Hermelin nun sehen?«

»Jetzt?«

»Warum nicht? Wir wollten gerade einkaufen gehen. Das können wir auf dem Rückweg erledigen.«

Dieser Kerl benimmt sich schon wieder ziemlich autoritär mir gegenüber. Aber ich habe keine Zeit zu diskutieren: Lucas hat schon seinen Mantel angezogen und holt seinen Roller.

Und so gehe ich wieder mit Nachbar durch die Dunkelheit, nur dass diesmal Lucas neben uns her rollt. Er passt sich unserem Tempo an, als wollte er unser Gespräch überwachen. Plötzlich erinnere ich mich, warum ich bei ihnen geklopft hatte: nicht, um ihnen einen Rollerausflug und eine Privatvorführung meines jüngsten beruflichen Scheiterns vorzuschlagen. Ich nutze die letzten Tropfen Rum, die noch in mir rinnen, um ihm ein Treffen vorzuschlagen.

»Nachbar, ich dachte ... hätten Sie am Wochenende Zeit, zum Beispiel am Sonnabend?«

»Ja. Für einen Sonnenuntergang am Lac de Créteil?«

»Nein, ich dachte eher ...«

»Ja?«, fragt Nachbar.

»Ich dachte eher ... an einen Ausflug aufs Land.«

Innerer Seufzer.

»Natürlich nur, wenn Sie Zeit haben. Das würde Lucas vielleicht Spaß machen.«

Erneuter, tieferer innerer Seufzer.

»Sehr gern, Nachbarin.«

Gut. Jetzt muss ich nur noch klären, ob sich Argentan am anderen Ende des Landes befindet.

»Das ist Kunst.«

Das Bürschlein hat die Arme verschränkt, legt eine Hand ans Kinn und betrachtet das Hermelin mit wohlwollendem Nicken. Ich sehe das Tier zum ersten Mal wieder, seit ich es fabriziert habe. Es gruselt einen! Die Flickschusterei hat zu Wulsten geführt, das Tier ist so schlaff wie eine Stoffpuppe.

Nachbar ergötzt sich mal wieder an meinem Unglück.

»Lucas, sieh dir den Hamster an, das ist ein anderer Stil.«

Lucas sucht nach dem Löwenhamster. Als er ihn entdeckt, verkündet er mit demselben Ernst sein Urteil:

»Sensationell! Ist das echte Mähne?«

»Leider ja, Lucas«, sage ich.

»Majestätisch.«

Lucas und sein Vater laufen im Raum herum und begutachten jedes meiner Werke. Ernesto. Das Schuppenwildschwein. Das Wiesel, das nur am Namen zu erkennen ist. Die Lippen des Jungen spucken mit der Regelmäßigkeit eines Uhrwerks Adjektive aus. »Beachtlich.« »Erstaunlich.« »Fantastisch.« Sein Vater setzt nach: »Wunderbar.« »Ergreifend.« »Ultimativ.« Sie ergötzen sich, ohne dass ich herausfinde, ob das Ironie ist – wobei mir das Kind noch etwas zu jung vorkommt, um sich mit solcher Inbrunst zweideutig zu äußern.

Mitten in dieser Stilübung klopft es an die Tür. Ein trockenes, entschlossenes Klopfen, bei dem ich in Panik gerate. Das kann nur die Polizei sein. Kunden kommen um diese Zeit nicht mehr.

Hektisch stürze ich zur Tür. Nachbar und sein Sohn bleiben stumm. Auch vom Hof ist kein Geräusch zu hören. Mit feuchter Hand drehe ich den Knauf.

Steif wie zwei tote Bäume stehen der Korporal und sein Nachwuchs vor mir.

Ich hätte die Polizei vorgezogen.

Nachbar kommt mir zu Hilfe.

»Schönen guten Abend, Madame, hallo, junger Mann. Wie geht es dem Hamster?«

Das Kind stößt ein Knurren aus. Ohne Nachbar eines Blickes zu würdigen, fragt mich die Frau:

»Haben Sie jetzt einen Butler? Das Geschäft läuft. Kein Wunder bei Ihren Methoden.«

»Entschuldigung?«

»Tun Sie nicht so, als wüssten Sie nicht, weshalb ich hier bin.«

»Ist Ihr Hamster schon verstorben?«, fragt Nachbar. »Der hat doch sicher noch Garantie.«

»Mademoiselle Rosset weiß genau, wo der Hamster meines Sohnes ist. Vielleicht wissen Sie es ja auch.«

Nachbar kratzt sich geräuschvoll am Kinn.

»Stimmt ja, Ihr Sohn hat das Tier im Geschäft gestohlen. Da wird es schwierig mit der Garantie.«

»Hören Sie auf mit Ihrem Blödsinn, junger Mann. Unser Hamster ist in der Nacht von Montag zu Dienstag verschwunden. Zweifellos ein Einbruch.«

»Ein Hamsterdiebstahl?«, ruft Nachbar. »Madame, Sie müssen unverzüglich die Kriminalpolizei einschalten.«

Nachbars Verhalten entspannt mich nur zur Hälfte. Der Korporal kommt näher.

»Ihr Sarkasmus ist ein schlechtes Beispiel für Ihren Sohn. Wie auch Ihr Handeln.«

Die Frau hat eine empfindliche Stelle berührt, die des Witwers, dessen Fähigkeit, sich um seinen Sohn zu kümmern, angezweifelt wird. Nachbar dreht sich zu Lucas um. Die beiden Jungen, Hände in den Hosentaschen, durchbohren sich wie Westernhelden mit Blicken. Ich habe Angst, dass Lucas etwas verrät; soviel ich weiß, befindet sich das Tier gegenwärtig in seinem Zimmer.

»Lucas, entspann dich«, sagt Nachbar. »Das Bürschlein besteht nur aus Gewalt und Vulgarität, aber es kann nichts dafür. Anteilnahme und Zurückhaltung für alle, die ein schwieriges Leben haben, wir haben darüber gesprochen.«

Lucas holt Luft, geht zu Kleinkaliber und legt mit wohlwollendem Lächeln die Hand auf seine Schulter. Dann dreht er sich weg, greift nach einem Katalog für Tierpräparatoren und zieht sich in eine Ecke zurück, um darin zu blättern.

»Großer Gott«, sagt die Frau.

»Er ist stets bei uns«, sagt Nachbar.

»Ein Einbruch«, nimmt die Frau den Faden auf. »Und Sie haben recht: Einen Hamster zu stehlen ist eine lächerliche Tat, die kein Einbrecher, der diesen Namen verdient, begehen würde. Aber sie hat stattgefunden. Jemand ist in unser Haus eingedrungen, hat das Fenster aufgebrochen und das Tier gestohlen. Und dieser Jemand ist diese Frau. Und vielleicht auch Sie.«

Wütend über die demonstrative Gleichgültigkeit seines Altersgefährten, läuft Kleinkaliber in der Werkstatt umher.

»Ihre Anschuldigungen sind burlesk, Madame. Das Verschwinden Ihres Hamsters tut mir schrecklich leid – für Sie, nicht für den Hamster –, aber das Tier hatte Ihnen bereits seinen Freiheitswunsch bekundet. Ihre Enttäuschung ist verständlich, aber wir haben nichts damit zu tun.«

»Ja«, sage ich, um irgendwas zu sagen. »C'est la vie.«

Die Frau wendet sich an mich, ich zucke zusammen.

»Hören Sie mir beide gut zu. Es gibt zwei Möglichkeiten, diese

Geschichte aus der Welt zu schaffen: Ich gehe sofort zur Polizei und zeige Sie an. Wir sind eine anständige Familie ... «

»Alle Familien sind anständig«, meldet sich Lucas aus seiner Ecke, ohne von dem Katalog aufzusehen.

»... und die Ordnungskräfte werden unsere Anzeige nicht auf die leichte Schulter nehmen.«

Sie hält einen Moment inne und fährt dann fort:

»Die andere Lösung ist folgende: Wir akzeptieren im Gegenzug für unser Schweigen eine Entschädigung für die erlittenen Schäden – materiell wie psychisch, wir sprechen hier von einem Einbruch, einem schweren Raub, einem lebendigen Wesen.«

Die Frau bekreuzigt sich.

»Großer Gott«, sagt Nachbar.

Mein Herz rast. Wenn ich allein mit dieser Frau und ihrem Sohn wäre, würde ich ihr meine gesamte Barschaft übereignen.

»Lästern Sie nicht, junger Mann. Ich fürchte, Sie haben die Situation noch nicht verstanden. Wir reden von Gefängnis, von zerstörten Leben.«

»Danke für die Erläuterung«, sagt Nachbar. »Ich war nicht ganz sicher, ob ich folgen kann.«

»Das ist mein Angebot, über das ich nicht verhandle. Ich bin bereit, auf die Anzeige zu verzichten, wenn ich tausend Euro erhalte.«

»Sind Sie in finanzieller Not?«, fragt Nachbar. »Haben Sie Probleme, die Steuern auf das Erbe von Großpapa zu zahlen?«

Bumerang, was die empfindliche Stelle angeht.

»Überlegen Sie, Mademoiselle. Und zwar schnell.«

»Das ist grotesk, Madame«, fährt Nachbar dazwischen. »Bitte gehen Sie auf der Stelle.«

»Ja, auf der Stelle«, sage ich mit zittriger Stimme.

Der Blick der Frau geht mehrmals zwischen mir und Nachbar hin und her, als versuchte sie, uns mit Gedankenkraft zu überzeugen. Nach einer Ewigkeit bekreuzigt sie sich erneut und seufzt:

»Wie Sie wollen.«

Sie verlassen uns. Bevor sie am Hofeingang verschwindet, dreht sich die Frau zu uns um – und ihr Kind tut es ihr gleich –, sagt aber nichts.

Als wir allein sind, greift Nachbar nach meinen Händen.

»Keine Panik, Nachbarin. Dieses unsägliche Weib hat eine gute Nase, aber keinerlei Beweise. Wenn sie zur Polizei geht, um mit ihrer verkniffenen Miene den Diebstahl eines Hamsters anzuzeigen, lachen sie sie aus. Niemand stiehlt einen Hamster.«

Aber es stiehlt auch niemand Löwenmähne, denke ich.

»Ich hoffe, Sie haben recht.«

Ich lege den Kopf an seine Schulter. Vor allem aus Erschöpfung.

»Und ich?«, fragt Lucas.

Ich spüre, wie der kleine Mann meine Taille und die seines Vaters umfasst. Als er seine Umarmung löst, sagt er mit zärtlicher Stimme:

»Alles wird gut.«

Und dann fragt er:

»Hast du den Löwenhamster weggeräumt? Er ist nicht mehr auf dem Tisch.«

Die Nacht ist lang, feucht und aufgebläht von unangenehmen Bildern. Ich klammere mich an die Aussicht auf eine Landpartie mit Nachbar. Unter normalen Umständen eine beängstigende Vorstellung, im Moment ein tröstlicher Lichtblick. Deshalb versuche ich mich mit Bildern von Platanen, rauschenden, im Wind flüsternden Blättern und Nachbars von der tiefstehenden Sonne bestrahltem Gesicht einzuschläfern, und vermeide es, mir den Tag so vorzustellen, wie er ganz sicher ablaufen wird: kalter Regen, der auf kahle Bäume fällt, ein Kind, das sich zu Tode langweilt, und ein Vater, der enttäuschte Kommentare über mein Benehmen abgibt. Gegen vier Uhr früh fällt mir ein, dass ich immer noch nicht weiß, wie weit entfernt dieser Ort ist. Hektisch suche ich im Internet, mich treibt das Gefühl, dass von dem Ergebnis der Rest meines Lebens abhängt. Argentan ist zweihundertfünfundvierzig Kilometer entfernt, zwei Stunden und fünfzig Minuten bei normalem Verkehr. Unbeschreibliche Erleichterung. Dann irre ich über Satellitenbilder, bis ich zwei inzwischen asphaltierte Straßen finde, die der auf dem Foto ähnlich sehen.

Am frühen Morgen hole ich mir ein Pain au chocolat, das ich auf einer verirrten Bank am Ufer verschlinge. Auf dem Rückweg kommt mir die ungewöhnliche Idee, vielleicht mal nach meiner Post zu sehen. Das mache ich nicht oft, und angesichts des Umschlags, der in meinem Briefkasten liegt, hätte ich es besser später getan. Er trägt den Stempel der Hauptdirektion der Kriminalpolizei, Zentralabteilung für die Bekämpfung des Schmuggels von Kulturgütern.

Ich gehe in die Wohnung, lasse mich aufs Sofa fallen und betrachte den Brief, während ich auf eine Ausrede warte, um ihn nicht aufmachen zu müssen. Schließlich kommt sie in Form einer Vibration meines Telefons. Ich stürze mich auf die Nachricht.

Hallihallo, liebe Éva. Eine tolle Idee hat Nathalie da gehabt. Louisiana, ein Shrimps-Gericht bei der Fahrt auf dem Bayou … Als ich deine Nachricht gelesen habe, fiel mir ein, dass wir einmal ein Schloss besucht haben, an dessen Namen ich mich nicht mehr erinnere. Vielleicht Pierrefonds. Irgendwo im Departement Oise. Erinnerungen sind lustige Tierchen. Keine Ahnung, wieso diese plötzlich aufgetaucht ist. Sie hat überhaupt nichts mit Nathalie, Louisiana oder Maroilles zu tun. Ich erinnere mich an eine lange Fahrt in unserem alten blauen Peugeot. Auf dem Schlossgelände trafen wir einen Mann und seinen Sohn, ein Junge in deinem Alter, mit dem du dich gut verstanden hast; ihr seid durch das riesige Labyrinth von Fluren und Bergfrieden gerannt, und wir haben lange gebraucht, bis wir euch wiedergefunden haben. Dieses Erlebnis erinnert mich an ein anderes mit deiner Mutter in den Gassen der Altstadt von Brüssel. Du warst noch ein Baby und bist sofort eingeschlafen, wenn wir dich in deinem Kinderwagen über das Straßenpflaster geschoben haben. Wenn ich meine Gedanken schweifen lasse, werden sie weitere Erinnerungen ausgraben und mir vor Augen halten, eine nach der anderen, wie Päckchen, die man unter dem Weihnachtsbaum stapelt. Aber Erinnerungen sind keine Päckchen, die man stapelt. Manchmal muss man sich von ihnen frei machen, um voranzukommen. Ich umarme dich.

Ich brauche einen Kaffee. Oder einen Rum. Natürlich sind meine Schränke leer. Ich schnappe mir den Umschlag der Kriminalpolizei und gehe hoch zu Mimile. Da mache ich mir eine Tasse Kaffee, den ich in einem Zug trinke, wobei ich mir die Kehle verbrenne. Dann stelle ich mich mit beiden Federn in der Hand vor das Foto und lese noch einmal Mimiles Nachricht.

Ich habe so wenig Erinnerungen. Die von Mimile beschriebenen sagen mir gar nichts. Vielleicht, wenn ich mich von anderen frei mache, den Erinnerungen an die Stunden des Schweigens, der Schwäche, des Grolls …

Die Sanftheit der Federn besänftigt mich.

Ohne es zu merken, habe ich den Umschlag aufgemacht. Meine Augen sind schon dabei, den Brief zu überfliegen, der von Leutnant Lavezzi unterschrieben ist. Ich folge den Zeilen ganz automatisch mit dem Blick, weshalb ich am Ende nur einzelne Wörter behalten habe. »Termin«, »Angelegenheit«, »Werkstatt«. Ich mache mir noch einen Kaffee und lese noch mal von vorn.

Mademoiselle Éva Rosset … gemäß dem Antrag von Constantin Lavezzi, Leutnant der Kriminalpolizei … Bitte erwarten Sie uns in Ihrer Werkstatt, Adresse … am Freitag, 6. November, um 15 Uhr für ein Gespräch in der Sie betreffenden Angelegenheit.

Um 15 Uhr, Freitag, 6. November. Um 15 Uhr, heute.

Ich mache mich sofort auf den Weg in die Werkstatt, irgendwie denke ich, dass ich mich vergewissern muss, dass es keine belastenden Spuren gibt. Kaum angekommen, fällt mir ein, dass ich meine Schuld schon bei ihrem ersten Besuch zugegeben habe. Also warte ich.

Beschränken wir uns hinsichtlich dieses Wartens auf die Feststellung, dass es quälend ist, auch wenn der Begriff dem gigantischen passiven Schmerz nicht gerecht wird, den ich fünf Stunden lang durchleide. Ich sitze an der Werkstatttür und ignoriere Ernestos mal besorgtes, mal bissiges an seine Gefährten gerichtetes Flüstern. Weil ich so lange auf die Tür starre, kenne ich schließlich jeden Schaden, jede Verzierung, jeden Kratzer; ich ahne, dass mich die Beschaffenheit des patinierten Holzes in unzähligen Nächten begleiten wird, die ich bald im Dämmerlicht einer von griesgrämigen Hermelinen und Hamstern bevölkerten Gefängniszelle verbringen werde.

Und dann stehen sie plötzlich vor mir, Lavezzi mit seinem sanften Gesicht, Patel mit dem frechen Jungsgrinsen. Ihre Augen sind ohne Vorwurf, aber die Polizei hat auch nicht die Aufgabe, zu urteilen, sondern soll einen vielmehr mit Handschellen zu jemandem befördern, der das tun wird. Wozu die beiden durchaus imstande sind, auch wenn sie einem erst einmal freundschaftlich auf die Schulter klopfen.

Ich frage mit trockener Kehle:

»Möchten Sie einen Kaffee?«

»Haben Sie seit unserem letzten Besuch welchen gekauft?«, fragt Patel.

»Nein.«

»Also gut«, sagt Lavezzi. »Danke, dass Sie unserer Aufforderung Folge geleistet haben. Wollen wir uns setzen?«

Sie setzen sich vor mich auf die beiden Kundenstühle. Ein absurder Gedanke schießt mir durch den Kopf: Vielleicht werden sie mich mit einer Tierpräparation beauftragen und den Fall abschließen.

»Es sieht nicht gut aus, Miss Rosset«, sagt Patel. »Sie sind schuldig.«

»Ja, das habe ich Ihnen doch gesagt.«

»Sicher«, sagt Lavezzi. »Aber wir haben jetzt die Bestätigung. Die Tests sind eindeutig. Die DNA stimmt überein.«

»Sie haben einen DNA-Test gemacht?«

»Natürlich«, sagt Patel. »Was glauben Sie denn? Dass wir das Fell bei einem Pastis im Sonnenlicht vergleichen?«

Er kichert, während sein Kollege die Augen verdreht.

»Ich dachte nicht, dass mein Verbrechen so weitreichende Analysen erfordert. Das tut mir leid«, sage ich.

Das ist ehrlich gemeint. Auch wenn es nicht so aussieht, mag ich es nicht, wenn die Leute durch meine Schuld Zeit verlieren.

»Sehr liebenswürdig, Mademoiselle. Aber DNA-Analysen sind keine weitreichenden Analysen. Das ist Routine.«

Die beiden machen es sich bequem. Sie lassen sich Zeit.

»Also muss ich mit aufs Revier? Was erwartet mich da?«

»Das Recht nimmt seinen Lauf.«

»Unerbittlich!«, ruft Patel und streckt den Finger zum Himmel.

»Sie werden bald eine offizielle Vorladung erhalten. Aber vorher müssen wir Ihnen noch ein paar zusätzliche Fragen stellen.«

»Ich kann Ihnen ein Geständnis diktieren, das meinen Diebstahl beschreibt. Das ist jetzt auch egal.«

»Ja, bei Gelegenheit. Aber jetzt wollen wir vor allem begreifen.«

»Begreifen und lernen«, fügt Patel hinzu.

»Sonst wird unsere Arbeit bedeutungslos. Seit wann üben Sie diesen Beruf aus, Mademoiselle Rosset?«

»Seit zwölf Jahren. Eher zehn, wenn man die ersten Fehlversuche ausnimmt.«

»Man lernt nie aus«, sagt Lavezzi. »Offensichtlich sind Sie immer noch etwas unsicher. Warum haben Sie diesen Beruf gewählt?«

»Warum haben Sie die Polizei gewählt?«

»Wegen der Begegnungen«, sagt Patel. »Um die menschliche Seele zu ergründen und die heutige Soziologie zu verstehen.«

»Ich weiß es wirklich nicht«, sage ich. »Ich fand es schön, glaube ich.«

»Was fanden Sie schön?«, fragt Lavezzi.

»Das Handwerk, das Material ... den Umgang mit dem Tier.«

»Fahren Sie fort.«

Was für seltsame Typen. Ich überrasche mich dabei, Worte für meine Arbeit zu finden, die mir noch nie in den Sinn gekommen sind.

»Die Anwesenheit ... die bleibt. Die Erinnerung, die man pflegt ... Auch wenn das Ergebnis nicht immer ganz auf der Höhe ist.«

Ich richte den Blick auf Ernesto und die anderen und schäme mich, sie so herabzusetzen.

»Haben Sie noch mehr Präparationen dieser Art gemacht?«, fragt Lavezzi.

»Ein oder zwei ... irgendwann habe ich meinen Beruf gelernt.«

»Diese wirkt noch recht frisch ...«, sagt Patel und zeigt auf das Hermelin.

»Ich habe festgestellt, dass ich in Phasen polizeilicher Ermittlung eher schlecht arbeiten kann.«

»Es ist also unsere Schuld«, sagt Patel.

»Mademoiselle Rosset«, übernimmt Lavezzi wieder, »warum haben Sie diese Mähne gestohlen?«

»Man hatte einen Hamster mit einer Löwenmähne bestellt. Ich fand keine bessere Lösung.«

»Eine Mähne für den Hamster abzulehnen wäre eine vernünftige Lösung gewesen.«

»Aber bedauerlich!«, ruft Patel dazwischen. »Der Hamster mit der Mähne ist schon ein schönes Stück. Wo ist er eigentlich?«

Damit habe ich nicht gerechnet. Jetzt gibt man mir die Gelegenheit, meine Situation zu verschlimmern, indem ich die finsteren Geschichten diverser Hamsterdiebstähle erwähne.

»Ich habe ihn nicht mehr.«

»Was heißt, Sie haben ihn nicht mehr?«, fragt Patel.

»Ich habe ihn nicht mehr. Ich ... ich habe ihn weggeworfen.«

»Sie haben ein Beweisstück weggeworfen?«, fragt Lavezzi, plötzlich eine Oktave tiefer auf der Tonleiter der Freundlichkeit. »Sie haben den Gegenstand weggeworfen, den wir hier gesehen haben und der das Material enthielt, das dem Kulturerbe der Republik gestohlen wurde?«

Reg dich, kleines Gehirn, reg dich, wie du es so schlecht kannst.

»Ja ... Das heißt, ich kann ihn zurückholen ... Ich dachte nicht ...«

»Miss Rosset«, sagt Patel und beugt sich zu mir vor. »Solange die Untersuchung läuft, darf keins Ihrer Werke diese Werkstatt verlassen. Bringen Sie den Hamster wieder an seinen Platz. Und suchen Sie alle anderen Präparate zusammen, an die Sie herankommen.«

»Die anderen? Warum das?«

»Die Fragen stellen wir«, sagt Lavezzi. »Bringen Sie uns diesen Hamster zurück und geben Sie kein anderes Stück ab. Ohne den Hamster können wir das Gespräch nicht fortsetzen.«

Sie stehen auf. Leutnant Patel flüstert mir ins Ohr:

»Holen Sie den Hamster zurück, Miss Rosset. Der Hamster ist Ihre Rettung.«

»Wie bitte?«

»Fotografier das Hermelin«, befiehlt Lavezzi.

Erneut schießt Patel eine Salve von Aufnahmen.

»Wir kommen in einer Woche wieder, selbe Uhrzeit, Mademoiselle Rosset.«

Als die beiden weg sind, geht eine Brise der Stille durch den Raum. Ich schaue Ernesto an und hoffe, er wird etwas sagen, das mir hilft, eine Lösung zu finden. Aber der Treulose sieht demonstrativ weg. Also bleibe ich sitzen, während Schritt für Schritt die Dunkelheit in die Werkstatt eindringt und Arbeitstische und Regale, Töpfe und Werkzeuge und schließlich die verzerrten Umrisse der reglosen Tiere verschwinden lässt.

»Wollen Sie fahren? Wenn nicht, müssen Sie sich ein bisschen um Lucas kümmern. Drei Stunden sind ziemlich lang für ihn.«

Nachbar entscheidet, ohne mir Zeit zum Antworten zu lassen:

»Ich fahre die erste Hälfte. Da wird Lucas vielleicht ein bisschen schlafen. Und Sie können sich ausruhen. Sie scheinen es nötig zu haben.«

Hinten lauscht Lucas der Musik aus dem Autoradio und tanzt in seinem Kindersitz. Vielleicht schläft er ein ... Ja, vielleicht treffen wir auch eine Herde Dinosaurier und entdecken am Ziel einen Löwenhamster, der uns im Schatten einer Platane erwartet.

Ich setze mich auf den Beifahrersitz. Das Auto, ein Hybrid, ist eine Sardinenbüchse, Modell Pariser Bobo, das nach Biolavendel duftet. Wir nehmen die Autobahn Richtung Westen. Die Banlieues ziehen vorbei wie graue Wellen, während sich die Sonne mühsam an ihrer Herbstbahn entlanghangelt. In Höhe Fresnes zieht sich mein Magen zusammen – dort werde ich im nächsten Frühjahr hinter den dicken Gefängnismauern Däumchen drehen.

Hinter mir singt Lucas zusammen mit Neil Young aus voller Kehle *Hey Hey, My My*.

»Beachten Sie die Güte der musikalischen Erziehung meines Sohns.«

»Und seine Beherrschung des Englischen.«

»Da ist noch Luft nach oben. Ich arbeite daran.«

»Das ist wirklich Ihr Beruf? Nathalie hat es mir gesagt. Ich kam mir ganz blöd vor.«

»Da gibt es nicht viel zu erzählen. Ich bin Dolmetscher für den Rundfunk, verschiedene internationale Organisationen, Kongresse. Im Gegensatz zu Ihrem Berufsleben kann man nicht behaupten, meins wäre ein Fischteich voller Anekdoten.«

Allmählich lichtet sich die Landschaft. Auf beiden Seiten der Straße erstrecken sich neblige Felder. Ich kenne diese farblosen Weiten, deren Erde gerade für die Aussaat gepflügt wurde. Die gleichen haben mein Heimatdorf umzingelt.

»Haben Sie Lust, mir etwas mehr über unseren Zielort zu verraten?«

»Argentan, im Departement Orne.«

»Ja, aber warum? Kommen Sie von dort?«

»Nein. Ich komme aus Oise, weiter nördlich.«

»Warum also?«

»Ich hoffe, ich kann es Ihnen sagen, wenn wir da sind.«

»Was machen wir dort?«, fragt Lucas und demonstriert damit seine Fähigkeit, gleichzeitig Musik zu hören, zu singen und unserem Gespräch zu lauschen.

»Das ist eine Überraschung, Lucas«, antwortet Nachbar. »Vielleicht eine Schnitzeljagd.«

Der Junge schreit ein paar Sekunden seine Begeisterung heraus, dann verstummt er plötzlich. Als ich mich umdrehe, ist er wie erstarrt und in seinen Gedanken verloren.

»Er stellt sich jetzt wohl ein großes Abenteuer vor«, sagt Nachbar.

»Er könnte enttäuscht werden«, sage ich.

»Das fürchte ich auch.«

Auf halbem Weg habe ich ebenso wenig geschlafen wie Lucas, der die letzte halbe Stunde damit verbracht hat, sich eine Geschichte auszuspinnen und sie uns zu erzählen, in der wild gemischt ein lichthungriger Drache und ein Superheld mit telekinetischen Fähigkeiten, Lucas selbst, ein Dutzend Freunde und Freundinnen, ein Tropensturm, Whymper, ein, ich zitiere, längliches Objekt und diverse Fahrzeuge mit unterschiedlichen Eigenschaften auftauchen.

Ich übernehme das Steuer. Nachbar lehnt die Wange an die sonnige Scheibe und schläft sofort ein.

Es ist Mittag, als wir auf einer Straße, die nicht eine der infrage kommenden ist, in Argentan eintreffen. Ein paar Leute spazieren zwischen den Steinhäusern mit Schieferdach umher. Alles ist alt und eng, die Wände und die Gesichter, die Kirche und die Autos. Der Himmel hat sich zugezogen.

Um den Moment des Scheiterns hinauszuschieben, schlage ich meinen Weggefährten vor, mittagzuessen. Wir gehen in eine aus naheliegenden Gründen Crêperie de l'Église getaufte Crêperie, sie liegt zwischen der Brasserie de l'Église und dem Tabac de l'Église. In der Mitte thront die Kirche selbst. Während des Essens spricht meistens Lucas. Er erzählt, dass er Whymper aus dem Schrank geholt und vor den Hamsterkäfig gestellt hat, dass die ersten Stunden der Zweisamkeit schwierig waren, aber der Nager irgendwann Whympers wahre Natur durchschaut hat und dass sie sich seitdem gut vertragen.

Nachdem ich den Crêpe mit Karamell und gesalzener Butter aufgegessen habe, ergreife ich das Wort.

»Pass auf, Lucas.« Ich wende mich an den Jungen, weil ich hoffe, er wird das tiefere Ziel meiner Suche besser erfassen als sein Vater. »Ich bin mit euch hierhergefahren, weil ich eine Landschaft suche. Diese hier.«

Ich zeige ihm das Foto auf meinem Telefon. Nachbar beugt sich über die Schulter seines Sohns.

»Wie du siehst, ist das eine von Bäumen gesäumte Straße.«

»Morgenländische Platanen«, sagt sein Vater, um einmal mehr mit seinem enzyklopädischen Wissen zu protzen.

»Und dann gibt es noch zwei Federn«, sage ich und hole die Tüte, in die ich sie gewickelt habe, aus meiner Tasche.

Nachbar betrachtet sie einen Moment, ohne etwas zu sagen. Seine ornithologischen Kenntnisse hat er offenbar noch nicht perfektioniert.

»Ich muss diese Straße finden, Lucas. Ich habe zwei Wege ausgewählt, die infrage kommen, beide sind in der Nähe der Stadt, in der wir uns jetzt befinden, eine im Norden und eine im Süden. Wie dein Papa gesagt hat, ist es eine Art Schnitzeljagd. Ich weiß nicht, was wir dort finden werden, aber vielleicht kommen wir dadurch voran.«

»Voran zu was?«, fragt Lucas.

»Voran in die richtige Richtung, auf den richtigen Weg«, sagt Nachbar.

»Den Weg des Lebens?«, fragt der Junge.

»Genau!«, sagt Nachbar.

»Super!«, ruft Lucas. »Den Weg des Lebens kenne ich! Da geht es lang.«

Er rennt zum Ausgang und zeigt in Richtung Süden. Da wir keine anderen Hinweise haben als diese kategorische Feststellung, fangen wir halt da an.

Doch im Süden erstreckt sich eine Reihe von Baumstümpfen unter einem unsympathischen Himmel. Rechts und links neben der Straße quälen sich mickrige Grasbüschel auf brachliegenden Feldern durch die schlammige Erde. Es gab mal Bäume an dieser Straße, aber davon sind nur noch vermodernde Holzstümpfe übrig, die in der Unendlichkeit verschwimmen wie alte Seerosenblätter auf einem braunen Tümpel. Von dieser Landschaft wird mir übel. Vielleicht auch von der Galette au Camembert.

Nachbar hält am Straßenrand. Lucas steigt aus, setzt ein Knie auf den Boden und streicht über die feuchte Erde.

»Hier waren Menschen am Werk«, verkündet er. »Sie haben die Bäume zerstört und sind geflohen. Aber sie müssen Spuren hinterlassen haben.«

Hundert Meter weiter sehen wir einen Schuppen, davor einen Traktor und darauf einen Mann. Lucas geht auf ihn zu. Nachbar nimmt meine Hand, und wir folgen seinem Sohn.

Das Gesicht des Mannes ist wie aus altem Stein geschnitten. Er sitzt auf seiner Maschine und raucht eine selbst gedrehte Zigarette. Lucas baut sich vor ihm auf.

»Monsieur, was ist hier passiert?«

»Nichts«, sagt der Mann. »Hier passiert nichts.«

»Und die Bäume?«

»Weg«, antwortet der Mann. »Hier gehen alle weg.«

»Es sieht eher so aus, als hätte man sie gefällt!«

»Ja. Aber das Ergebnis ist das Gleiche.«

»Warum wurden sie alle gefällt?«

»Die Frage war: sie oder die Säufer.«

»Ich verstehe«, sagt Lucas, obwohl er überhaupt nichts versteht.

»Immer gehen die Falschen«, sagt der Mann.

»Das kann ich Ihnen sagen«, bestätigt Lucas.

Dann kneifen beide die Augen zusammen und richten den Blick in die Ferne. Der Himmel verdüstert sich. Ich gehe das Auto holen.

Es ist erst 14 Uhr, aber das Licht wird schon schwächer. Wir durchqueren Argentan erneut und fahren diesmal Richtung Caen. Ungefähr fünfzehn Kilometer nördlich der Stadt erreichen wir den Anfang der anderen Straße, zu der uns mein Telefon geführt hat. Sie schlängelt sich ein Stück durch den Wald, dann verschwindet der Wald plötzlich, und eine Ebene taucht auf, durch die der Asphalt eine gerade Linie zieht. Ungefähr einen Kilometer weiter beginnen zwei Baumreihen, deren Kronen einen verschwommenen Tunnel bilden. Nachbar hält am Anfang des Tunnels an.

Wir steigen alle drei aus und schauen auf das Foto in meinem Telefon.

»Kein Zweifel«, sagt Lucas. »Hier ist es.«

Kein Zweifel, er hat recht. Die Straße ist dieselbe, die Bäume sind identisch. Die Blätter der ersten Baumreihe sind trocken, aber noch grün. Am Ende der Allee sind die Äste nackt. Die ersten Meter bilden einen Blättertunnel, der uns vor dem Regen schützt und in Dunkelheit taucht. Dann liegt immer mehr Laub auf dem Boden, und der Himmel wird sichtbar. Lucas flitzt hin und her und sucht nach Spuren, während ich versuche, das Gebäude zu entdecken, das ich auf dem Bild zu sehen glaube. Nachbar geht neben mir her.

Nach ein paar Minuten fällt uns ein etwas größerer Abstand zwischen zwei Bäumen auf, dort beginnt ein mit hohem Gras bewachsener Weg, der zu einem Haus führt. Es ist keine Kapelle, wie ich vermutet hatte, sondern eine Art Bauernhaus, die Wände aus Fachwerk und Lehm. Es scheint schon lange verlassen zu sein. An einigen Stellen ist das Dach eingestürzt, und Efeu wuchert ins Innere. Die Mauern sind mit Moos bedeckt.

Irgendwie ist mir das Haus vertraut. Die lang gestreckte Form, die Bäume, die es umstehen. Aber da ist vor allem irgendetwas in der Atmosphäre, etwas Schwebendes, ein Gefühl.

Die Eingangstür ist durch eine Kette gesichert. Ich versuche durch die Fenster zu spähen, die mit ebenfalls überwucherten Holzbrettern zugenagelt sind. Zwischen manchen Brettern gibt es einen größeren Spalt, und wenn man sich vorbeugt, kann man ins Innere sehen. Ich richte die Lampe meines Telefons durch die Öffnung und erahne etwas von den Möbeln – einen langen Holztisch, einen von alten Laken überquellenden Schrank –, aber das meiste bleibt im Dunkeln. Der Boden ist mit einer fettigen Staubschicht bedeckt, darunter erahnt man rautenförmig angeordnete schwarz-weiße Fliesen. Ich bin sicher, dass ich sie schon mal gesehen habe. Das ist eine Kindererinnerung. Kinder erinnern sich an den Fußboden: Den sehen sie am meisten, weil sie darauf spielen.

Nachbar untersucht das Schloss an der Tür. Man bräuchte Werkzeug, um es aufzubrechen. Ich fühle mich schuldig, die beiden in diese feindselige, regennasse Landschaft entführt zu haben. Aber sie scheinen gar nicht unglücklich, hier zu sein, und Nachbars Gesellschaft beruhigt mich.

Ich trete ein paar Schritte zurück und betrachte die Fassade. Das Gefühl von Vertrautheit bleibt, wird aber nicht deutlicher. Vergeblich suche ich einen Hinweis, der etwas mit den Federn oder mit sonst etwas zu tun hat.

Plötzlich ertönt ein schriller Schrei, der noch einen Moment in der Luft hängt.

»Lucas!«, ruft Nachbar erschrocken.

Ich sehe ihn durch das hohe Gras rennen. Er stolpert über unsichtbare Wurzeln, ohne zu stürzen, und rennt weiter bis zu einem Strauch, hinter dem er verschwindet. Ich renne ihm hinterher und stolpere auch, aber im Unterschied zu Nachbar rutsche ich über das Gras und lande im Schlamm. Mühsam rappele ich mich auf und schleppe mich bis zu dem Strauch, hinter dem ich Nachbar neben seinem Sohn hocken sehe, dessen Finger bluten.

»Lucas, was ist passiert?«

Nachbar zeigt mit dem Finger auf etwas hinter seinem Sohn. Im Schatten glänzen zwei winzige silbrige Kugeln im Gras. Ein Igel beobachtet uns und zittert mit allen Stacheln.

Wir gehen zum Auto und suchen die nächstgelegene Apotheke. Dann fahren wir bis zur Auffahrt der Nationalstraße Richtung Norden. An der Kreuzung sehe ich einen Kilometerstein mit der Nummer der Platanenallee: Departementsstraße 91. Zwar nicht die meiner Geburt. Aber trotzdem.

Mit Desinfektionslösung, Kompressen und Pflaster verarzten wir Lucas' Hand. Nachbar schlägt vor, in der Nähe zu übernachten, an einem Ort, den er kennt. Ich stimme zu, kann ihnen wohl kaum noch einmal drei Stunden Autofahrt zumuten. Außerdem kann ich nicht fahren, weil ich mir bei meinem Sturz den Knöchel verknackst habe.

Bald sind wir an der Küste, und Nachbar hält vor einem Steinhaus mit grauem Ziegeldach. Der Ärmelkanal ist direkt vor dem Garten, auf der anderen Seite einer Fußgängerpromenade. Wir stehen an einem der Landungsstrände, Sword Beach. Gerade war noch Flut, aber das Meer zieht sich ebenso schnell zurück, wie die Nacht aufzieht.

Vor der Haustür erwarten uns zwei Siebzigjährige. Beide tragen blaue Öljacken, einer eine Mütze, der andere lange, im Nacken zusammengebundene Haare. Nachbar umarmt sie nacheinander.

»Éva, das sind Pep und Ulysse. Alte Freunde.«

Ich begrüße sie und frage mich, warum sich schon wieder die Odyssee in mein Leben einmischt. Lucas drückt ihnen die Hand. Sie verständigen sich kurz mit Nachbar, dann bitten sie uns herein und zeigen uns unsere Zimmer. Im Flur ahnt man hinter den

Schranktüren den gleichen Naphthalingeruch wie bei Mimile. Lucas kennt das Haus. Er schnappt sich im Vorbeigehen ein paar Comics und packt sich auf sein Bett, um sie sich anzusehen. Ich humple hinter ihnen her.

In dem Zimmer, das mir die Gastgeber zeigen, steht ein Doppelbett, was ich nicht erwartet hatte, doch irgendwie finde ich es logisch. Vor dem Fenster sieht man eine kleine Düne und dahinter das Meer, das in der Dunkelheit verschwindet. Wind kommt auf und pfeift zwischen den Dachziegeln.

Nachbar unterhält sich noch lange mit den beiden Männern. Ich höre sie reden und Lucas im Nebenzimmer die Seiten umblättern und lachen, wenn er etwas liest, das ihm gefällt. Ich setze mich in den Sessel vor dem Fenster und schlafe sofort ein, ohne an die Polizei, den Korporal oder die Federn zu denken, eingelullt von der Wärme des Zimmers und der Kälte, die das Haus umgibt.

Ich träume wieder von der Landschaft, die ich neulich Abend bei Nachbar im Schlaf gesehen habe. Zwei schmale Felsen und ein von Pinien gesäumter Bach, der friedlich in ein blassblaues Meer fließt. Ich gehe durch das Wasser, das mir bis zu den Knien reicht. Ich bin allein, und die Einsamkeit bedrückt mich. Dann sehe ich sie, alle. Nachbar und Lucas, Mimile und Jade sitzen auf einer großen Decke, die an der Flussmündung ausgebreitet ist. Hinter ihnen steht Nathalie und kocht auf einem Holzfeuer. Ich versuche zu ihnen zu gelangen, aber der Bach beginnt zu brausen und kehrt seine Laufrichtung um. Als ich von einer winzigen Welle aus dem Gleichgewicht gebracht werde und hintenüberfalle, gehen ihre Blicke in meine Richtung. Ich kämpfe gegen den lächerlichen Bach, doch als ich endlich an der Mündung angekommen bin, sind sie verschwunden.

Ich erwache im dunklen Zimmer und brauche einen Moment, um zu verstehen, wo ich bin. Draußen hat sich das Meer in sein nächtliches Nichts zurückgezogen. Nachbar kommt herein.

»Wie spät ist es?«

»Zehn. Ich wollte Sie nicht wecken. Alle sind schlafen gegangen. Ich habe Ihnen etwas zu essen aufgehoben.«

Dankbar stehe ich auf, vergesse meinen verstauchten Knöchel und sinke in seine Arme.

»Es tut mir leid«, sage ich und löse mich verlegen aus der Umarmung.

Nachbar lächelt und führt mich ins Wohnzimmer, wo ein Krug mit Rotwein und ein Teller mit einem an Moussaka erinnernden Gericht warten. Das Zimmer ähnelt dem von Nachbar: alles voller Regale mit Büchern und Nippes. Immerhin etwas ordentlicher. Ich suche ein Foto von Nachbars Frau, finde aber keins, was ich als Bestätigung dafür auffasse, dass dieses Haus nicht Nachbars Wohnung ist.

Mit der mir eigenen Eleganz verschlinge ich das Moussaka und trinke den Wein. Dann gießt uns Nachbar Calvados ein, holt zwei Decken vom Sofa und führt mich nach draußen. Wir setzen uns unter ein Vordach in zwei Sessel auf einer Holzterrasse mit Blick aufs Meer. Der Wind hat sich gelegt, trotzdem schaukelt die Düne in der Dunkelheit wie ein Segel.

»Bringen Sie alle Ihre Eroberungen hierher, Nachbar?«

»Ich habe die Gegend nicht gewählt, das waren Sie.«

»Ich habe nicht das Gefühl, viel gewählt zu haben.«

»Natürlich haben Sie gewählt, Éva.«

»Ich dachte, alles ist nur Zufall und Koinzidenz.«

»Koinzidenzen sind Tierchen, die nur aufwachen, wenn man sie kitzelt.«

»Trotzdem. Abgesehen davon, dass sich Ihr Sohn an einem Kaktus mit Beinen verletzt hat, ist bei dieser Exkursion nicht viel rausgekommen.«

»Kannten Sie das Haus?«

»Ja. Ich glaube.«

»Aber Sie haben nichts Besonderes gefunden, oder?«

»Nein.«

Nachbar schweigt, und wir trinken einen Schluck Calvados. Die Luft ist kalt, aber die Decken und der Alkohol entfalten ihre Wirkung.

»Ulysse hat mir das mit den Bäumen erklärt. Warum manche keine Blätter mehr haben und andere noch dichtes Laub. Das liegt am Wind. Über die Ebene, durch die diese Straße führt, kommt der Westwind vom Atlantik. Er bläst in Böen, manchmal so stark, dass er da, wo er zuerst ankommt, den Winter bringt. Die letzten Platanen sind geschützt, die ersten nicht, deshalb sind ihre Blätter zuerst abgefallen.«

»Sie zerstören das Geheimnis«, sage ich.

»Eine Erklärung finden ist nicht zerstören.«

»Das hängt von der Erklärung ab.«

Die Aufklärung befriedigt mich nicht. Besser gesagt, interessiert sie mich nicht. Ich bin nicht hergekommen, um die Sequenzialität des Blätterfalls bei Platanen zu verstehen.

»Ich habe das Bild und die Feder schon mal gesehen«, fährt Nachbar fort. »Bei Ihrem Vater. Er hat mich ein paarmal zum Abendessen eingeladen, da ist es mir nicht aufgefallen. Aber letzte Woche, als ich zum ersten Mal seine Blumen gegossen habe, habe ich sie gesehen.«

»Sie gießen Mimiles Blumen?«

»Ja, er hat mich darum gebeten, bevor er weggefahren ist.«

Nachbar schaut mich an. Ich ärgere mich, dass Mimile sich an ihn gewandt hat und nicht an mich, auch wenn ich keinen stichhaltigen Grund finde, weshalb er es andersherum hätte tun sollen. Mir wird auch bewusst, dass Nachbar mich dort hätte überraschen können, in der Dunkelheit auf dem Sofa zusammengerollt, ein Glas Grappa in der Hand.

»Nachbar, wissen Sie, wo Mimile hingefahren ist?«

»Nein.«

»Kennen Sie ihn gut?«

»Ich weiß nicht. Aber ich schätze ihn.«

»Ich wäre froh, wenn er da wäre.«

Dieser letzte Satz überrascht mich selbst, und ich höre ihn noch einen Moment um uns herumhüpfen, bis die Nacht ihn verschluckt. Nachbar schweigt.

»Es gibt ein Problem mit dem Hamster«, sage ich.

Nachbar nimmt noch einen Schluck Calvados. Man hört weder das Meer noch ein anderes Geräusch. Hinter der Düne ist die Luft so schwarz wie ein Abgrund.

»Mit welchem?«, fragt er. »Dem, den wir zu Hause haben, geht es sehr gut. Sein Blick ist zwar etwas schief, aber er ist kein schlechter Kerl.«

»Mit dem anderen. Dem Löwenhamster. Ich muss ihn wiederfinden.«

»Ja, ich verstehe, er ist sehr gelungen. Und auch aus Prinzip, die Vorstellung, dass er bei diesem Weib sitzt ...«

»Nein, es ist komplizierter. Ich habe keine Wahl. Wenn ich ihn nicht ranschaffe, bin ich erledigt.«

Eigentlich bin ich in jedem Fall erledigt, weil schuldig und entlarvt. Aber die Polizisten haben mir einen Befehl gegeben, und ich möchte meine Situation nicht noch verschlimmern.

»Ich weiß nicht, wie ich ihn zurückholen soll. Ich kann Sie schließlich nicht bitten, noch einmal in das Haus des Korporals einzubrechen.«

Nachbar steht auf und macht ein paar Schritte, die den Holzboden knarren lassen.

»Nein, man kehrt nicht an den Ort des Verbrechens zurück.«

Er zündet sich eine Zigarette an.

»Ihr den Hamster zurückzugeben wäre eine Option«, überlegt er laut. »Den lebendigen Hamster, meine ich. Einen Tausch auszuhandeln. Aber die Idee gefällt mir auch nicht. Das arme Tierchen hat das nicht verdient.«

Er setzt sich wieder hin und fragt:

»Warum müssen Sie ihn um jeden Preis ranschaffen?«

»Es handelt sich um ein Beweisstück. Die Polizei verlangt ihn.«

Ich könnte ihm die Situation genauer erklären. Er wäre der Letzte, der mir Vorwürfe machen oder mich auslachen würde, schließlich hat er den Diebstahl beim Korporal ausgeheckt. Aber was soll ich machen: Ich sehe mich wieder in der Grande Galerie de l'Évolution, und mein Verhalten kommt mir lächerlich und unerklärlich vor.

Nachbar versteht, dass ich keine Lust habe, mehr darüber zu sagen, und füllt unsere Gläser neu.

»Wir finden eine Lösung«, sagt er.

Ich glaube es kein bisschen, aber das »wir« beruhigt mich irgendwie, als verpflichtete sich Nachbar mit diesem Satz, bis in meine Gefängniszelle an meiner Seite zu bleiben und mit mir und der Eisenkugel am Fuß die Strafe zu verbüßen.

Unsere Blicke verlieren sich eine Weile in der Nacht. Nachbar seufzt, während er den Zigarettenrauch ausstößt.

»Um auf Ihre Frage zu antworten, das ist nicht das Haus, in das ich meine Eroberungen bringe. Ohnehin bin ich nicht der große Eroberer.«

Ich ärgere mich ein bisschen. Keine Ahnung warum.

»Dieser Ort ... das ist ein Ort, den ich nach Vickys Tod vor drei Jahren oft allein besucht habe. Ich habe Lucas bei seinen Großeltern gelassen und bin für ein, zwei Tage weggefahren, manchmal auch eine Woche. Beim ersten Mal wusste ich nicht, wo ich hinfuhr. Ich hatte Lucas abgegeben, fuhr irgendwo aus Paris raus, auf immer kleinere Nebenstraßen, bis sie ganz aufhörten. Einmal ließ ich das Auto da drüben hinter der Düne stehen, lief ein paar Meter und setzte mich an den Strand. Es war Ebbe, und der Sand war weich wie Schlamm. Es war Oktober, wenig Leute, ein paar Kinder, die Muscheln oder Würmer suchten, Eltern, die von Weitem aufpassten. Allmählich leerte sich der Strand, und das Meer fing an zu steigen. Langsam, nicht wie ein galoppierendes Pferd, eher wie eine Schlange, die sich durch die Rinnen auf dem Strand, zwischen den Sandhügeln heranschlängelt. Der Sand unter mir wurde immer feuchter und weicher, ich begann darin zu versinken. Mir war bewusst, was passierte. Ich hatte keineswegs die Absicht, unterzugehen. Ich wollte einfach irgendetwas fühlen. Eine Umarmung. Noch bevor das Wasser meine Knöchel erreichte, spürte ich zwei Hände auf meinen Schultern und sah vier Gummistiefel, die neben mir im Boden versanken. Ich weiß noch, was Ulysse gesagt hat: ›Wenn du dich läutern willst, hast du den falschen Fleck gewählt, mein Junge.‹ Sie haben mich mit zu sich genommen, mir trockene Sachen gegeben und mich an den Ofen gesetzt. Mitten in der Nacht haben sie mich aus dem Bett gerissen und sind mit mir zum Hafen von Ouistreham gefahren, dann waren wir auf ihrem Boot fischen. Ich glaube, sie wollten mir begreiflich machen, dass mit ihrem Meer nicht zu scherzen ist. Es hat mir Angst gemacht – das wirbelnde Wasser, der graue Glanz des Schaums, das metallische Geräusch des Schiffsrumpfes, die schweren Netze. Sie haben mir gezeigt, wo ich nicht landen sollte, und haben mich mit der Wärme der Welt in ihrem Haus aufgenommen.«

Als ich neben Nachbar aufwache, fühle ich mich einfach wohl. Auf der Terrasse hat er mir noch eine Weile von seinem Sohn und seiner Kindheit in Paris erzählt, mit immer längeren Pausen, der Inhalt der Worte wurde unwichtig. Er hat weitergesprochen, aber nur noch um des Sprechens willen, weil er spürte, dass ich es brauchte und seine Worte aufnahm, wie man sich an einem schönen Kaminfeuer wärmt, vielleicht brauchte er es auch. Er hat geredet, bis sich unser Geist unter den Worten und dem Calvados entspannt hat, bis unsere Körper vor Kälte steif waren, dann sind wir reingegangen und haben miteinander geschlafen, ohne Geräusche zu machen, wegen Lucas und unserer Gastgeber, die in den benachbarten Zimmern im Chor schnarchten, und die lautlose Zärtlichkeit unserer Körper war so wohltuend, so erfüllend, dass ich am Ende Tränen in den Augen hatte und dem Foto einer Goldbrasse zulächelte, das an der Wand gegenüber hängt.

Es ist fast elf Uhr, und Lucas ist zu uns ins Bett gekommen. Er kuschelt sich zwischen Nachbar und mich und blättert in einem Comic. Der Verband um seine linke Hand versteckt die Wunde von den Igelstacheln. Von seiner Bettseite aus betrachtet uns Nachbar mit undurchdringlicher Miene.

Ich dusche kurz, dann gehen wir ins Wohnzimmer, wo uns ein einfaches Frühstück erwartet, während sich Ulysse und Pep, die schon vom Fischfang zurück sind, irgendwo im Haus zu schaffen machen. Als wir aufgegessen haben, kommt Pep zu uns.

»Ich mein, das Wetter lädt zu einer kleinen Schlenderei am Strand ein, oder?«

Vor dem Fenster hängt der Himmel tief wie eine Gefängnisdecke.

»Einverstanden«, sage ich.

Die beiden Männer gehen voran, Lucas umschwirrt uns wie ein freies Elektron. Ulysse respektiert das Schweigen, sagt nur gelegentlich ein paar Worte über die lokale Flora, die Quecke, die den Dünen Halt gibt – der Erklärung folgt eine kurze metaphorische Tirade über die grundlegende Bedeutung von Unkraut, pflanzlichem wie menschlichem, in der heutigen Welt –, die Winde, die im Frühjahr rosa und weiß blüht. Nachbar hört nicht zu. Er geht neben mir her und lässt Sand durch seine Finger rinnen. Wir gehen an der Seeseite der Düne entlang, auf der Strandzunge, die sich nach Westen erstreckt (oder nach Norden: Ehrlich gesagt habe ich keine Ahnung).

Nach zehn Minuten wird Lucas plötzlich unruhig, schaut sich nervös um, rennt schließlich zu einer Düne, die etwas höher ist als die anderen, und verschwindet dahinter.

Ich frage Nachbar:

»Was hat er denn?«

»Der Instinkt des Mannes jeden Alters folgt zuweilen Wegen, die unserem Verstand entgehen würden.«

Ulysse und Pep legen beide eine Hand in meinen Rücken und schieben mich in die Richtung, in die Lucas verschwunden ist. Wir gehen um die Düne herum. Das alles riecht nach einer Falle. Der Weg geht noch ein Stück parallel zum Strand weiter. Nachbar gibt mir zu verstehen, ich solle keine Fragen stellen.

Plötzlich entdecken wir Lucas auf einer Düne, stolz wie das Kind bei Pagnol, das die von seinem Vater erlegten Steinhühner präsentiert; er winkt uns, näher zu kommen.

»Ich glaube, da hat jemand was entdeckt«, sagt Nachbar und zeigt auf seinen Sohn.

»So sieht es aus«, sage ich.

Wir bahnen uns durch das trockene Gras einen Weg auf den Sandhügel. Die beiden Männer sind stehengeblieben und schauen uns lächelnd zu. In mir wächst eine leichte Spannung. Man kann nicht sagen, dass das letzte Mal, als ich Nachbar ebenso brav gefolgt bin, ein großer Erfolg war.

»Na, Lucas, wo ist er?«, fragt Nachbar, als wir seinen Sohn erreicht haben.

Der Junge kommt zu mir, nimmt meine Hand, fragt mich, ob ich bereit bin. Und ohne meine Antwort abzuwarten, zeigt er auf die Nachbardüne, einen kleinen kahlen Hügel, auf dem, die Mähne im Wind wallend, der Löwenhamster stumm aufs Meer hinausblickt.

»Jetzt reicht's! Sagen Sie mir endlich, wie Sie ihn rangeschafft haben.«

Wir fahren auf der Autobahn in Richtung Paris, es wird bereits dunkel. Seit dem Morgen weigern sich Nachbar und sein Sohn, mir ihren Zaubertrick zu verraten. Ich habe sogar Pep und Ulysse gefragt, aber Peps typisch normannische Antwort hat mir nicht weitergeholfen. »Man hat mirs Tier gegeben, weiter nix, hat mir gsagt, ich solls auf eine Düne stelln, wo niemands stört. Mehr weiß ich nich.«

Ich drehe mich zu Lucas um, flehe ihn an, es mir zu erklären. Er ist im Begriff, mit der Sprache rauszurücken, doch als er den Mund aufmacht, wirft ihm sein Vater im Rückspiegel einen strengen Blick zu, und er macht ihn wieder zu.

»Wenigstens ein Tipp!«

Nachbar seufzt.

»Gut. Erinnern Sie sich. Was ist neulich passiert?«

Ich versuche die Szene zu visualisieren.

»Die Horrorfamilie ist gekommen, um uns ein Geschäft vorzuschlagen. Sie haben uns verteidigt. Ich habe nichts gesagt. Schließlich sind sie abgezogen. Aber sie haben den Löwenhamster gestohlen, keine Ahnung wie.«

»So weit die Kurzfassung. Wie haben sie den Hamster gestohlen?«

»Es war der Junge«, sagt Lucas.

»Danke, Lucas, aber ich hatte Éva gefragt.«

»Es war der Junge«, sage ich.

»Was ist dann geschehen?«

»Ihr seid gegangen ... Nein, wir sind gegangen, aber ihr habt euch gleich verabschiedet, um einkaufen zu gehen.«

Nachbar schweigt, Lucas auf der Rückbank kichert.

»Ich entnehme deinem Lachen, dass ihr nicht einkaufen gegangen seid.«

»Natürlich nicht!«, jubelt er.

»Ihr seid dem Korporal und seinem Sohn gefolgt. Und habt den Hamster zurückgeholt.«

»Natürlich!«, schreit Lucas und reißt die Arme hoch.

Nachbar applaudiert.

»Sehr gut, aber wir sind immer noch ganz am Anfang. Ich nehme an, dass ihr ihn zurückgeholt habt, indem ihr euch dem Korporal in den Weg gestellt habt. Das sagt mir aber nicht, wie ihr es gemacht habt.«

»Etwas Geduld. Ich gebe Ihnen einen Hinweis: Wir mussten uns dem Korporal nicht in den Weg stellen.«

»Nicht mal Kleinkaliber«, sagt Lucas.

»Was heißt das? Hat sie euch das Tier aus freien Stücken gegeben?«

»Ich habe alles gesagt. Es liegt auf der Hand.«

»Oder meinen Sie damit, dass die Verhandlungen einfach waren? Haben Sie ihn bezahlt? Nein ... Haben Sie ihn ihr gestohlen? Wir drehen uns im Kreis.«

»Sie hören mir nicht zu, meine Liebe. Ich gebe Ihnen einen letzten Tipp.«

»Ich bin nicht sehr gut mit Rätseln.«

»Um den Hamster zurückzuholen, mussten wir uns als Psychologen betätigen und herausfinden, was der Korporal tun würde. Stimmt's, Lucas?«

»Korrekt.«

»Dann haben wir etwas gemacht, was Sie öfter machen, und etwas anderes, was Sie vermutlich nie machen. Das ist alles.«

Lucas runzelt nachdenklich die Stirn.

»Ich hab's verstanden!«, ruft er schließlich.

»Bravo, Lucas«, sage ich.

»Sie haben genug Informationen. Jetzt müssen Sie selbst überlegen.«

Menschliche Psychologie gehört nicht zu meinen Kernkompetenzen. Etwas, was ich oft mache … Durch die trostlose Banlieue wandern? Etwas, was ich nie mache … Die Liste ist lang. Eine Mutter und ihren Sohn mit der Machete bedrohen, um ihnen ein ausgestopftes Tier wegzunehmen?

Die Nacht hat die Stadt schon eingeschlossen, als wir das Auto ein paar Straßen von unserem Haus entfernt abstellen. Ich mache den Kofferraum auf und hole den Beutel mit dem Löwenhamster raus. Für November ist die Luft überraschend mild. Auf dem Weg nach Hause machen wir einen Umweg zum Seine-Ufer, dann nehmen wir die Straße, die an Nathalies Laden vorbeiführt. Eigentlich ist er sonntags um diese Zeit geschlossen. Deshalb sind wir überrascht, als wir jede Menge Leute davor sehen. Nathalie hat ein paar Tische auf die Straße vor ihrem Schaufenster gestellt, an denen ein paar Leute, in Decken gewickelt, Cocktails schlürfen.

Als uns Nathalie auf der anderen Straßenseite erspäht, kreischt sie los. Ihre Bewegungen sind hektisch, und ihre Stimme springt von Oktave zu Oktave wie ein Sopran, der die Selbstkontrolle verliert. Sie trägt eine Schürze mit der amerikanischen Fahne drauf. Nachbar geht schon über die Straße, an der Hand seinen Sohn, der meine Hand umklammert.

Bis wir die Straße überquert und den Laden erreicht haben, hat Nathalie bereits Stühle und Decken an einem Tisch vorbereitet.

Sie befiehlt uns, uns hinzusetzen, und flitzt nach drinnen. Um uns herum unterhalten sich die Leute, die meisten auf Englisch. Nachbar spitzt die Ohren. Lucas ist schon unter einer Decke verschwunden und unterhält sich mit sich selbst.

Nathalie kommt mit einem Deckel rausgerannt, dann schleppt sie einen riesigen Topf mit einem Ragout herbei, das sämtliche in Louisiana verfügbaren Zutaten enthält.

»Gumbo!«, ruft sie und streckt die Arme zum Himmel. »Na los, kostet mal!«

Es schmeckt köstlich. Krabben, getrocknete Garnelen, Wurst, diverse Gemüse in einer dicken, würzigen Soße, dazu perfekt gekochter Reis in Extraschälchen.

»Laden, Restaurant, Bar«, zählt Nachbar auf. »Ich bin beeindruckt, Nathalie!«

»Nein, nein, das ist nur heute Abend!«

Nathalie verschwindet erneut im Laden. Wir setzen schweigend unsere Mahlzeit fort. Die Stimmung ist herzlich. Um uns herum wird gelacht. Nachbar beobachtet einen Tisch, der dicht am Schaufenster neben der Ladentür steht. Dort plaudern vier Männer, denen Nathalie gerade etwas zu trinken bringt. Sie sehen aus wie Musiker. Ich höre nichts, aber nach ihren Gesten zu urteilen, loben sie das Essen.

Nathalie geht zu einem anderen Tisch. Die vier reden noch einen Moment, dann steht einer auf, streckt sich und geht in den Laden. Ein kleiner Mann mit dem Gesicht einer lächelnden Schildkröte und einem *Newsboy* Basecap auf dem Kopf. Nachbar folgt ihm mit den Augen, während er hinter den Regalreihen verschwindet und im Vorbeigehen verschiedene Waren begutachtet. Eine Minute später kommt er mit einer Gitarre in der Hand zurück.

»Nachbar, glauben Sie, dass …«

»Das wäre eine Überraschung.«

Nachbar zieht die Decke weg, unter der sich Lucas verkrochen hat.

»Lucas, guck mal. Und hör zu.«

Der Mann setzt sich und stimmt die Gitarre. Sein Gesicht glänzt im Halbdunkel, nur sein Lächeln strahlt über dem Instrument.

Lucas steht auf, noch immer in seine Decke gewickelt, und geht zu dem Musiker. Als der die kleine, eingewickelte Gestalt bemerkt, strahlt sein Lächeln noch heller, die Haut legt sich in Falten, und er streckt die Hand aus, drückt die von Lucas und wuschelt ihm durchs Haar. Dann beginnt er zu spielen.

Die Gitarre gibt einen rauen Ton von sich. Der Mann spielt eine Basslinie, einfache Rhythmen eines alten Blues. Die Gespräche werden leiser, die Musik setzt sich durch. Als er zu singen anfängt, sind alle verstummt. Seine Stimme ist laut und klar, die Worte hallen zwischen den Fassaden. Über unseren Köpfen öffnen sich die ersten Fenster. Nachbar schlägt den Rhythmus, und Lucas ist gefesselt. Ein paar Meter entfernt greift ein Mann in Baseball-Shirt nach einer Aluminiumdose mit Nüssen und benutzt sie als Rassel, um den Gitarristen zu begleiten. Zwei Frauen werden zum Backgroundchor. Auf der anderen Straßenseite quietscht ein Tor, und ein paar Anwohner kommen heraus. Das zweite Lied ertönt, dann das dritte, die gleichen Akkorde, ohne Pause, als wollte der Mann die Tür für den Applaus verschließen, der die Atmosphäre verderben würde.

Allmählich belebt sich die Straße, immer mehr Leute stehen um uns herum. Ein paar Gesichter kenne ich, Männer und Frauen, die ich regelmäßig treffe, ohne je ein Wort mit ihnen gewechselt zu haben, ich staune, dass ich so ein Erlebnis mit ihnen teile. Während der Musiker spielt, sieht er die Leute an, jeden Einzelnen, als wollte er sichergehen, dass alle Spaß haben. Ich greife nach Nachbars Hand und schließe die Augen. Als ich sie wieder öffne, ist die Menge immer noch da und wächst weiter. Nathalie steht in der Mitte und setzt zu einem Tanz an, so lasziv, wie ich es schon von ihr kenne. Andere um sie herum tun es ihr nach. Lucas, dessen Kopf kaum aus der Decke hervorsieht, beobachtet, wie die Hände des Gitarristen über die Saiten gleiten.

Plötzlich erblicke ich einen Panamahut zwischen den Haarschöpfen, ein Gesicht zwischen den Gesichtern, bin sicher, es zu erkennen: Mimile, der im Hintergrund steht, wie ein Kindergesicht auf einem alten Klassenfoto. Ich stehe auf, um ihn zu begrüßen, bahne mir einen Weg, verliere ihn aus den Augen, als ein Tänzer mich schubst, und im nächsten Moment ist er verschwunden.

V

»So, jetzt wisst ihr alles.«

Ernesto lässt den Blick über die Werkstatt hinweg bis in den Hof schweifen.

»Wir wissen überhaupt nichts, Éva. Du hast uns nur dein Wochenende erzählt, wie du es erlebt hast, also so, wie wir es schon kennen.«

»Was soll ich euch denn sonst erzählen?«

»Nichts natürlich. Aber sag uns nicht, dass wir alles wissen, denn wir wissen immer noch nicht mehr als du, also nicht viel.«

Ich breche das Gespräch ab. In der Normandie habe ich nichts gefunden, so viel steht fest. Ich kann noch so sehr versuchen, mich an das Haus zu erinnern und an das, was ich dort erlebt habe, kein einziges Bild taucht auf. Und Mimile … Nachdem ich ihn in der Menge gesehen hatte, bin ich zu Hause bis in seine Etage hochgegangen und habe das Ohr an die Tür gedrückt. Aber alles war still. Heute Morgen bin ich nicht noch mal hingegangen, sondern sofort in die Werkstatt gekommen.

Um mich abzulenken, mache ich mich daran, der Anweisung der beiden Leutnants zu folgen und die verschiedenen Tierpräparate zusammenzusammeln, die ich in der Werkstatt habe.

Die ersten vier habe ich bereits vor mir. Ernesto, dessen Entstehungsgeschichte Sie ebenso kennen wie die des Löwenhamsters. Den anderen habe ich keine Namen gegeben. Das undefinierbare Äußere des Wiesels hat mich davon überzeugt, dass keine Buchstabenfolge, und wäre sie noch so absurd, zu ihm passen würde.

Ich habe es kurz nach Ernesto präpariert, als ich noch unter dem Schock der wütenden Reaktion des Jägers stand und beschlossen hatte, in meinen nächsten Versuch keine weiteren Personen einzubeziehen. Damals wohnte ich weit draußen im Südwesten von Paris, nicht weit vom Forêt de Rambouillet, in dem ich manchmal spazieren ging. Ich stellte mich in den Schatten einer Eiche oder eines Strauchs und versuchte Tiere zu entdecken, wie ich es früher mit Mimile gemacht hatte. Aber Mimile wusste, wie man die Sträucher auswählte, während meine meistens nur Fenster auf eine Fläche reglosen Laubs waren. Einmal hatte ich immerhin den Bau eines Wiesels entdeckt und darin gewühlt. Das Tier war gerade gestorben. Ohne Gewissensbisse benutzte ich seinen Körper für meine praktischen Übungen. Ich erspare Ihnen besser die Beschreibung des Resultats.

Das dritte Tier, das die Wand meiner Werkstatt ziert, ist ein Wildschwein. Sein Hals ist vollständig mit glatten grünen Schuppen bedeckt. Ein Schuppenwildschwein: Auch da ist die These eines Unfalls nicht haltbar, obwohl man vermutlich ebenso schwer glauben kann, dass die Zusammenstellung gewollt ist. Doch sie ist es. An ihrem Ursprung stand eine ganze Reihe von Fehlgriffen bei der Präparation eines Wildschweins (Ergebnis: diverse Schnittwunden in der Haut) und einer Natter (Ergebnis: Ablösung der Schuppen).

In der Kammer bewahre ich sieben weitere, ähnlich gelungene Präparate auf: vom Haustier über das Reptil bis zum Wild. Wenn ich das Hermelin mitzähle, habe ich also ein Dutzend Tiere vor mir, ein Dutzend Gesichter meines Scheiterns. Ich muss wohl nicht erklären, dass die Atmosphäre drückend, ja albtraumartig ist.

Habe ich den Norden verlassen und bin nach mehreren Umzügen hier gelandet, um dieses Scheitern zu vergessen? Wenn das der Grund ist, warum nagle ich sie dann an die Wand wie

Jagdtrophäen? Ich denke wieder an das, was mir Nathalie beim Einräumen ihrer Louisiana-Theke gesagt hat, bevor ich mich mit einem Kilo Jambalaya unter dem Arm davongemacht habe. Sie hat gesagt, dass sie weggegangen ist, um zu fliehen, wie alle, die weggehen. Ich bin auch geflohen, aber bei mir ist es anders. Ich bin geflohen, ohne zu erwarten, dass mein Leben da, wo ich hinging, besser sein würde. Ich bin geflohen, weil ich nicht den Mut hatte zu bleiben. Ich bin vor Mimile, vor dem Geist meiner Mutter und dem Kichern oder dem Geschrei meiner ersten Kunden geflohen. Ich bin geflohen, aber bei der Flucht hatte ich nichts anderes im Sinn als die Flucht selbst.

Als ich auf meinem Telefon nach der Uhrzeit sehe, entdecke ich eine Nachricht von Mimile:

Hallihallo, liebe Éva. Wie geht es dir? Bei mir an diesem Wochenende ein paar Spaziergänge und schöne Umwege. Ich glaube, die Reise war eine gute Idee, oder? Ich komme bald zurück. In kleinen Schritten. Was hältst du davon? Wie geht es Nathalie und ihrem neuen Laden? Ich umarme dich.

Was soll das Theater, Mimile? Ich habe dich gestern Abend gesehen, vielleicht hast du mich nicht bemerkt, aber ich habe dich gesehen.

Vielleicht war es jemand anderes, werden Sie sagen. Die Möglichkeit einer Halluzination ist nicht unwahrscheinlich. Trotzdem glaube ich, dass ich Mimile mit seinen hellen Augen und der vom Schatten des Panamahutes verdunkelten Haut gesehen habe.

Das lässt sich leicht überprüfen. Ich ziehe meinen Parka an und gehe entschlossenen Schrittes nach Hause. Jetzt geht es nicht mehr darum, Mimile wiederzufinden, mit ihm zu sprechen oder ihn zu umarmen. Ich will mich davon überzeugen, dass ich noch nicht völlig bescheuert bin, dass meine Augen noch imstande sind, einen Unterschied zwischen meinem Vater und einem Kasper mit Hut zu machen.

Aber bei Mimile herrscht immer noch Stille hinter der verschlossenen Tür. Als ich klopfe, macht niemand auf. Ich klingle sogar, der trockene Ton durchdringt die feuchte Luft im Treppenhaus, aber in der Wohnung rührt sich nichts. Also stecke ich den Schlüssel ins Schloss, der Riegel quietscht, die Tür öffnet sich, und ich gehe hinein. Von den Bildern bis zu den Büchern, von der Küche bis zum Wohnzimmer hat sich nichts verändert. Die Wohnung ist dieselbe, die ich vor ein paar Tagen verlassen habe. Im Mülleimer mein Kaffeesatz, auf dem Sofa eine Kuhle, die der Rundung meines Hinterns entspricht.

Ich setze mich hin und seufze; das macht man, wenn einem der Beweis für die eigene Verrücktheit auf dem Silbertablett serviert wird. Ich seufze erneut, dann schließe ich die Augen. Vor mir verschwindet Mimiles Wohnung, stattdessen sehe ich meine Tiere, all die unförmigen Schatten, die Geister der Vergangenheit. Und ich bedaure allmählich, dass Mimile, vor dem ich geflohen bin und der mir gefolgt ist, nun selbst weggefahren ist, weil er von den wiederholten Kundgebungen meiner Gleichgültigkeit genug hatte.

Dienstag. Morgennebel, beschlagene Fenster, Fabrikschornsteine, die in der Ferne über der Ebene des Val-de-Marne in den Himmel ragen. Nachmittag in der Werkstatt. Die Kunden drängeln sich nicht gerade vor meiner Tür. Zugegeben: Sollten sie einen Blick durch das Fenster werfen, bevor sie klopfen, wären sie schnell abgeschreckt von den zwölf Geschöpfen mit Verbrechergesichtern, die aus der Tiefe der Werkstatt zum Hof starren.

Mittwoch. Tag in der Werkstatt, x-tes Bad in der Stille. Bei Mimile vorbeigegangen, immer noch vergeblich. Nachbar getroffen, den ich noch mal gebeten habe, sich an den Abend bei Nathalie und an den Moment zu erinnern, als ich Mimile entdeckt habe. Er hat mir bestätigt, dass er nur gesehen hat, wie seine Nachbarin plötzlich aufgesprungen, losgerannt und im Gedränge der Schaulustigen verschwunden ist. An Mimile oder einen Hut erinnert er sich nicht. Ich habe ein bisschen über die Rückkehr des Löwenhamsters nachgedacht. Vergeblich.

Donnerstag. Ich bin in der Wohnung geblieben. Bei Mimile heute früh kein Lebenszeichen. Ich habe ihn also neulich geträumt. Der Alte mit dem Hermelin, Monsieur Rosenberg, hat angerufen und mich gebeten, seinem Tier noch ein paar Tage länger Zuflucht zu gewähren. Seine Bitte hat mich erleichtert. Die anderen hätten nicht gewollt, dass es sie so schnell verlässt. Ich denke wieder über den Ausflug in die Normandie, die Ruine und den Ursprung der Federn nach und empfinde etwas Unvollendetes.

Morgen kommen die Leutnants wieder. Ich warte auf sie und verstehe nicht, warum, wie ich darauf warte, dass Mimile zurückkommt. Seit drei Tagen keine Nachricht von ihm.

Steif wie ein Brett sitze ich auf meinem Stuhl und erwarte die beiden Leutnants, ihre Fragen und ihr Urteil. Ich erwarte sie inmitten meiner Tiere, vielmehr umzingelt von diesen Biestern, die vor sich hin brabbeln wie ein Trauerchor. In ihrer Mitte der Löwenhamster, dessen wunderbare Rückkehr ich immer noch nicht begriffen habe. Diese Frage kann ich mit Nachbar vertiefen: Da ist er, mitten im Hof.

Ich freue mich, ihn zu sehen, aber das ist jetzt nicht der richtige Moment. Ich sage es ihm, als ich die Tür aufmache.

»Nachbar, das ist ein höchst unpassender Moment. Ich erwarte Besuch.«

Er küsst mich. Was für eine Vertraulichkeit!

»Ein Kunde? Ein Liebhaber?«

»Die Polizei.«

»Wegen des Löwenhamsters? Ist das nicht der richtige Moment, mir zu erklären, was es damit auf sich hat?«

»Nein, das ist nicht der richtige Moment, wirklich nicht, sie müssen jeden Augenblick auftauchen. Und außerdem habe ich auch keine Erklärung bekommen, wie der Hamster wunderbarerweise zurückgekommen ist.«

»Durchaus! Jedenfalls habe ich dir wohl genug Hinweise gegeben.«

Das »dir« dröhnt in meinen Ohren und löst eine Lawine der Enttäuschung aus. Sie werden mir sagen, dass es ganz normal ist, jemanden zu duzen, mit dem man mehrmals geschlafen, ein Wochenende am Meer verbracht und einen Diebstahl begangen hat. Aber ich will nicht, dass es normal wird. Denn für mich bedeutet normal, eine normale Beziehung, dass ein großes Unglück im Anzug ist. Deshalb will ich dieses Duzen nicht. Nachbar spürt es, und zwischen uns breitet sich ein schweres, drückendes Unbehagen aus.

Ich weiß nicht, wie lange das Schweigen gedauert hat, als sich an der Tür das typische Trommeln der Polizisten vernehmen lässt. Sie warten nicht darauf, dass ich ihnen aufmache, sondern stürzen herein wie Gangster, die einen Bankschalter stürmen.

»Miss Rosset«, begrüßt mich Patel mit einer halben Verneigung. »Monsieur. Ich bin Leutnant Patel, und das ist Leutnant Lavezzi.«

»Freut mich, meine Herren. Marco Lamontagne.«

Ist das sein Familienname? Lamontagne? Ich versuche mich an das Schild an seinem Briefkasten zu erinnern. Nichts.

»Donnerwetter!«, sagt Patel, der sich den Tieren zugewandt hat. »Sind sie alle da?«

»Ja«, sage ich.

Patel zählt sie.

»Zehn, elf … zwölf. Das ist gut. Aber eins mehr könnte nicht schaden.«

Er wendet sich Lavezzi zu.

»Das ist sogar notwendig«, bekräftigt dieser.

»Hören Sie, es tut mir leid, Sie zu unterbrechen, aber könnten Sie mir das Ganze bitte erklären? Und mir auch – verrückte Frage! – sagen, was mich jetzt erwartet?«

Patel ignoriert meinen Zwischenruf. Nachbar lehnt am Arbeitstisch und schaut amüsiert zu. Seine Anwesenheit ärgert mich, den nicht autorisierten Duz-Versuch lasse ich ihm nicht durchgehen.

»Ja, wir brauchen dreizehn«, sagt Patel. »Das macht das Ganze irgendwie düster.«

»Oder mysteriös«, sagt Lavezzi.

»Wenn nicht gar okkult.«

»Esoterisch?«, schlägt Nachbar vor.

»Genau!«, bekräftigt Patel. »Der Mann hat Intuition.«

Nachbar begreift nicht mehr als ich, aber er nickt, wie man es aus Feigheit macht, wenn man von seinem Gegenüber Schwierigkeiten befürchtet.

»Intuition vielleicht, aber nicht genug, um zu verstehen, was hier vor sich geht, Leutnant.«

Jetzt wird Nachbar ignoriert. (Gut so.) Die beiden Männer begutachten genauestens jedes Objekt. Am Ende wendet sich Lavezzi mir zu. Er zieht sich einen Stuhl ran und setzt sich.

»Gut, Mademoiselle Rosset, ich habe eine gute und eine schlechte Nachricht. Die schlechte: Sie sind schuldig.«

»Sie drehen sich im Kreis, Leutnant.«

»Das meinen Sie, Mademoiselle Rosset. Aber Ihre Schuld ist nicht der Grund für unseren Besuch. Deshalb werde ich diesen Punkt schnell abhandeln. Sie sind schuldig und bekommen in den nächsten Tagen eine Vorladung. Sie werden verurteilt, aber in Anbetracht der Straftat und des Fehlens erschwerender Umstände droht Ihnen kein Gefängnis, nur eine ordentliche Geldstrafe.«

Ich verspüre eine Mischung von Erleichterung, Neugier auf die Fortsetzung und, als ich Nachbars Blick treffe, Scham. Aber sein Verhalten ist verdächtig. Er ist unruhig und wirft mir empörte Blicke zu. Er will mich verteidigen. Mir schießt der Gedanke durch den Kopf, dass er annimmt, die Polizei sei wegen des Diebstahls beim Korporal hier.

»Meine Herren, ich glaube, hier liegt ein Missverständnis vor«, sagt er, »Mademoiselle Rosset ist nicht ...«

»Nur eine Geldstrafe?«, schreie ich beinahe. »Für einen Diebstahl in einem Museum, die Verletzung des Kulturerbes?«

Nachbar verstummt. Man mag mich für hysterisch halten, aber ich habe schlimmeren Ärger vermieden.

»Sie haben recht, das ist zu wenig, wir müssen dem Richter noch ein paar erschwerende Argumente einflüstern«, sagt Patel lächelnd.

»Und die gute Nachricht?«, fragt Nachbar.

»Das ist ein Privatgespräch mit Mademoiselle Rosset«, sagt Lavezzi.

»Ich mag ihn«, wendet Patel ein. »Bleiben Sie noch einen Moment, Monsieur Lamontagne.«

»Na gut«, stimmt Lavezzi zu.

Patel setzt sich neben seinen Kollegen, und die beiden flüstern eine Weile, während sie uns aus dem Augenwinkel beobachten. Sie scheinen sich abzustimmen, wer als Erster redet. Lese ich Verlegenheit in ihren Gesichtern? Nach einem lächerlichen Hüsteln wagt sich Patel vor.

»Also gut, die gute Nachricht ist, dass …«

Er wird von Nachbar unterbrochen, den ein Hustenanfall packt, sicher eine mimetische Reaktion auf Patels Räuspern. Er geht zum Waschbecken und trinkt ohne jede Eleganz ein paar Schlucke Wasser.

»Folgendes«, übernimmt Lavezzi das Wort, »Ihre Tiere interessieren uns. Sie interessieren uns und sie interessieren unsere Frau.«

»Unsere Frau?«

»Ja, Miss Rosset«, fährt Patel dazwischen, »unsere Frau. Sie hat eine Kunstgalerie in Charenton.«

Nachbar gibt ein paar Nachwehen seines Hustenanfalls von sich. Oder er erstickt gerade vor Lachen.

»Wir haben ihr Fotos Ihrer Werke gezeigt«, sagt Lavezzi. »Sie ist begeistert.«

»Sie hat einen guten Geschmack«, sagt Patel.

»Was die Kunst angeht sicher«, seufzt Lavezzi.

»Sie haben meine Präparate Ihrer Frau gezeigt? Und das Berufs-
geheimnis?«

»Wir sind Polizisten, keine Psychoanalytiker«, sagt Lavezzi.

»Wobei …«, sagt Patel.

»Trotzdem, das ist ein starkes Stück.«

»Entschuldigen Sie«, mischt sich Nachbar ein, der sich immer
noch räuspert. »Was meinen Sie mit ›Ihre Tiere interessieren
uns‹?«

»Glücklicherweise stellt Ihr Freund die richtigen Fragen. Ohne
ihn würde das Gespräch nicht vorankommen.«

»Was wollen Sie? Sie mir abkaufen?«

»Wir haben von einer Kunstgalerie gesprochen. Wir wollen
Ihnen vorschlagen, sie auszustellen.«

»Aber warum? Diese Biester sind eine Schande!«

Jetzt hole ich mir auch einen Stuhl. Ich muss mich setzen. Diese Biester sind vor allem ein Abbild meiner selbst, meiner Fehler,
meiner unzähligen Schwächen, kurz, von allem, was sich in mir
davor fürchtet, mich dem Urteil anderer auszusetzen.

»Vertrauen Sie uns«, sagt Lavezzi. »Ihre Werke sind es wert, gezeigt zu werden.«

Ist das ein dummer Scherz? Der Versuch, meine Arbeit und
meine Person lächerlich zu machen, weil die vorgesehene Strafe
der Justiz für das von mir begangene Verbrechen ihnen nicht an-
gemessen erscheint?

»Wenn ich richtig verstehe, sind Sie also in Ihrer Freizeit Künst-
leragenten?«

»Eher Talentscouts«, korrigiert Patel.

»Kommt nicht infrage.«

»Miss Rosset!« Patel zeigt mit dem Finger auf Ernesto. »Wir
sprechen hier von Kunst. Das ist etwas, das uns nicht gehört,
weder Ihnen noch mir.«

Ich brülle los, ohne nachzudenken:

»Das nennen Sie Gemeingut? Diese Katastrophenviecher? Sie wollen mich zwingen, der ganzen Welt meine Unfähigkeit zu präsentieren?«

»Sie selbst haben sie an die Wand Ihrer Werkstatt genagelt«, sagt Lavezzi.

»Im Übrigen sind Sie zu nichts verpflichtet. Aber die Künstlerin, die in zwei Wochen in der Galerie ausstellen sollte, wurde aus dem Programm genommen, und Sie könnten sie ersetzen.«

Nachbar kommt zu mir und redet leise auf mich ein, was lächerlich ist, denn wir sind kaum einen halben Meter von den Ohren der beiden Polizisten entfernt.

»Warum nicht, Nachbarin? Als Abenteuer. Oder als Intermezzo.«

»Ich kann mich beim besten Willen nicht erinnern, Sie nach Ihrer Meinung gefragt zu haben. Sie sollten schon lange weg sein. Husten Sie woanders weiter.«

»Wir finden, der Löwenhamster muss besonders präsentiert werden«, schmeichelt Lavezzi.

»Ja, das ist das Meisterstück«, stimmt Patel zu. »Der siegreiche Kampf des Schwachen, die Auflehnung der Vergessenen, die großen Fragen der Menschheit und der Tierwelt vereint, die …«

»Das Meisterstück ist der Hirsch«, unterbreche ich ihn gekränkt.

»Sie sind die Künstlerin«, versichert Lavezzi.

»Keineswegs.«

»Auf jeden Fall ist es ein Glück, dass Sie den Nager zurückgebracht haben. Wir haben nicht verstanden, weshalb Sie ihn loswerden wollten.«

»Ich wollte ihn nicht loswerden. Ich hatte … Bitten Sie einfach Monsieur Lamontagne, Ihnen zu erzählen, was geschehen ist. Er hat ihn wiedergefunden.«

Nachbar, der gerade wieder aus dem Hahn getrunken hat, kommt triefend, aber fröhlich zurück.

»Das stimmt, eine verwirrte Kundin hatte ihn irrtümlich mitgenommen. Ich war mit meinem Sohn hier, und da wir diese Kundin ein wenig kennen, wussten wir, dass sie sich ganz bestimmt nicht für den Hamster interessiert. Wir sind ihr gefolgt und haben gesehen, wie sie das arme Tier in eine Mülltonne geworfen hat. Manche Leute haben einfach keinen Sinn für die Kunst.«

Nachbar hat also in einer Mülltonne gewühlt, weiter nichts. Sein Heldentum leidet nachhaltig. Meine beiden Bullen hören kaum zu. Nachbar versucht ihre Aufmerksamkeit neu zu beleben.

»Vorhin haben Sie von einem dreizehnten Stück gesprochen. Ich habe tatsächlich ein Präparat zu Hause, hier an diesem Ort von meinem verstorbenen Kater gefertigt, der die Sammlung aufs Beste vervollständigen würde.«

»Ihr Kater ist gelungen, das haben Sie mir selbst gesagt«, empöre ich mich.

»Ja, das steht außer Frage.«

»Wunderbar«, sagt Patel.

»Das Hermelin kann ich nicht ausstellen. Das ist eine aktuelle Auftragsarbeit.«

»Welches Hermelin?«, fragt Patel.

»Das da«, zeigt ihm Nachbar.

»Das ist ein Hermelin? Wunderbar«, wiederholt Patel. »Noch eine revolutionäre Metapher.«

»Wie bitte?«

»Ich spreche mit Monsieur Rosenberg, Éva. Ich bin sicher, er wird sich sehr gern beteiligen.«

Die drei Männer stecken offensichtlich unter einer Decke. Sie starren mich an, und ich senke schließlich den Blick, dann schaue ich wieder auf, um meine Werke und mit ihnen die Absurdität des Vorschlags zu betrachten.

›Warum nicht‹, scheint Ernesto zu sagen, der einen Ausflug allerdings gut gebrauchen könnte.

Ich habe ihm nichts zu entgegnen, ebenso wenig wie den Leutnants, die mir die Visitenkarte der Galerie in die Hand drücken, die verdächtigerweise Les Règles de l'Art heißt, Rue de Paris 92, Charenton-le-Pont. Ich betrachte die Karte und meine Tiere, und als ich mich endlich zu den drei Männern umdrehe, sind sie nicht mehr da.

Ich gehe am selben Abend wieder zu Mimile, auch am nächsten Morgen und Nachmittag. Niemand da. Die Visitenkarte steckt in meiner Hosentasche, zwischen meinen Fingern, damit ich sie verliere oder damit sie unleserlich wird, ich weiß es nicht. Ich laufe ziellos durch die Straßen. Unterwegs treffe ich hier und da eingemummelte Gestalten, die mich aus den lächerlichsten Gründen an Mimile erinnern. Mimile als junger Mann, Tschapka auf dem Kopf. Mimile in der Blüte seiner Jahre, Hipsterbart und Tennisschuhe. Mimile auf dem Fahrrad, der gegen die Böen kämpft. Mimile mit Angelrute am Flussufer, der einen Fisch aus dem Wirbel von braunem Dreckwasser fischt, um ihn in einer freundlicheren Umgebung freizulassen.

Ich suche Mimile, weil ich ihn sehen muss, nur deshalb. Es geht nicht darum, ihm Fragen zu stellen, verstehen zu wollen, warum er diese Schnitzeljagd inszeniert hat, wenn er sie überhaupt inszeniert hat, denn nichts beweist, dass das Foto und die Feder nicht zufällig da hingen, dass ich mich nicht einfach wieder mal verloren habe, als ich diesem Weg gefolgt bin, denn im Grunde ist es nur ein Weg, eine Reihe von Bäumen und ein Haus, und Wege, Häuser und Bäume sehen alle gleich aus, erst recht für jemanden wie mich, die nicht mal imstande ist, den eigenen Vater von einem Unbekannten in der Menge zu unterscheiden.

Ich bin bis zur Esplanade der Nationalbibliothek gelaufen, wo der Wind jault wie über einer patagonischen Steppe. Das ist ein riesiges, leeres Rechteck, ein Gang zwischen dem Fluss im Osten, den Betonbauten des 13. Arrondissements im Westen und einer Wolkendecke oben drauf. Hier und da schwanken vereinzelte Gestalten durch den Sturm.

In der Sekunde, da ich den Fuß auf die Esplanade setze, breche ich in Tränen aus. Ohne besonderen Grund. Ich wüsste einfach nicht, was ich hier sonst machen sollte.

Als Antwort beginnt es zu regnen. Keine kleine Herbsthusche: eine gewaltige Sintflut, die meine Tränen hinwegschwemmt, wie man ein Staubkorn wegpustet. Ich setze mich wieder in Bewegung, immer noch aufs Geratewohl, zumindest nehme ich das an, denn nach einer Stunde, der Mantel durchnässt und die Schultern schwer wie Wassermelonen, stehe ich vor der Rue de Paris 92, Charenton.

Dort ist tatsächlich eine Galerie, und sie trägt den Namen, der auf der Visitenkarte steht. Ich drücke mich ans Schaufenster, um mich vor dem Regen zu schützen, und wische mit den Handflächen das beschlagene Glas ab, um nach drinnen zu sehen. Ein großzügiger, fast leerer Raum. Ungefähr fünfzehn Meter entfernt betrachtet ein Mann Metallskulpturen. Er stellt einer schlanken, geisterhaften Mittfünfzigerin Fragen, das ist wohl die Frau der Polizisten.

Als sie sich zu mir umdreht, setzt mein Herz aus, ich zucke zurück, renne davon und verschwinde in einer Querstraße Richtung zu Hause.

Aber meine Schritte führen mich wieder zum Ufer, zur Marne in Charenton, die ich überquere, um zur Seine in Alfortville zu gelangen. Der Regen trommelt, man kann zusehen, wie die Bäume ihr Laub verlieren. Ich hätte durch die Stadt gehen sollen, geschützt von den Dachrinnen der von Häusern gesäumten Straßen, auf dem kürzesten Weg zu meiner Wohnung. Aber was täte ich dort? Ich würde zur Decke lauschen oder, schlimmer noch, über das Ausstellungsangebot grübeln und Rum trinken, irgendwann eine Entscheidung treffen und sie spätestens am nächsten Morgen beim Aufwachen bedauern. Die Quais sind eisig und glatt, aber sie lassen meinen Kopf in Ruhe. Meine Gedanken umflattern mich. Wenn sie zu nahe kommen, pustet eine Windböe sie auseinander.

Weil ich mich so hartnäckig vor dem Nachdenken drücke, bin ich dem Zufall ausgeliefert oder, schlimmer noch, meiner Intuition. Als ich wieder klarsehe, entdecke ich ohne Überraschung, dass ich auf dem Deck von Jades Kahn stehe und bereits an die Tür geklopft habe, denn über den Lärm der Sintflut hinweg höre ich die Bewohnerin näher kommen.

In dem Moment, wo sich die Tür öffnet, schleudert mich eine Böe gepaart mit einem Wasserschwall über das Deck. Meine Füße rutschen, und anstatt mich fallen zu lassen, strample ich herum, was mich ein paar Meter weiter bringt, gerade weit genug, um an die Reling zu knallen, bevor ich zu Boden gehe.

Ich bin nicht in die Seine gefallen. Ich liege mit dem Gesicht nach unten auf den Holzplanken, der Regen trommelt auf meinen Nacken wie ein Wasserfall auf einen Felsen. Ich könnte aufstehen, aber ich bin noch nicht bereit, denn während des Sturzes ist ein Bild in mir aufgetaucht. Das Bild der Frau, die unmittelbar vor meinem Sturz die Tür aufgemacht hat.

Nur dass auf diesem Bild die Frau ein alter Mann ist.

Der Regen zerfetzt meinen Körper. Ich höre »Éva, ist alles in Ordnung?«, und es ist eindeutig Jades Stimme. Ich schlottere, der Sturm tut mir weh, aber mein Kopf ist zu verstopft, um darauf zu achten. Eine Hand legt sich auf meine Schulter, und Jade fragt mich, ob ich aufstehen kann. Aber ich habe Angst, mich zu ihr umzudrehen, mich aufzurichten und zu erkennen, dass außer Jade und mir niemand da ist und dass ich einmal mehr Mimile fantasiert habe wie ein verirrtes Kind.

Schließlich raffe ich meine Kräfte zusammen, greife nach dem Tau, das an der Reling hängt, und versuche meinen Körper ins Leben zurückzuholen.

Als ich mich endlich bis zur Brüstung hochgezogen habe, sind vier Hände da, die mich stützen, mich nach drinnen bringen, mich ausziehen und mich unter einem Berg von Decken begraben, unter dem mein Kopf gerade weit genug herausschaut, um wenige Zentimeter entfernt Mimiles Gesicht zu sehen und darin seine Augen, aus denen die Sorge allmählich schwindet.

»Mimile ...«, sage ich, als ich endlich zu sprechen vermag.

Er kommt noch etwas näher.

»Warst du die ganze Zeit hier?«

Mein Vater lächelt.

Ich muss ganz schnell eingeschlafen sein; meine Erinnerungen an den Abend sind verschwommen. Ich erinnere mich, dass Mimile da war, dass Jade scherzte, es reiche nicht aus, den Weg zu finden, man müsse auch die Füße darauf halten. Ich erinnere mich an Essen, etwas Süßes, von dem ich noch einen schwachen Nachgeschmack im Mund habe.

Es ist neun Uhr morgens, und ich liege immer noch auf dem Sofa im Wohnzimmer des Kahns. Ich stehe auf, halte die Decke um meinen Körper fest und mache ein paar Schritte hin zu meinen Sachen auf einer durch den Raum gespannten Leine.

»Alles noch feucht«, sagt Jade, die so reglos hinter der Bar steht, dass ich sie nicht bemerkt habe. Sie gibt mir Sachen aus ihrem Schrank: weite Hosen, ein helles Tuch und eine mit chinesischen Kalligraphien verzierte Bluse. Ich ziehe sie an und überlege mir, dass ich eine Menge Selbstvertrauen brauchen werde, um mit diesem Konzentrat textiler Spiritualität am Leib durch die Straßen zu laufen. Dann gehe ich auf die Schlafkoje hinter der Bar zu, von der Jade gesagt hatte, es sei nicht ihre, weshalb ich vermute, dass Mimile sie nutzt.

»Mimile ist unterwegs, Éva«, sagt sie.

Ich bin enttäuscht, aber es ist nur eine relative Enttäuschung. Mimile ist unterwegs heißt, dass er da war, dass er hier geschlafen hat und nicht sehr weit weg ist.

»Und, Éva, wie läuft es mit deinen Reisen?«

»Sie stagnieren.«

»Hast du den Ursprung der Federn nicht gefunden?«

»Nein, ich habe mich einmal mehr verlaufen.«

»Wirklich? Aber hattest du nicht alle Schlüssel in der Hand?«

»Was meinen Sie damit?«

Jade zuckt mit den Schultern. Sie hat nicht vor, mir zu antworten. Ich gehe ein paar Schritte durch den Raum.

»Jade … War Mimile die ganze Zeit da?«

»Was meinst du? Hast du das Gefühl, er war nicht da?«

»Ich meine hier, auf Ihrem Boot.«

»Unwichtig.«

Es ist offenkundig vergeblich, von ihr eine verständliche Antwort zu erwarten. Aber sicher hat sie recht: Egal, ob Mimile an der ersten Seine-Schleife haltgemacht hat oder bis Louisiana gereist ist. Er ist wiedergekommen, und ich glaube, ich verstehe, warum er wegwollte.

Ich lehne Jades Vorschlag ab, mit ihr auf dem Boot zu essen, stopfe meine feuchten Sachen in einen Beutel und gehe los. Auf dem Weg mache ich einen Mini-Stopp, um zwei Pains au chocolat zu kaufen. Ich halte vergeblich nach Mimile Ausschau. Bevor ich meine Wohnung aufschließe, gehe ich eine Treppe höher und presse das Ohr an seine Tür, aber er ist nicht da.

Als ich endlich auf meinem Sofa sitze und meine Gedanken zwischen den Bildern von Unwetter und Bootsdeck schweifen lasse, wühle ich in den immer noch feuchten Taschen meiner Hose und suche die Visitenkarte der Kunstgalerie. Das Stück Pappe ist unbeschädigt, und das Wasser hat nur die letzte Zahl der Telefonnummer ausgelöscht. Die anderen neun sind noch lesbar.

Ich tippe eine Nachricht:

Liebe Leutnants, liebe Madame, ich bin einverstanden, meine Tierpräparate in Ihrer Galerie auszustellen. Freundliche Grüße, Éva Rosset

Ich könnte im Internet die fehlende Ziffer suchen. Stattdessen schicke ich die Nachricht an fünf Empfänger, deren Nummer mit den neun lesbaren Ziffern beginnt und die ich jeweils um eins, drei, vier, sieben oder acht ergänze. Ich könnte auch die anderen Möglichkeiten ausschöpfen, aber wenn diese Ausstellung wirklich stattfinden soll, möchte ich, dass der Zufall mindestens zur Hälfte schuld daran ist.

Trotz allem: Auch wenn ich die Nachricht nicht an die richtige Person geschickt habe, steht darin doch, dass ich bereit bin, meine Tierchen in einer Pariser Galerie auszustellen und die fassungslosen Blicke der Gäste zu ertragen, die sie kichernd begutachten werden. Nicht gerade eine verlockende Vorstellung, das können Sie mir glauben. Aber irgendetwas reizt mich an diesem Projekt, eine vage Aussicht, zu zeigen, was ich bin, irgendetwas in Richtung Beichte, aber wortlos, also einfacher. Die Aussicht, dass mich Mimile etwas besser kennenlernt. Was Nachbar angeht, habe ich keine Ahnung; ich habe mich immer noch nicht von seinem Duzen erholt, von diesem kleinen Wort, das die Art unserer Beziehung verwandelt hat. Es ist lächerlich, aber das Gefühl bleibt.

Mein Telefon vibriert.

Hallo! Ich freue mich sehr über Ihre Nachricht. Auch wenn Sie sich im Empfänger geirrt haben, komme ich sehr gern zu Ihrer Ausstellung. Ein Onkel von mir ist auch Tierpräparator. Freundliche Grüße, Nicolas Gouiran

Plötzlich schießt mir der Gedanke durch den Kopf, dass meine Nachricht, anstatt die Polizisten zu erreichen, bei irgendeinem Bekannten gelandet sein könnte. Bei Jade zum Beispiel oder schlimmer noch bei einem anderen Tierpräparator oder gar beim Korporal. Nein, die Nummer des Korporals habe ich gespeichert. Bei den anderen … die Chance ist minimal, aber sie besteht.

Ich erhalte eine zweite Nachricht.

Liebe Miss Rosset, Leutnant Patel speaking. Nachricht erhalten. Begeisterung. Nehmen Anfang der Woche Kontakt wegen Einzelheiten auf. Over and out.

Der Zufall hat also entschieden.

Die Stiche in meiner Brust sind ganz entfernt mit Begeisterung verwandt, aber da ist zugleich Angst, Schauer über den Rücken, Kloß im Bauch. Ich strecke mich auf dem Sofa aus, und da bestürmen mich die Bilder meiner Tiere, gemischt mit Schatten, die mir ähneln oder vielmehr konzeptuellen Versionen meiner selbst, die mich in unterschiedlichen Formen darstellen, manche verschwommen und ungreifbar, andere klar und kraftvoll.

Mein Telefon vibriert erneut und reißt mich aus dem Nebel.

Hallo, ich glaube, das ist ein Irrtum, steht in der Nachricht.

Mimile hat drei Tage gewartet, bevor er bei mir geklopft hat. Genau genommen hat er gar nicht geklopft, sondern eine Nachricht geschrieben, als er vor der Tür stand, um mir zu sagen, dass er dort steht, gefolgt von einem Zwinker-Smiley. Das fand ich lustig.

Wir sitzen im Wohnzimmer am kleinen Tisch. Es regnet schon wieder in Strömen. Kein Unwetter wie neulich, sondern ein andauernder Regen, der ans Fenster trommelt und das Glas runterläuft. Durch den Regen hört man die Autofahrer. Am Ufer ist ein Transporter umgekippt und hat zu endlosen Staus rund um das Haus geführt. Überall wird wild gehupt.

Während wir darauf warten, dass sich der Lärm legt, mache ich Mimile einen Kaffee. Als ich ihn reinbringe, ergreift er das Wort:

»Es stimmt also? Du stellst deine Werke aus?«

Mimile hat das Plakat auf dem Tisch liegen sehen, dass die Frau der Polizisten mir gegeben hat, als ich sie in der Galerie besucht habe (ich habe den Verdacht, dass die Plakate schon gedruckt waren, bevor ich der Ausstellung zugestimmt habe).

Ich nicke.

»*Great news*, Éva. Ich bin froh, dass du mir davon erzählst.«

Schon wieder englisch. Für Mimile ist dieses Wiedersehen auch nicht einfach.

Ich stehe auf und werfe einen Blick nach draußen. Allmählich setzen sich die Autos wieder in Bewegung, aber die Fahrer machen aus Prinzip weiter Krach.

»Ich erzähle es dir nicht, Mimile, du hast das Plakat auf dem Tisch gesehen.«

»Du hast es gut sichtbar liegen lassen. Das ist dasselbe.«

Sein Gesicht hat sich verändert. Weder älter noch jünger, eigentlich identisch, trotzdem anders. Verändert, fremder und zugleich vertrauter.

»Nathalies Laden ist großartig«, sagt Mimile.

»Ja, sie hat ihren Platz gefunden.«

Schweigen. Ich frage:

»Mimile, wie war deine Reise? Oder dein Aufenthalt am Seine-Ufer?«

»Ich glaube, sie war gut. Manchmal etwas anstrengend für Sam. Er hatte sich an die Wohnung hier gewöhnt.«

»Hast du Sam immer noch?«

Mimile reißt die Augen auf und zeigt mit dem Finger auf den Teppich unter dem Tisch. Da liegt der Hund, zusammengerollt wie ein Haufen schmutziger Kleidungsstücke.

»Aber ...«

Ich beende meinen Satz nicht. Ich würde gern fragen: Wenn du mit dem Hund, der regelmäßig raus muss, bei Jade warst, warum habe ich dich nie getroffen? Ich würde es ihn gern fragen, aber ich mache es nicht, weil es im Grunde durchaus möglich ist, dass er ein paar Wochen bei Jade verbracht hat, ohne dass ich ihn getroffen habe. Mimile steht in aller Herrgottsfrühe auf, und dieser Pudelverschnitt braucht bestimmt keine langen Spaziergänge. Irgendwie stört die Anwesenheit der Töle die Vertraulichkeit des Moments und irritiert mich.

»Ich hatte ihn gar nicht bemerkt. Schön zu sehen, dass er voll in Form ist.«

»So weit würde ich nicht gehen«, sagt Mimile.

Die Stadt um uns herum beruhigt sich. Das Hupen wird seltener und vom Dröhnen der Motoren abgelöst.

»Mimile ... Die Normandie, das verfallende Haus. Willst du mir davon erzählen?«

»Das Haus?«

»Bitte! Deine Schlüssel an meinem Bund, die Federn, das Foto. Was sollte ich dort finden?«

»Das Foto, das bei mir hängt? Ich habe es vor ein paar Monaten in irgendeinem Karton gefunden.«

»Mimile, das interessiert mich nicht, ich frage, warum ...«

»Ich habe es vor Ewigkeiten auf einem Flohmarkt gekauft. Ich erinnere mich noch genau. Es war ein milder Herbstnachmittag, schönes Licht. Der Stand berührte etwas in mir. Daneben stand ein kleines Mädchen. Ich vermute, ihre Eltern hatten sie für ein paar Minuten allein gelassen.«

Sam stößt ein gutturales Stöhnen aus und hebt kurz den Kopf, aber die Anstrengung ist zu groß, und er sinkt wieder zusammen. Mimile steht auf, tätschelt ihm den Nacken und geht zum Fenster, auf dem sich immer noch der Regen ausbreitet. Er legt eine Hand an die Scheibe und sieht dem Wasser beim Fließen zu. Das ist ein vertrautes Bild, ich glaube, das hat er immer schon gemacht. Dann dreht er sich zu mir um.

»Ich hatte nicht gleich verstanden, warum mir das Bild gefiel. Zuerst erinnerte es mich an die vertrauten Landschaften meiner Kindheit, an die Hütten, in denen ich mich mit den anderen Kindern versteckte. Und dann fiel mir auf, dass es vor allem einem Ort ähnelte, wo wir mehrmals Urlaub gemacht haben, alle drei.«

»Mimile, es ist dasselbe Haus, stimmt's? Und was auf der Rückseite des Fotos steht, hast du geschrieben. Das ist deine Schrift.«

»Du erkennst meine Schrift noch? Jedenfalls habe ich an dich gedacht, als ich es rausgeholt habe. Und an das Mädchen, das es mir verkauft hat. Sie wirkte älter, als sie war. Sehr selbstsicher, du hättest sehen sollen, wie sie um den Preis gefeilscht hat. Sie ähnelte dir, Éva.«

Mimile dreht sich wieder zum Fenster um.

»An dem Tag, als ich Sam gefunden habe, habe ich mir das Foto wieder angesehen und beschlossen, dass es Zeit ist, wegzufahren.«

Ich gehe mir noch einen Kaffee machen. Unterwegs überrascht mich die Anwesenheit des Hundes erneut, und ich trete ungewollt auf seine Schwanzspitze. Aber das Tier reagiert nicht; das ist ein Teil seines Körpers, aus dem die Nervenenden schon verschwunden sind.

Mimile bleibt am Fenster stehen. Ich komme zu ihm, und wir sehen zusammen hinaus. Dann hole ich die beiden Federn und gebe sie ihm.

»Das Haus hat dich an etwas erinnert und die Federn nicht?«

»Beides erinnert mich an etwas, aber ich weiß nicht woran. Woher kommen diese Federn, Mimile?«

Er betrachtet mein Abbild in der Scheibe.

»Von einem Kagu.«

Der Name sagt mir irgendetwas. Aber ich weiß nicht was.

»Was ist noch mal ein Kagu?«

»Ein Vogel.«

»Stell dir vor, das hatte ich schon geahnt. Und sonst?«

Mimile dreht sich zu mir um.

»Ich werde dir keine Vorlesung über Vögel halten. Das ist nicht meine Art.«

Er lächelt, zufrieden, dass er diesen total unpassenden Moment gewählt hat, um zum ersten Mal im Leben etwas Ironisches zu sagen.

»Ist für die Ausstellung alles fertig?«, fragt er nach kurzem Schweigen. »Ich sehe, dass die Vernissage schon nächsten Donnerstag ist.«

»Ich habe nicht viel zu tun ... Die Galeristin hatte schon ein Konzept für Präsentation und Beleuchtung. Und in einem Moment geistiger Umnachtung habe ich vorgeschlagen, dass sich Nathalie um das Büfett kümmert.«

»Großartig. Es wird bestimmt voll. Die Galerie ist ziemlich bekannt.«

»Ich habe Angst, Mimile.«

So offensichtlich dieses Geständnis auch sein mag, klingt es doch merkwürdig, als ich es ausspreche. Eben weil es ein Geständnis ist.

»Du bist nicht allein, Éva. Ich bin da, Nathalie auch. Und Marco, nehme ich an.«

»Ja … Er wird glänzen, indem er allen die Geheimnisse der Tierpräparation erklärt.«

»Mir ist auch schon aufgefallen, dass er manchmal ganz gern doziert. Aber er ist nett und tapfer. Und er braucht dich. Sie brauchen dich, er und sein Sohn.«

»Du scheinst sie gut zu kennen.«

Nachbar und sein Sohn haben eine Beziehung zu Mimile, deren Umrisse oder Natur mir unklar bleibt, was mich ärgert.

»Nein, nicht gut, aber ich war gestern unten, um ihm zu danken, weil er sich um meine Pflanzen gekümmert hat, und da hat er diesen Eindruck auf mich gemacht.«

»Er hat den Eindruck gemacht, dass er mich braucht?«

Ich stelle diese Frage, um eine andere zu unterdrücken: Du hast also Nachbar vor deiner Tochter besucht?

»Ja«, antwortet Mimile, »genau diesen Eindruck hat er auf mich gemacht.«

»Ich begreife nicht, was die Leute an diesen Präparaten finden, Mimile. Manchmal habe ich das Gefühl, diese Ausstellung hat nur ein Ziel: Spott.«

»Ich kann dir nicht sagen, was sie daran finden. Die neuen hast du mir nie gezeigt.«

»Die neuen?«

Ohne zu antworten, spricht er weiter:

»Allerdings bezweifle ich, dass die Galerie eine Ausstellung einzig mit dem Ziel präsentiert, die Künstlerin lächerlich zu machen. Man kann allerdings nicht ausschließen, dass die Menschen unterschiedlich reagieren. Darauf musst du dich einstellen. Es ist gar nicht selbstverständlich, sich den anderen zu zeigen. Das Bild, das wir den anderen im Alltag spiegeln … das ist eigentlich das Bild dieser anderen, nicht unser eigenes. Und manchmal ist das, was sie uns zeigen, etwas Tieferes, Wahreres, und dann staunen wir.«

»Was man uns zeigt, ist nicht unbedingt wahr.«

»Nein, aber wenn es wahr ist, sieht man es.«

Er gibt mir die Federn zurück und ergänzt:

»Man muss nur gut hinsehen. Auf den Grund der Dinge.«

Die Vernissage rückt näher. Ich denke an Mimile, an den Kagu, an das Haus. Allmählich nehmen sie Gestalt an. Ich spüre, dass ich nur dorthin zurückfahren oder mich über diesen Vogel informieren müsste, um zu verstehen. Aber ich zögere, und immer, wenn ich es endlich machen will, kommt etwas dazwischen. Die Galeristin bittet mich, wegen der Klärung letzter Kleinigkeiten vorbeizukommen. Nathalie ruft an, um über die Appetithappen zu sprechen.

Der Gedanke an die Ausstellung nimmt immer mehr Raum ein. Die Angst steckt die Nasenspitze hervor. Ernesto und die anderen verlassen in Luftpolsterfolie gewickelt die Werkstatt. Die Angst wächst. Ich denke immer weniger an den Vogel und an Mimile. Manchmal taucht ihr Bild kurz auf, aber ich rede mir ein, dass es der falsche Moment ist, weil ich mich auf den Everest konzentrieren muss, den ich Ende der Woche zu erklimmen habe.

Am letzten Donnerstag im November ragt der Berg direkt vor mir in den Himmel.

Wie ich gefürchtet hatte, ist die Galerie Les Règles de l'Art rappelvoll.

Was ich sehe, lässt sich auf zweierlei Art beschreiben. Ich könnte sagen, die Ausstellung ist ein Erfolg, Beleuchtung und Anordnung der Exponate sind wohl durchdacht, und die Menge, die durch den Saal geht und sich an Krapfen, Krabbengebäck und anderen Cajun-Tapas gütlich tut, ist heiter und entspannt, ebenso wie die beiden Polizisten, ihre Frau, Nathalie und Jade, Mimile und Nachbar, der sich übrigens mächtig in Schale geworfen hat, mit Tweedjackett und glänzenden Schuhen.

Ich könnte auch gestehen, dass sich mir von dem ganzen Theater der Magen umdreht. Die milde Sonne, deren Strahlenstacheln seit Beginn der Kampfhandlungen den Raum durchbohren, kommt mir vor wie ein schlechtes Vorzeichen. Meine von Blicken umzingelten Tiere jammern misstönend durcheinander, und ihre Stimmen betäuben mich. Mimile plaudert mit Jade oder mit unbekannten Gästen und will meiner Arbeit offenkundig keine Aufmerksamkeit schenken, was mich traurig macht, statt mich zu erleichtern. Die beiden Leutnants folgen ihrer Frau, die ihnen mit großen Gesten psychoanalytische Abstraktionen darlegt, die sie in der Haltung der Tiere erkannt zu haben glaubt. Nachbar läuft mit seinem Sohn umher und wirft mir ab und zu ein mitleidiges Lächeln zu. Und dann die Leute, alle anderen. Die namenlosen Männer und Frauen glotzen, ich interpretiere ihr Schweigen als Abscheu, ihr Lächeln als Spott, ihre Kommentare als Vorwurf.

Sie lassen sich nichts anmerken. Ihre Gesten sind höflich, ihr Nicken interessiert, und wenn sie mir Komplimente machen und mir versichern, meine Arbeit sei »faszinierend«, »anziehend« oder »wunderbar sibyllinisch«, klingt ihre Stimme aufrichtig. Aber genauso, wie mein Auftreten eine Fassade ist, kann es auch bei ihnen sein. Wenn ich mit geraden Schultern und entspannter Miene etwas vorspielen kann, obwohl sich in mir alles vor Unbehagen verknotet, ist wahrscheinlich auch ihr Lächeln und ihr Reden eine Täuschung, die eine grausame Wahrheit verbirgt. Die Leute fragen sich, was sie hier machen, warum sie sich einen schönen Winterabend damit verderben, dem Spektakel einer Frau beizuwohnen, die die Mittelmäßigkeit ihres Werks, ihrer Vergangenheit und ihrer Persönlichkeit zur Schau stellt.

Glücklicherweise gibt es was zu essen. Gesegnet sei Nathalie, die den Anwesenden hilft, die Zeit zu ertragen.

Meine Nächsten, wenn man sie so nennen kann, umgeben mich. Jade und Mimile sind immer in der Nähe. Nachbar hat mich im Auge, und Lucas kommt immer wieder mal angelaufen und bittet mich um die Erklärung für ein Adjektiv, das er gehört hat. Er könnte seinen Vater fragen, aber er kommt zu mir. Ich weiß nicht, ob all diese Leute mich beschützen oder überwachen. Ich verstehe das eine wie das andere.

»Éva«, flüstert mir Lucas, auf die Zehenspitzen gereckt, ins Ohr, »ist alles in Ordnung?«

»Absolut in Ordnung, Lucas, absolut.«

Er kneift misstrauisch die Augen zusammen. Meine Handflächen sind feucht und der Rücken klitschnass, und Lucas ist der Einzige, der es merkt.

Nachbar kommt zu uns, ein Glas mit scharlachroter Flüssigkeit in jeder Hand.

»Sie müssen dieses Getränk probieren. Köstlich.«

Er siezt mich wieder, aber die Distanz bleibt; eben jene Distanz, die ich hartnäckig zwischen mir und den anderen schaffen muss. Ein Du hat gereicht.

»Ich will eigentlich nüchtern bleiben«, sage ich und greife trotzdem nach dem Glas. »Ich habe schon so alle Mühe, die Situation zu meistern.«

Die Menge ist wie ein Spinnennetz, das sich in der Galerie zusammenzieht und weitet. Es hat mich noch nicht erreicht, aber es kommt näher.

»Nüchtern bleiben ist nicht die beste Art, die nächste Etappe zu meistern, wenn Sie meine Meinung hören wollen.«

»Ich möchte Ihre Meinung nicht hören.«

Aber Nachbars Satz erschreckt mich. Nur allzu gern würde ich die Frage vermeiden, was er bedeutet, aber das Netz ist zu eng. Ich kann mich nicht daraus befreien, ohne zu wissen, was es im Schilde führt.

»Na los. Raus damit. Welche nächste Etappe?«

»Vielleicht habe ich es falsch verstanden«, sagt Nachbar. »Ich glaube, die Galeristin wird Sie bitten, ein paar Worte zu sagen. Ihre Arbeit vorzustellen. Das ist so üblich.«

Eine Rede! Ehrlich gesagt habe ich mich darauf vorbereitet. Ausnahmsweise habe ich einmal versucht zu antizipieren. Mir vorzustellen, was ich sagen oder wie ich mich drücken könnte. Ich habe mir Notizen gemacht. Ich habe eine Nullachtfünfzehn-Rede ausgearbeitet, von wegen, meine Arbeit bilde das Dasein der Tiere in der heutigen Welt ab, hinter Ernestos Grimasse stecke die Verzweiflung des zu schnell gewachsenen Hirschkalbs, das seinen vor Unschuld glänzenden Blick verloren habe, weil es die Zerstörung seines Lebensraums miterlebe und die Tränen über sein samtiges Fell flössen. Ich habe auch eine andere, ehrlichere Rede vorbereitet, in der ich mich entschuldige und beklage, kurz, etwas, das meinen üblichen Selbstgesprächen ähnlich ist. Und für den Fall der Fälle habe ich mir ein, zwei Tricks ausgedacht, damit ich überhaupt nichts sagen muss – plötzlichen Stimmverlust fingieren, Feueralarm auslösen, einen Rucksack mit islamistischen Symbolen in der Ecke abstellen, so etwas.

Ich habe mich also vorbereitet. Aber sich vorbereiten heißt nicht, dass man bereit ist.

Die Stimmen um mich herum verschmelzen zu einem unverständlichen Brummen. Die Menge wirbelt herum, Nachbar und sein Sohn verblassen, nur meine Tiere, Fixpunkte im Aufruhr, stehen reglos überall im Raum. Ich wünschte, sie würden mit mir sprechen, aber sie genießen ihren vergänglichen Ruhm, nicken mit verständnisinniger Miene, wenn Vorbeigehende sie mit einem schwachsinnigen Adjektiv bedenken, nutzen diesen Abend. Ich spüre, wie der Neid in mir wächst, als würden meine Tiere an meiner Stelle die Lorbeeren ernten, ebenjene Lorbeeren, die ich absurd finde und vor denen ich gern fliehen, mich tief in einer Höhle verkriechen würde.

Das erneute Zutagetreten meiner Dysfunktionalität löst leichten Schwindel aus, der Saal beginnt zu verschwimmen. Ich spüre, wie mich die Klarheit zu verlassen droht, schüttele heftig den Kopf und versuche, meine Sinne wieder in die reale Welt zurückzuholen. Die Formen werden klarer, die Stimmen deutlicher, aber das reicht noch nicht. Also mache ich das, was ich oft in solchen Situationen mache, auch wenn ich weiß, dass es nie etwas nützt: Ich verpasse mir eine Ohrfeige.

Ich werde nie herausfinden, ob ich richtig gezielt habe. Kaum hat mein Gehirn der Hand die Anweisung zum Zuschlagen gegeben, merke ich, dass sie an die falsche Hand gegangen ist, nämlich die mit dem Cocktail, den mir Nachbar aufgezwungen hat. Ich stoppe meinen Arm, aber der Schwung ist da, und die Flüssigkeit schwappt ungebremst über meine Wange.

Sie ist kalt, klebrig, rot. Nachbar und Lucas sehen mich verdutzt an.

»Jetzt wollen Sie also doch davon kosten«, sagt der Vater.

»Ich verstehe gar nicht, was du gerade gemacht hast«, sagt der Sohn.

Nachbar gibt mir ein Taschentuch, mit dem ich mein Gesicht abwische. Die Flüssigkeit ist auf meine Jacke gespritzt, sie ist von der Schulter bis zum Ellbogen voller Flecken. Meine Wut auf Nachbar wächst. Er ist schuld an dieser neuen Demütigung. Ich versuche mich zu beruhigen, indem ich das bisschen Cocktail schlucke, das bis zu meinen Lippen gelangt ist, und die Neige aus dem Glas, das ich mir gerade ins Gesicht gekippt habe.

Ich spüre, dass der Moment der Rede gekommen ist. Die Galeristin wollte es mir wohl nicht ins Gesicht sagen: Die Leutnants kommen auf mich zu. Sie nähern sich im Sturmschritt und schieben alle, die ihnen im Weg stehen, höflich, aber entschlossen beiseite, wie Leibwächter, die vor der Ankunft einer Berühmtheit alle Störungen beseitigen.

»Glückwunsch zu diesem Erfolg, Miss Rosset«, sagt Patel mit kitschigem Lächeln.

»Das Verdienst kommt allein Ihnen zu«, sage ich.

»Für jemanden, der einen solchen Präzisionsberuf ausübt, ist Ihre Ungeschicklichkeit allerdings immer wieder verblüffend«, kommentiert Lavezzi. »Aber egal. Jetzt sind Sie an der Reihe, Mademoiselle. Ein paar Worte, um den Plebs zu beglücken.«

»Wie gesagt: Es ist Ihr Verdienst. Sie haben sich die Ausstellung ausgedacht und alles organisiert. Je mehr ich darüber nachdenke, desto klarer wird mir, dass es Ihre Ausstellung ist, nicht meine. Deshalb sollte es auch Ihre Rede sein.«

»Why not?«, fragt Patel.

»Dann müssten wir allerdings den Ursprung unserer Entdeckung erwähnen«, bemerkt Lavezzi. »Die Mähne. Das wird der Künstlerin nicht zum Ruhme gereichen.«

»Das stimmt. Und uns auch nicht. Die Leute denken, dass wir

unsere Zeit damit verbringen, Fälle wie ›Raub der Venus von Milo aus dem Louvre in der Spitzenzeit, kein Zeuge, absolutes Rätsel‹ aufzuklären.« Mit den Händen deutet er die Schlagzeilen an. »Behalten wir die Geschichte mit der Mähne besser für unsere Abende am Kamin.«

»Ihnen gebührt die Ehre, Mademoiselle Rosset. Nach Ihrer Ansprache werden wir einen Toast auf Sie ausbringen.«

»Oder mehrere«, meint Patel.

»Ja, vielleicht brauchen wir mehrere«, bekräftigt Lavezzi, geradezu begeistert von der Vorstellung, mich vor aller Augen zusammenbrechen zu sehen.

»In diesem Aufzug kann ich keine Rede halten«, sage ich.

»Ihr Aufzug ist völlig egal«, widerspricht Lavezzi.

Hinter den beiden Leutnants sehe ich Nachbar kommen, den ich gar nicht hatte weggehen sehen, an seiner Seite Jade, die ihre Toga abgelegt hat und sie mir mit Rettermiene entgegenstreckt. Mimile folgt ihnen, Cocktail in einer Hand, Stock in der anderen.

Jade legt den Stoff um meine Schultern, hebt mit dem Zeigefinger mein Kinn und befiehlt mir mit einem Blick, meinem Schicksal entgegenzutreten. Einmal mehr verfluche ich Nachbar.

Die Leutnants haben erkannt, dass ich keine Entschuldigung mehr auf Lager habe. Patel dreht sich um, hebt einen Arm und nickt der Hausherrin zu. Ich spüre, wie mein Körper unter Jades Gewand erstarrt.

Die Galeristin ist wie beim ersten Mal, als ich sie gesehen habe. Eine nebelhafte Gestalt mit immerfort wogenden Umrissen. Mehr Wesen als Frau. Ich habe Mühe zu begreifen, dass sie existiert, wohl weil ich mir wünsche, dass sie eine Chimäre ist, die gleich verschwinden und den ganzen Saal, mich eingeschlossen, mit sich nehmen wird.

Der Geist greift nach einem Glas und bringt es mit dem

Fingernagel zum Klingen. Ein trockenes, greifbares, sehr reales Geräusch. Die Menge verstummt.

»Guten Abend und herzlich willkommen. Ich hoffe, Sie haben Spaß dabei, die Werke von Éva Rosset zu bewundern, die hier auszustellen mir eine große Freude ist. Die meisten von Ihnen kennen unsere Galerie. Wir entdecken Talente und nicht nur das. Wir stellen auch Künstler aus, die nicht wissen, dass sie es sind, wie Éva Rosset, manchmal auch Persönlichkeiten, die nicht wissen, dass sie es sind, wie Éva Rosset. In solchen Momenten haben wir das doppelte Ziel, Sie die Künstlerin und die Künstlerin sich selbst entdecken zu lassen.«

Die Frau hält kurz inne, während ihr Gefasel noch in meinen Ohren dröhnt.

»Aber wie ließe sich diese faszinierende Arbeit besser begreifen, als wenn wir der Schöpferin selbst zuhören. Meine Damen, meine Herren, Éva Rosset.«

Sie hebt den linken Arm, der seltsam schaukelt, während er in die Ecke des Raums weist, in der ich stehe. Beifallssalve vom Publikum.

Ich hatte mich vorbereitet. Ich hatte mir die Gesichter, die sich mir alle gleichzeitig zuwenden, das Schweigen, das sich in Gemurmel verwandelt, während sie auf meine Rede warten, das Kichern und die Seufzer meiner ausgestopften Tiere vorgestellt. Ich hatte es mir vorgestellt, und jetzt stehe ich da. Ich fühle mich wie der Bergsteiger, der auf seinem Sofa den Gipfelgrat visualisiert hat und nun feststellt, dass dieser Ort bei minus 40 Grad, mit Schneetreiben und in achttausend Metern Höhe eine Spur feindseliger ist als vorhergesehen.

Meine beiden Reden, die ehrliche und die verlogene, stecken in meinen Jackentaschen, die eine links, die andere rechts. Ich beschließe, dass die Umgebung ohnehin schon aufdringlich genug ist und dass ich all diesen Unbekannten nicht auch noch meine

Kümmernisse gestehen muss. Also greife ich nach dem Text, in dem ich mich als engagierte Künstlerin darstelle.

Ich habe die Rede mit der Hand geschrieben, mit blauer Tinte. Weil ich mit den Händen in den Taschen durch den Saal gelaufen bin und die Handflächen so feucht waren wie ein Tropentag, habe ich die hübschen Zeilen in zerlaufende Wellen verwandelt. Der Text ist zwar noch lesbar, aber bei Gott ein trauriger Anblick.

Ich huste ausführlich.

»Vielen Dank … Madame … für diese Begrüßung.«

Nicht improvisieren! Lies deinen Text.

»Vielen Dank Ihnen allen, dass Sie gekommen sind. Das ist sehr nett.«

Sehr nett? Lies vor, Herrgott noch mal.

»Die Präparate, die Sie hier sehen, sind für mich mehr als Präparate. Ich sehe darin, und ich bitte Sie, mir zu folgen, eine … Allegorie.«

Eine Allegorie meines Scheiterns, meiner Unfähigkeit, meiner Fehler, meiner Versäumnisse, meines Versagens.

»Hinter den Narben und Entstellungen dieser Tiere …«

Durchatmen, Süße, streng dich an, das ist intellektueller Brei, aber so geht das Spiel, sie sind es gewohnt, sie werden es dir nicht übel nehmen.

»… hinter den Wunden …«

Auch das ist ein Moment, den ich mir ausgemalt hatte. Der Moment, in dem meine Stimme erlischt, meine Augen starr auf den zerknitterten Zettel gerichtet sind, der Schweiß über meinen Nacken strömt. Ich hatte mir vorgestellt, dieser Moment würde länger werden, meine Zuhörer würden allmählich die Geduld verlieren. Einige würden kichern, andere pfeifen. Ich würde eine Ohnmacht simulieren, die Hand auf der Stirn und den Mund weit aufgerissen. Besser noch, ich würde in Ohnmacht fallen, ohne zu simulieren.

Stattdessen stellt sich wenige Sekunden, nachdem ich verstummt bin, Nachbar neben mich, wirft einen Blick auf das Blatt, das ich in der Hand halte, und ergreift das Wort:

»Meine Damen und Herren, der Künstlerin fällt es oft schwer, Worte für den kreativen Prozess zu finden. Ist es nicht die eigentliche Natur der Kunst, spontan, impulsiv, transzendental zu sein? Zu der Unmöglichkeit, einen so rätselhaften Prozess wie die künstlerische Schöpfung zu beschreiben, gesellt sich bei Éva Rosset eine Zurückhaltung, eine Schüchternheit, die sie ebenso ehrt, wie sie sie daran hindert, in der Öffentlichkeit ihr eigenes Vorgehen zu rühmen, so berechtigt es auch wäre. Denn ich kenne Éva Rosset. Was sie uns hier mit den Wunden dieser Tiere, um ihren Begriff aufzunehmen, mit den Narben, den geflickten Häuten und den enttäuschten Blicken zeigt, ist offenkundig das Dasein der Tiere, die Hand des Menschen, die Vernichtung seines Lebensraums ...«

Mit vorgeneigtem Oberkörper setzt Nachbar seinen Vortrag fort. Ich habe ihn nicht darum gebeten. Hält er mich für unfähig, allein mit dieser Situation fertigzuwerden? Da liegt er zwar richtig, aber muss er es so deutlich demonstrieren?

»... und zwischen den Zeilen natürlich die Entmenschlichung unserer Gesellschaft, die Jagd nach Profit und die Vergänglichkeit der Menschheit selbst. In den Augen dieser Tiere, in ihren Glaspupillen werden Sie lesen, was jedes Einzelne Ihnen zu sagen hat. Schauen Sie sie an, lauschen Sie ihren Geschichten.«

Die Menge murmelt, einige nicken, andere wirken skeptisch. Niemand applaudiert. Nachbar zuckt mit den Schultern. Ich spüre, dass sich jemand rechts neben mich stellt: Es ist Mimile, der beschlossen hat, auch seinen Beitrag zu der Kollektivvorstellung zu geben.

»Wohl gesprochen, Monsieur Lamontagne. Erlauben Sie mir, noch ein Wort zu ergänzen. Hier gibt es ein Tierchen, das uns noch eine andere Geschichte erzählt. Es ist winzig, aber unversehrt und stolz. Sie haben es sicher bemerkt. Der Zwiebackkönig!«

Das Publikum nickt begeistert und wendet sich dem Löwenhamster zu. Warum Zwiebackkönig? Keine Ahnung.

»Ein faszinierendes Geschöpf. Man könnte ihn lächerlich finden, alle Zutaten sind vorhanden, aber er ist keineswegs zum Lachen, oder? Weil er uns von Gerechtigkeit erzählt, von der Rückkehr zum Ursprung. Von einer besseren Zukunft. Kurz und gut, von Hoffnung. Von dem, was wir sind und was wir sein könnten.«

Patel steht dicht hinter mir.

»Ich habe Ihnen ja gesagt, dass der Hamster das Meisterwerk ist«, flüstert er mir ins Ohr.

»Leutnant, Sie kennen die Geschichte des Tieres, Sie wissen, dass diese Rede der reinste Schwachsinn ist.«

»Glauben Sie wirklich?«, mischt sich Nachbar ein.

Meine Gedanken schweifen ab, Mimiles Stimme im Hintergrund. Anscheinend hat er die Zuhörer zum Lachen gebracht. Als ich den Faden wieder aufnehme, stelle ich fest, dass er überhaupt nicht mehr vom Hamster spricht; anscheinend ist er zu den Cocktails übergegangen.

»Das ist ein Getränk, das uns unsere Freundin Nathalie zubereitet hat, die Sie hoffentlich schon kennengelert haben. Wenn nicht, holen Sie das nach.«

Nathalie errötet und strahlt.

»Der Cocktail heißt Sazerac. Das Rezept stammt aus New Orleans. Oder aus Louisiana; in meinem Alter weiß man das nicht mehr so genau. Er enthält Cognac, Absinth und Zitrusfrüchte. Ein Genuss. Wissen Sie, was die Legende erzählt? Dass es der erste Cocktail der Welt ist, der Anfang des 19. Jahrhunderts von einem Apotheker erfunden wurde. Es heißt auch, dass er seine

Getränke mit einem cock-tail, der Feder eines Hahnenschwanzes verzierte.«

Er betont das Wort »cocktail« mit übertrieben amerikanischem Akzent und simuliert Trunkenheit, was die Gäste zum Lachen bringt.

»Das ist also ein weiterer Aufruf zur Rückkehr an den Ursprung, nicht wahr? Ein weiterer Grund zur Hoffnung.«

Er hebt sein Glas in Richtung Zuhörer.

»Auf die Hoffnung, auf den Optimismus, meine Damen und Herren. Auf den Löwenhamster und auf den Sazerac! Nathalie, füllen Sie unsere leeren Gläser! Stärken Sie sich und hüten Sie sich vor dem Zwiebackkönig!«

Die Leute applaudieren stürmisch. Mich haben sie vergessen. Die Gläser werden gefüllt. Die letzten Worte haben die Stimmung aufgeheitert und alle daran erinnert, dass sie einzig und allein hier sind, um sich zu amüsieren.

Aber Mimile, der hier gut hätte aufhören können, tritt noch etwas näher zu mir, hebt einen Arm, worauf es sofort wieder still wird, und sagt:

»Éva, ich weiß nicht, welche alberne Idee oder welche absurden Ereignisse für diesen Nager Pate gestanden haben. Doch ihm ist es piepegal, weil er weiß, was er wert ist. Er kennt die Kraft, die er in sich trägt. Diese Mähne scheint ihm zu groß zu sein, aber sie ist es nicht. Er ist wie die Vögel mit Puderfedern.«

Plötzlich ist mein Kopf ganz klar. Der Vogel mit den Puderfedern. Der Kagu. Mein Kopf ist klar, aber er zeigt mir keine Erinnerung, sondern einen Strom von Einzelheiten mit enzyklopädischer Genauigkeit über dieses Tier, seine Morphologie, sein Verhalten, seine Verbreitung.

Ich schüttele den Kopf, um zur Besinnung zu kommen. Mimile wendet sich erneut an die Menge.

»Meine Damen und Herren, ich bitte Sie, meiner Tochter zu

danken. Für diese Ausstellung und für alles andere, woran sie sich nicht erinnert, aber was Ihnen gefallen würde, wenn ich es erzählte.«

Die Anwesenden applaudieren freundlich. Ist es Mimiles vor Zärtlichkeit triefender Blick, der sie dazu bewegt, oder mein verlorener, der sie rührt? Haben sie es eilig, Nathalies Cocktail zu kosten?

Die Leutnants, Nachbar und die meisten Gäste gehen zu Nathalie, um ihre Gläser füllen zu lassen. Mimile und Jade nutzen die Gelegenheit, um sich eine leere Ecke des Raums nahe der Eingangstür zu suchen. Ich bleibe allein mit Lucas, in meine Toga gewickelt wie eine antike Statue, den Kopf voll mit Vogelbeschreibungen, die ich nicht zu ordnen vermag.

»Ich habe den Hirsch lieber«, sagt Lucas.

»Danke, Lucas. Ich auch.«

Ich sehe zu Mimile am anderen Ende des Raums. Er sitzt mit übergeschlagenen Beinen auf einem Stuhl und genießt seinen Cocktail mit kleinen Schlucken.

Wie böse war ich all die Jahre auf ihn! Wegen allem. Seiner Anwesenheit, seiner Abwesenheit, seinem Weinen und seinem Lachen. Ich war ihm sogar böse, weil nicht er mich zur Welt gebracht hat. Weil ein anderer Mann es an seiner Stelle getan hat, an jenem Tag auf der Departementsstraße 91. Dabei war Mimile da, an seinem Platz, an jenem Tag wie an allen folgenden.

Er ist es immer noch. Die Bestätigung erhalte ich, als plötzlich die Gestalt des Korporals in der Tür auftaucht, dunkler Mantel, das Gesicht unter einem Schal versteckt. Im Vorbeigehen stolpert sie über etwas, das ich nicht bemerkt hatte, etwas, das die Vorhersehung oder Mimile dort platziert hat und das sie aus dem Gleichgewicht bringt: Es ist Sam, zusammengerollt, kompakt und reglos.

Die Frau schwankt, versucht ihr Gleichgewicht wiederzufinden, aber in ihrem Schwung landet sie ein paar Meter weiter auf dem Boden neben Ernesto, dessen Augen vor Begeisterung aufblitzen. Kleinkaliber, in ihrem Kielwasser, stürzt sich auf sie, um ihr aufzuhelfen. Da er nicht weiß, wie er es anfangen soll, zieht er am Halstuch seiner Mutter, die ihren Sohn mit einem wütenden Schrei von sich stößt. Dann richtet sie sich vor der schweigenden Menge auf und versucht irgendwie, sich etwas Haltung zu geben.

Nachbar und sein Sohn krümmen sich vor Lachen, Nathalie erkundigt sich, wie es der Dame geht, und bietet ihr einen Teller mit Cajun-Tapas an, Mimile entschuldigt sich, ohne aufzustehen.

Sam schlummert weiter und schert sich nicht um das Chaos, das er verursacht hat.

Der Korporal wendet sich mir zu. Der Blick lässt mich erstarren, aber er streift mich nur und richtet sich auf den Löwenhamster.

»Dieses Tier gehört mir«, sagt sie.

Mit zerrissenem Halstuch und den Sohn im Schlepptau wankt sie auf das Exponat zu. Ich würde mich gern einmischen, aber ich bin außerstande. Der Korporal kommt näher, entschlossen, das ihm Zustehende an sich zu reißen, und ich bleibe wie gelähmt stehen.

Dafür mischt sich Lucas ein, der sich mit seinem Vater vor dem Löwenhamster aufstellt.

»Rühr den Zwiebackkönig nicht an!«, faucht er.

Der Korporal und sein Sohn erstarren. Jade und Mimile gesellen sich zu den Verteidigern des Nagers. Von ihren Leutnants eskortiert, tritt die Galeristin wie eine Rauchwolke aus der Menge.

Sie umstellen den Korporal.

»Madame, Ihr Auftritt war spektakulär, aber ich versichere Ihnen, dass Ihr Abgang noch sensationeller sein wird, wenn Sie meine Galerie nicht auf der Stelle verlassen.«

Der Korporal weicht zurück.

»Totoro ...«, ningelt Kleinkaliber.

»Hör endlich auf, das Baby zu spielen«, faucht Lucas.

Die Menge ist in Bewegung geraten. Schritt für Schritt ballt sie sich vor dem Löwenhamster und schiebt die Horrorfamilie zum Ausgang. Und während die beiden zurückweichen, verwandelt sich die Menge. Männer und Frauen, Junge und Alte, alle, die bis vor wenigen Minuten für mich nur die bedrohlichen Umrisse des Spinnennetzes bildeten, sie alle haben plötzlich Gesichter, Farben, Persönlichkeit. Ich weiß, dass sie nicht mich, sondern den Nager beschützen. Egal. Ihre Präsenz hat sich gewandelt. Sie machen mir keine Angst mehr.

Plötzlich erhebt sich über dem allgemeinen Stimmengewirr ein rauer Ton, ein Knurren wie aus dem Jenseits. Sam steht an der Tür und hat beschlossen, sich mit einem letzten Kraftakt einen Platz im Gedächtnis der Nachwelt zu verschaffen. Der Korporal dreht sich um, denkt vermutlich, es handele sich um ein auferstandenes Ausstellungsstück, schreit hysterisch auf, packt die Hand des Sohnes und macht sich davon.

Ich verbringe eine unruhige Nacht, wegen der Bilder, die mir durch den Kopf schwirren, und der pharaonischen Menge von Cock-Tails, die wir noch trinken mussten, nachdem die Gäste gegangen waren. Dieser Traum hat schon lange darauf gewartet, an die Oberfläche zu kommen, aber er offenbart sich in einer von Alkohol durchtränkten Version. Ich träume von dem Haus in der Normandie, bevor es zur Ruine wurde, von meiner Mutter und Mimile, die am Kamin sitzen, von einem graublauen Vogel, der durch das Zimmer rennt und bellt wie ein Pudel, und von der Tür, die ich nicht geöffnet hatte. Ich nehme den Traum als Einladung, dorthin zurückzukehren, trotz der letzten Szene, in der ich die Tür öffne und dahinter einen menschengroßen Hamster mit einem Cocktail in den Pfoten entdecke, der mir mit piepsiger Stimme entgegenruft: »Madame, wenn ich gewollt hätte, dass Sie hereinkommen, hätte ich Ihnen den Schlüssel zukommen lassen.«

Als es an der Tür klingelt, befreie ich mich mühsam aus diesen absurden Bildern. Im Pyjama gehe ich zur Tür, ich erwarte Mimile oder Nachbar. Vor mir steht Lucas. Er trägt einen roten Stoffmantel, einen Krokodilrucksack und in den Armen den Käfig mit dem Hamster. Nicht dem Löwenhamster natürlich, dem anderen, den wir beim Korporal gestohlen haben. Lucas wankt unter dem Gewicht des Käfigs.

»Lucas? Bist du nicht in der Schule?«

»Nein, heute ist keine Schule.«

»Komm rein. Willst du einen Saft?«

Natürlich habe ich keinen Saft im Haus.

»Nein, danke.«

Er stellt den Käfig im Wohnzimmer auf den Boden und setzt sich aufs Sofa. Ich schlucke eine Aspirin.

»Der Hamster ist unglücklich«, sagt er.

»Ja, das sehe ich.«

Der Hamster liegt in einer Käfigecke. Alles an seiner Haltung kündet von Traurigkeit. Man kann geradezu die Tränen an seinen langen Barthaaren herunterrinnen sehen.

»Was hast du vor, Lucas?«

»Papa hat recherchiert.«

»Recherchiert?«

»Ja, er hat mir gesagt, dass die freien Hamster in Gebieten leben, wo es was zu fressen gibt.«

»Klar, das ist besser.«

»Ich meine Felder, Orte, wo die Leute Getreide oder Rüben anpflanzen. Sie bauen sich Höhlen.«

»Dein Papa hat recht. Willst du ein Feld finden, wo du ihn freilassen kannst?«

»Ich will, dass du mich dahin begleitest, wo wir die Straße gesucht haben. An solchen Orten wohnen die Hamster. Er könnte in das Haus einziehen. Und er hätte einen Igel als Freund.«

»Dein Vater kann dich dorthin bringen, oder?«

»Er muss gleich zur Arbeit.«

Lucas senkt verlegen den Kopf.

»Ich würde gern mit dir dorthin fahren.«

Er holt einen Umschlag aus seinem Rucksack. Darin sind Nachbars Autoschlüssel und Fahrzeugpapiere. Das hat er gut eingefädelt. Ich überlege kurz, ob ich ihm sage, dass ich heute in die Werkstatt muss, aber das wäre ebenso gelogen wie gemein.

»Einverstanden, Lucas. Lass mir ein bisschen Zeit, damit ich mich fertig machen kann, dann geben wir dem Hamster zusammen die Freiheit zurück. Das hat er wirklich verdient.«

Ich suche einen Comic. Während er darin blättert, dusche ich, ziehe warme Sachen an und stopfe verschiedene Dinge in meine Tasche. Dann ziehen wir mit dem Käfig los.

Zuerst redet Lucas viel und streichelt den Hamster durch die Stäbe des Käfigs, den ich neben ihn auf die Rückbank gestellt habe. Bald schläft er ein und wacht erst zwei Stunden später auf, als ich den Motor abstelle, nachdem ich das Auto auf dem Sandweg zum Bauernhaus geparkt habe.

Niedrige Wolkendecke, Baumgerippe, braune, aufgeweichte, kalte Erde. Je tiefer der Ort im Winter versinkt, desto sympathischer wird er. Die Platanenstraße hat sich in drei Wochen verwandelt. Die Äste haben das Laub abgeworfen, nur ein paar saftlosen Blättern bleiben noch wenige Stunden, bis sie ihresgleichen folgen und in einem letzten Seufzer auf den Asphalt niedersinken werden. Das Bauernhaus ist immer noch da, dunkel und nass, Wände und Dach von Unkraut bedeckt.

Lucas steigt aus und stellt sich vor das düstere Anwesen. Er denkt dasselbe wie ich: Den Hamster hier auszusetzen wäre ziemlich brutal. Er schüttelt sich und fragt:

»Wird er nicht frieren? Findet er was zu fressen?«

»Er wird sich hier wohlfühlen, Lucas. Die Hamster kommen aus Zentralasien, da ist es viel kälter als hier, sie wissen, wo sie Fressen finden. Und sieh dir die Felder an. Dort sprießt schon das Getreide. Dein Freund findet da sicher genug Körner.«

»Aber er fühlt sich bestimmt einsam.«

»Der Hamster ist ein Einzelgänger, Lucas. Es wird ihm hier gut gehen.«

Zwischen den schlammigen Furchen sind seit unserem letzten Besuch tatsächlich winzige grüne Triebe gewachsen. Lucas macht ein paar Schritte über den schlammigen Boden, reißt einen Halm aus und legt ihn in seine Hand.

»Nun denn«, sagt er feierlich.

Wir holen den Käfig aus dem Auto und stellen ihn ein Stück

vom Bauernhaus entfernt am Feldrand auf den Boden. So kann er wählen.

Lucas bückt sich, öffnet die Käfigtür und nimmt den Hamster in die Hand.

»Mach's gut, Kumpel. Wir hatten dich gern bei uns. Aber das Leben besteht aus Ankommen und Weggehen, wie Papa sagt.«

Er öffnet die Hand und legt sie auf den feuchten Boden. Das Tier rührt sich ebenso wenig wie Lucas. Aber es zögert nicht. Es lässt sich Zeit, schnuppert die frische Luft und analysiert die Umgebung, bevor es sich auf den Weg macht.

Als der Hamster sich endlich entschließt, uns zu verlassen, tut er es nicht so, wie ich es mir vorgestellt hatte. Keine Gestalt, die in Zeitlupe bis zum Horizont galoppiert und sich ab und zu umdreht, um uns eine Träne zu entlocken, bis sie als winziger Punkt in den eisigen Weiten verschwindet. Nein: Der Nager startet und ist eine Sekunde später in der Landschaft verschwunden.

»Das ging schnell«, sagt Lucas.

Wir suchen das Tier noch eine Weile mit den Augen, vergeblich. Auf dem Feld bewegt sich nichts, zittert nichts, bricht nichts die Stille. Lucas setzt sich auf einen Baumstamm. Ich folge ihm.

»Vielleicht hat er schon etwas zu fressen gefunden.«

»Ja, vielleicht.«

Er wirkt ruhig und überzeugt, dass es die richtige Entscheidung war.

»Lucas?«

»Ja?«

»Ich muss noch mal zum Haus. Wartest du hier auf mich?«

Er wirkt enttäuscht.

»Kommst du zurück?«

»Natürlich, wo soll ich denn hin?«

»Ich weiß nicht.«

Ich gehe zum Haus. Dieselbe Ruine wie beim letzten Mal, dieselben Steine, dasselbe schlammige Unkraut vor der verschlossenen Tür. Aber ich kann es mir fast so vorstellen, wie es in meiner Kindheit war. Die Farbe der Wände, bevor der Efeu sie bedeckte, die Wiese, bevor sie sich in Dschungel verwandelte. Ich sehe auch Leute, nicht nur meine Eltern, andere Gesichter, andere Stimmen.

Ich gehe zur Haustür. Das Vorhängeschloss hängt an einer Kette, die als Sicherung dient. Ich hole mein Werkzeug – einen Hammer und eine große Zange – raus, um sie zu sprengen. Aber das Metall ist härter als erwartet. Ich verausgabe mich, ächze, hämmere wie eine Verrückte auf die Kette ein, werfe mich gegen die Tür, um sie aufzubrechen. Weder Kette noch Tür geben nach.

Zwischen zwei Flüchen höre ich hinter mir eine Stimme.

»Was machst du?«

»Lucas, ich hatte dich gebeten, beim Auto zu warten.«

»Du hast so einen Krach gemacht.«

»Es tut mir leid, dass ich deine Ruhe gestört habe.«

»Warum benutzt du nicht den Schlüssel?«

»Lucas, wenn ich den Schlüssel hätte, kannst du wohl annehmen …«

Ich beende den Satz nicht.

»Hattest du nicht alle Schlüssel in der Hand?«, hat Jade gefragt.

Meine Dummheit übersteigt wirklich jedes Maß.

Ich hole das Schlüsselbund aus der Tasche und weiche Lucas' Blick aus. Neben Mimiles Schlüssel hängt ein anderer, kleinerer.

Ich hocke mich hin und stecke ihn in das Schloss. Das Schloss springt auf. Lucas klopft mir kopfschüttelnd auf die Schulter.

Er schlüpft hinein, und ich folge ihm. Dabei erinnere ich mich erschauernd an den Riesenhamster aus meinem Traum, aber der Ort, den wir betreten, ist unbewohnt.

Von der Straße aus gesehen wirkte das Gebäude am Rand eines Feldes, das sich bis zum Horizont erstreckt, eher klein. Drinnen ist es anders. Da, wo das Dach kaputt ist, dringt etwas graues Licht herein, aber der Rest des Hauses ist in verschwommene Dunkelheit getaucht. Alles riecht nach Feuchtigkeit. Ich bin unfähig, die Größe des Ortes und seine Form zu erfassen, und nehme nur ein Labyrinth undurchdringlicher Vorsprünge wahr. Die Luft ist wie von Stille gepolstert, die nur hin und wieder durch das Geräusch von Lucas' Schritten unterbrochen wird.

Ich mache meine Handylampe an und leuchte ins Zimmer. Der lange Holztisch, Büfetts, die vor zerbrochenem Geschirr überquellen, ein wassertriefendes Sofa. Hinter dem Tisch amüsiert sich Lucas über ein paar Nippes, die er in einem Schrankfach gefunden hat.

Auf einer Seite des Wohnzimmers ist eine Tür. Ich öffne sie.

Es ist ein Schlafzimmer, eng wie ein Flur, mit einem Kinderbett und einer Kommode.

Auf der Kommode steht ein ausgestopfter Vogel. Er ist hervorragend erhalten. Der Vogel erinnert an einen kleinen Reiher, lange Beine, tiefschwarze Augen und knallroter Schnabel. Sein Federkleid ist graublau.

»Was ist das?«, fragt Lucas, der mir gefolgt ist.

»Das ist ein Kagu. Ein Vogel aus Neukaledonien.«

Lucas berührt ihn vorsichtig.

»Die Federn fühlen sich komisch an. Als wäre da Sand drauf.«

»Ja. Das ist ein Vogel, dessen Federspitzen zerfallen, wenn sie nachwachsen. Sie produzieren einen Puder, fein wie Staub.«

»Warum?«

»Um das Federkleid zu imprägnieren.«

»Was heißt das?«

»Dass es vor Regen und Unwettern geschützt wird.«

»Praktisch! Hat er große Flügel?«

»Ziemlich große, glaube ich. Aber er kann nicht fliegen.«

»Klar, er ist ja ausgestopft.«

»Auch lebendig kann er nicht fliegen.«

»Hast du ihn ausgestopft?«

Ich nehme den Vogel in die Hände. Im Nacken scheinen ein paar Federn zu fehlen. Ich wühle in meiner Tasche, hole die beiden raus, die ich bei Mimile und auf dem Friedhof gefunden habe, und stecke sie an ihren Platz.

»Das war mein erstes Präparat.«

»Er ist sehr schön.«

Ich streiche weiter mit den Fingerspitzen über die Federn. Ich war neun oder zehn. Meine Mutter war noch da. Ich sehe noch das Lehrbuch vor mir, das ich benutzt habe, die Zeichnung des Papageis auf dem Umschlag. Aber an die Arbeit selbst erinnere ich mich nicht. Dabei muss ich Tage, ja Wochen damit verbracht haben, da mir die Beschaffenheit der Federn noch so vertraut ist.

Das Erstaunlichste ist nicht, dass ich den Tag vergessen habe, an dem ich meinen Beruf zum ersten Mal ausgeübt habe, sondern das Aussehen des Vogels. Lucas hat recht: Das Präparat ist perfekt, ohne sichtbare Fehler, und ich glaube, auch ohne verborgene Mängel. Ich verstehe nicht, wie ein Kind so geduldig sein, so gründlich und so erfolgreich arbeiten konnte. Ich versuche mir das Kind vorzustellen, seine sicheren Bewegungen, den entschlossenen Blick. Doch sobald ich ihm mein Gesicht gebe, wird das Bild unstimmig, wie wenn man eine Figur in eine Kulisse stellt, die nicht zu ihr passt. So sehr ich mich bemühe, das Bild löst nichts in mir aus, ich kann mich einfach nicht überzeugen, dass ich irgendwann dieses Kind gewesen bin.

Jemand zieht an meinem Mantel.

»Gehen wir?«, fragt Lucas.

»Ja, entschuldige! Komm.«

Wir tragen den Kagu zum Auto. Ich mache den Kofferraum auf, und Lucas setzt sich auf den Rand, noch bevor ich den Vogel abgelegt habe. Mit dem Tier im Arm setze ich mich neben ihn und schaue aufs Feld. Wir schweigen einen Moment.

Lucas hat die Augen seines Vaters, und damit meine ich nicht nur die äußerliche Ähnlichkeit, auch sein Blick gleicht dem von Nachbar, der Ruhe, der Verträumtheit darin. Vielleicht hat er auch meine Augen. Ich meine die des Mädchens, das ich vergessen habe. Immer noch formen sich Bilder in mir, wie Farbflecken im Nebel.

Lucas streichelt den Vogel und bewegt die Lippen, als übte er einen Text. Plötzlich hebt er den Kopf.

»Papa erwartet uns. Wir müssen ihn um vier in Caen abholen.«

»Er erwartet uns? Wozu?«

Lucas antwortet nicht. Er fragt:

»Glaubst du, dem Hamster geht es gut?«

»Ich weiß nicht. Er sah zufrieden aus, als er losgelaufen ist, oder?«

»Ja.«

Die Normandie breitet ihren schlammigen Boden bis zum Horizont vor uns aus. Lucas fängt wieder an, stumm zu murmeln, dann hört er auf, schüttelt den Kopf und sieht mich an.

»Ich wollte dir etwas sagen.«

Ich warte.

»Nein«, korrigiert er sich und schüttelt wieder den Kopf. »Nicht dir sagen.«

Er schaukelt mit den Beinen über der Stoßstange. Er sucht die richtigen Worte. Der Kagu wartet geduldig mit mir.

»Ich wollte dich etwas fragen.«

»Natürlich, Lucas, frag mich, was du willst.«

»Ich wollte dich fragen, ob du dich um Papa kümmern kannst.«

»Mich um ihn kümmern? Lucas, ich habe schon genug Mühe, mich um mich zu kümmern.«

»Ja, das habe ich gemerkt.«

Das ist etwas verletzend aus dem Mund eines Sechsjährigen, aber ich habe es herausgefordert.

»Und dich vielleicht auch um mich kümmern.«

»Lucas … Ich kümmere mich sehr gern um dich. Ich mag dich sehr. Wir können in den Zoo gehen oder Fahrrad fahren.«

»Okay.«

Er nickt, aber er ist nicht zufrieden. Er hat nicht gesagt, was er sagen wollte. Angespannt presst er mit den Händen seine Knie zusammen.

»Geh nicht weg«, flüstert er.

Ich analysiere die drei Wörter, eins nach dem anderen. Ich versuche mir einzureden, dass es nur Kinderwörter sind, wie sie jedes beliebige Kind zu seinen Eltern sagen kann, wenn es morgens keine Lust hat, in die Schule zu gehen. Aber ich weiß, dass es nicht stimmt. Weil dieses Kind eigentlich kein Kind mehr ist. Weil ich diese Wörter kenne, das Grauen kenne, das sie enthalten, und die Erinnerungen, die sie kaschieren. Ich habe sie gehört und ich habe sie gesagt. Ich kenne ihre Musik, weiß, wie sie die Atmosphäre füllen, in die Haut eindringen und durch unsere Adern fließen. Ich sehe mich als kleines Mädchen, wie ich meine Mutter bat, mir dieses unhaltbare Versprechen zu geben, und zugleich fällt mir alles andere ein. Das Lachen, das an den Wänden dieses Hauses widerhallte, die Freunde, die mit uns hier waren, um ein letztes Mal mit uns zusammen zu sein. Die in diesem Zimmer verbrachten Tage, um das Präparat zu vollenden, das ich ihr schenken wollte. Der Tag, an dem ich mich mit dem Vogel in den Händen vor sie alle hingestellt habe, stolz und voller Hoffnung, die Magie des Kagu würde den Fluch brechen.

»Geh nicht weg«, sage ich.

»Warum wiederholst du das?«, fragt Lucas.

Ich lege den Vogel in den Kofferraum und nehme das Kind in die Arme.

Vielleicht auch umgekehrt.

Drei kleine Wörter.

Während der einstündigen Fahrt nach Caen wird Lucas wieder zum Kind, erzählt mir von Dinosauriern, von Pain au chocolat, von seinem Lehrer mit den karierten Hemden, von seiner letzten Pyjamaparty und seinen Ferien auf Sizilien. Ich lasse ihn schwatzen, reagiere nur beim Pain au chocolat. Dann erzähle ich selbst ein paar Geschichten, die mir allmählich wieder einfallen, angefangen mit der, wie Mimile von einem nahegelegenen Zoo die Zusage erbettelt hatte, uns ein Tier zu überlassen, und wie wir durch einen Buchhaltungsfehler mit der Leiche eines ziemlich seltenen und vom Aussterben bedrohten Vogels aus Neukaledonien nach Hause gekommen waren.

In Caen parken wir in der Nähe des Bahnhofs am Ufer der Orne. Der Himmel verdunkelt sich allmählich, und die Temperatur sinkt. Ich ziehe keine Handschuhe an, um Lucas' Hand in meiner spüren zu können. Er führt mich mit sicherem Schritt am Ufer entlang und biegt dann nach Süden ab. Wir erreichen den Bahnhof und sehen Nachbar zwischen den hektischen Reisenden reglos auf dem Vorplatz stehen. Lucas lässt meine Hand los, rennt zu seinem Vater, wirft sich in seine Arme und küsst ihn. Ich folge ihm.

Nachbar trägt einen Parka, einen blauen Schal und eine Stoffhose, aber Sie können sich ihn auch in Regenzeug oder geblümter Daunenweste vorstellen, völlig egal.

»Hallo. Tut mir leid, dass Sie warten mussten.«

»Vielleicht war ich zu früh«, antwortet Nachbar.

»Züge sind selten zu früh.«

»Na, dann sind Sie zu spät.«

Er wendet sich an Lucas.

»Hast du den Hamster freigelassen?«

»Ja«, antwortet Lucas. »Er ist weggerannt, ohne sich umzudrehen. Dort gibt es Felder mit Getreide. Er wird da nicht hungern.«

»Ich beneide ihn. Jeden Tag durch die Furchen dieser idyllischen Landschaft spazieren ...«

»Auf jeden Fall besser als Créteil Soleil«, sage ich.

Nachbar nickt.

»Gehen wir«, schlägt er vor.

Er nimmt die Hand seines Sohns, der nach meiner greift. Wir gehen zum Auto. Lucas hat es eilig. Er zieht uns hinter sich her, wir müssen beinah rennen, während er die Passanten bittet, zur Seite zu gehen und uns vorbeizulassen. Beim Auto gebe ich die Schlüssel Nachbar, der seinen Rucksack in den Kofferraum legt. Er hält kurz inne, als er den Vogel entdeckt, stellt aber keine Fragen.

Wir verlassen die Stadt, und es wird dunkel, während auch die Straßenlichter verschwinden. Durch die in Schwarz getauchte Ebene fahren wir bis zum Ärmelkanal. Ein paar Häuser tauchen auf, Licht und Wärme kehren zurück, sie schützen uns vor der eisigen Weite, die sich vor uns ausbreitet.

Pep und Ulysse heißen uns willkommen. Sie umarmen uns nacheinander, erst Nachbar, dann mich. Ihre Körper sind trocken, und ihre Haut riecht nach Gischt. Lucas, der wieder den Erwachsenen spielt, drückt ihnen die Hand. Wir gehen hinein und setzen uns an den Wohnzimmertisch, umgeben von Regalen mit Büchern und Nippes. An den Wänden hängen auch Bilder, vor allem Fotos von der Region, Meer und Landschaft. Manche ähneln der Umgebung des verlassenen Hauses.

Die Männer bieten uns Glühwein an und kochen Lucas eine Schokolade. Als er sie trinkt, wirft er mir einen verschwörerischen Blick zu. Ulysse erzählt von ihrem letzten Fischzug und den Stürmen, mit denen sie seit einigen Wochen zu kämpfen haben. Lucas spricht über die Launen des Hamsters und seine Freilassung. Sie runzeln die Stirn, denn sie kennen nur den Löwenhamster. Nachbar hört zu, ich auch. Wir lassen das Missverständnis unaufgeklärt. Irgendwann versteht es auch Lucas, und wir lachen über die Vorstellung, wie der ausgestopfte Nager reglos über die Weiten der Normandie herrscht.

Der Kleine plaudert noch eine Weile mit unseren Gastgebern. Ab und zu schweigen alle, was niemanden stört.

Als unsere Gläser leer und unsere Körper aufgewärmt sind, sagt Pep, Ulysse und er würden für das Abendessen einkaufen. Ich biete an, mich darum zu kümmern, aber sie lehnen mit einer Handbewegung ab, ziehen ihre Regenjacken an und gehen.

Lucas will Comics lesen, Nachbar begleitet ihn in sein Zimmer.

Ich bleibe allein im Wohnzimmer. Der gusseiserne Ofen in einer Ecke wärmt die Luft. Ich denke an den Tag zurück, an die Felder der Normandie und die staubigen Wände, an den Vogel und an die Erinnerungen, die ich mein Leben lang vergraben hatte. Ich denke an Mimile und seine Schnitzeljagd, an Nachbar und an Lucas. Vor dem Fenster wacht die Düne über das Haus.

Nachbar kommt zurück und schlägt vor, dass wir unsere Sachen aus dem Auto holen. Ich stehe auf und bitte ihn, drinnen zu bleiben, während ich mich darum kümmere. Er gibt mir den Schlüssel. Ich gehe hinaus.

Der Himmel ist schwarz – weder Wolken noch Sterne. Die Horizontlinie hinter der Düne ist verschwunden. Die Nacht ist kalt und still. Ich schließe den Kofferraum auf, dessen Lämpchen angehen, hänge Nachbars Rucksack über die Schulter, greife nach dem Vogel und gehe wieder ins Wohnzimmer. Wortlos stelle ich den Rucksack auf einen Stuhl und den Vogel auf den Tisch. Dann setze ich mich Nachbar gegenüber.

Mit zögernder Stimme unterbricht er das Schweigen.

»Darf ich ihn anfassen?«

Ich lege die Hände auf das Federkleid. Es ist noch kalt, fängt aber dank der Ausstrahlung des Ofens an, sich zu erwärmen. Ich schiebe den Vogel zu Nachbar.

»Wenn du willst«, sage ich.

Nachbar sieht mich mit einem Lächeln in den Augen an.

Ausführlich untersucht er das Tier, seine Form, die Beschaffenheit, die Farben. Dann richtet er sich auf und holt seine Brieftasche aus der Hosentasche, entnimmt ihr ein Foto und streckt es mir hin.

Auf dem Bild sieht man ein kleines Mädchen inmitten einer Menschenmenge, das einen ausgestopften Vogel in den Armen hält. Es ist ein Schwarz-Weiß-Foto.

»Emile hat es mir gegeben«, sagt Nachbar.

Die Zimmertür geht auf, und Lucas kommt auf Strümpfen herein. Er setzt sich auf den Schoß seines Vaters, dann entdeckt er das Foto und beugt sich vor, um es anzusehen. Seine Finger folgen den Umrissen der Gesichter. Der Atem des Ofens hüllt uns ein.

»Bist du das Kind auf dem Foto?«, fragt Lucas.

Ich betrachte das Foto ein letztes Mal. Das lächelnde Mädchen mit vorgerecktem Oberkörper. Ein Schwarz-Weiß-Bild. Ein Bild voller Farben. Ich spüre, dass Nachbar und sein Sohn ganz nah bei mir sind. Hinter den Fensterscheiben wogt der Sandschleier und wartet auf meine Antwort.

Ich gebe sie ihm, zwei kleine Buchstaben:

»Ja.«

EPILOG

Der letzte Tag der Ausstellung ist gekommen. Ich habe mehrere Kaufangebote für den Löwenhamster erhalten, darunter eins von einem gewissen Nicolas Gouiran, einem netten Kerl mit Schnurrbart, dessen Name mich an irgendetwas erinnert. Ich habe eingewilligt. Bei ihm wird das Tier sicher besser aufgehoben sein als bei mir. Die Leutnants haben seine Angaben notiert und mir dabei in gespielt dienstlichem Ton erklärt, noch sei die Sache nicht vom Tisch.

Ich komme im Lieferwagen von der Galerie zurück, bei mir sind Nachbar, Lucas und Mimile, die mir helfen wollen, meine Tiere in die Werkstatt zu bringen, wo Telemach (so habe ich den Kagu genannt) uns erwartet. Wir parken vor der Hoftür und tragen die Tiere hinein. Mimile zieht seinen Pudel hinter sich her.

Während wir Ernesto und seine Freunde auspacken, spüre ich eine Anwesenheit im Zimmer. Eine fremde Anwesenheit, nicht die meiner Präparate. Ich sehe mich um, finde aber nichts. Lucas spürt es auch, glaube ich: Er zieht die Brauen hoch und späht in alle Ecken.

Wir bringen Ernesto an seinen Platz zurück, stellen das Wiesel und das Wildschwein unter ihn, in die Mitte Telemach. Ich hatte erwartet, dass der Vogel aus dieser Bande von Krüppeln herausstechen, auf sie herabschauen würde, aber keineswegs. Er scheint sich wohlzufühlen.

Ich sehe meine Tiere eine Weile an, ohne an irgendetwas zu

denken. Mimile unterhält sich mit Nachbar. Lucas setzt sich und blättert wieder in der Tierpräparatorenbroschüre.

Plötzlich fängt Sam an zu knurren – ein rostiges, raues Knurren, aber immerhin ein Knurren. Ich sehe mich nach ihm um. Er liegt neben Mimile und reckt seinen Kopf mühsam in Richtung meiner Tiere.

Lucas begreift schneller als ich. Er springt zum Arbeitstisch und ergreift etwas.

Es ist der Hamster.

»Er ist zurückgekommen!«, schreit der Kleine.

»Unglaublich«, sagt Nachbar.

Lucas streichelt das Tier, dessen Fell und Pfoten schwarz vor Dreck sind.

»Das Leben besteht aus Ankommen und Weggehen, Papa.«

Mimile schaut uns neugierig über die Schulter.

»Bravo, kleiner Kerl. Du musst eine Menge Straßen überquert haben, um hierher zurückzukommen.«

»Eine ganze Reihe Autobahnzubringer und Sicherheitszäune«, sage ich.

Lucas streckt mir den Nager hin.

»Und ich dachte, der Hamster ist ein Einzelgänger«, sagt er lächelnd.

Anmerkung und Danksagung des Autors

Mimiles Erinnerung an die Vogelbeobachtung auf Seite 136 ist an den Essay »The Making of a Scientist« (Cricket Magazine, Oktober 1995, vol. 23, #2) von Richard Feinman angelehnt.

Ich danke dem Verlag Belfond für sein Vertrauen, Camille Dumat und Magali Langlade für ihre Ratschläge und ihre wohlwollende Begleitung.

Ich danke auch Adrienne und Thomas für ihre Freundschaft und die gründliche Lektüre, Rahul für den Spaß am Schreiben und an melancholischen Spaziergängen, Magalie, die mich die Ebene des Val-de-Marne und ihr oft stürmisches Wetter entdecken ließ.

Und schließlich natürlich vor allem Céline für die Geduld und die unfassbare Großzügigkeit. Sie hat mir verständlich gemacht, dass man die Seiten, wenn sie weiß sind, einfach nur füllen muss.